María Rosa Lojo

Una mujer de fin de siglo

Novela

Edición
Malva E. Filer

- STOCKCERO -

Lojo, María Rosa
    Una mujer de fin de siglo / María Rosa Lojo ; edición literaria a cargo de: Malva
    E. Filer - 1a ed. - Buenos Aires : Stock Cero, 2007.
    220 p. ; 0x0 cm.

    ISBN 978-987-1136-66-7

    1. Narrativa Rioplatense. I. Filer, Malva E., ed. lit. II. Título
    CDD 863

1º edición: 2007
Stockcero
ISBN-13: 978-987-1136-66-7
Libro de Edición Argentina.Libro de Edición Argentina.

Hecho el depósito que prevé la ley 11.723.
Printed in the United States of America.

stockcero.com
Viamonte 1592 C1055ABD
Buenos Aires Argentina
54 11 4372 9322
stockcero@stockcero.com

María Rosa Lojo

Una mujer de fin de siglo

Novela

Índice

Introducción

María Rosa Lojo

Nacida en Buenos Aires en 1954, María Rosa Lojo es hija de exiliados españoles llegados a la Argentina tras la Guerra Civil. Tanto su origen gallego por vía paterna, como el trauma familiar del exilio, marcaron la vida y la obra de la futura escritora. En «Mínima autobiografía de una "exiliada hija"», una contribución al volumen sobre el exilio español republicano de 1939 publicada por la Universidad de Lérida,[1] Lojo se refiere al exilio de su padre republicano y a la forma en que éste fue vivido por él, por su esposa madrileña y por los hijos nacidos en la Argentina. Ellos fueron educados para que se consideraran españoles y pensaran que pronto regresarían a la patria abandonada. Con el correr del tiempo, y frente a la evidencia de que el sueño de sus padres no iba a cumplirse, y que su inmediata realidad era la tierra en que había nacido, en la que iba a formarse humana e intelectualmente, Lojo asumió su argentinidad y afianzó su sentimiento de pertenencia mediante el estudio de la literatura y la historia de su país.

María Rosa Lojo es escritora, investigadora y crítica literaria. Es doctora en letras por la Universidad de Buenos Aires, investigadora del Consejo Nacional de Investigaciones Científicas y Técnicas (CONICET) y dicta un Seminario-Taller de Doctorado en la Universidad del Salvador. Se ha destacado como novelista, poeta y ensayista. Por su obra poética, con la que se inició en las letras, Lojo recibió el Primer Premio de la Feria del Libro de Buenos Aires (1984), el Primer Premio de Poesía Alfredo A. Roggiano (1990) y el Segundo Premio Municipal de Poesía de Buenos Aires (1990/91). Sus novelas y cuentos, predominantemente históricos, la han hecho merecedora, entre otros, del Premio Kónex a las figuras de las Letras argentinas (1994-2003) y el Premio Nacional «Esteban Echeverría»(2004), por el conjunto de su obra narrativa.

---

1 *L'exili literari republicà*. Edició a cura de Manuel Fuentes y Paco Tovar. Tarragona:URV, 2006. 87-97.

Lojo lleva a sus obras de ficción el conocimiento de la historia y de la literatura argentinas alcanzado a través de extensas y cuidadosas investigaciones. Con imaginación y talento literario incorpora ese material documentado, sin desvirtuar el carácter de ficción de sus obras. Luego de su primera novela, *Canción perdida en Buenos Aires al Oeste* (1987), en la que hay elementos autobiográficos y de historia familiar, las novelas siguientes han explorado, en particular, la sociedad argentina en la segunda mitad del siglo diecinueve y los comienzos del siglo veinte. En ellas aparecen figuras históricas mezcladas con personajes ficticios, una de las características de la «Nueva novela histórica», recreando en especial figuras femeninas pobremente comprendidas o valoradas en los textos canónicos. Entre ellas destacan Manuela Rosas, la hija del dictador Juan Manuel de Rosas, en *La princesa federal* (1998), quien también aparece en *Finisterre* (2005), y Eduarda Mansilla de García , en *Una mujer de fin de siglo* (1999). En *Las libres del Sur* (2004), por otra parte, la autora presenta a un personaje reconocido e influyente, como lo fue Victoria Ocampo, y la novela reconstruye, no sólo un período de su vida, sino también el contexto literario e intelectual de la capital porteña, vanguardista y abierto a nuevas ideas e ideologías, en el cual ella actuó. La novela no omite, sin embargo. las dificultades que aun esta mujer privilegiada enfrentó en la sociedad de su época. Lojo tiene gran talento para evocar épocas del pasado, reconstruyendo ambientes, y haciendo surgir voces y textos que son producto de erudición y de imaginación.

Dentro de su producción ensayística se encuentra el excelente estudio *La «barbarie» en la narrativa argentina. Siglo xix* (1994), tema que también aparece en su novela *La pasión de los nómades* (1994), elaborada como re-escritura de *Una excursión a los indios ranqueles*, de Lucio V. Mansilla, así como en algunos de los cuentos de *Amores insólitos de nuestra historia* (2001) y, más recientemente, en *Finisterre* (2005). Vinculada a estos temas e intereses está, también, la edición crítica de *Lucía Miranda* (1860) de Eduarda Mansilla, realizada bajo su dirección, que ha publicado este año Iberoamericana/Vervuert en Madrid.. Es la coordinadora de la edición crítica de *Sobre héroes y tumbas*, de Ernesto Sábato, que próximamente aparecerá en la Colección Archivos de la UNESCO. Como estudiosa de la literatura, Lojo ha incursionado en campos teóricos, como lo atestigua su libro *El símbolo: poéticas, teorías, metatextos* (México: UNAM, 1997). Es autora de numerosos estudios sobre temas literarios, colaboradora permanente del periódico *La nación*, y prestigiosa figura en el medio académico y en la crítica literaria argentina. Ha sido invitada a dar conferencias y dictar minicursos. en universidades europeas (Salamanca, Complutense de Madrid, Murcia, Santiago de Compostela, Valladolid, Miguel de Cervantes de Valladolid, Toulouse Le Mirail, Université Stendhal de Grenoble, Regensburg, Heinrich Heine en Düsseldorf, Universidad de Colonia en Alemania), estadounidenses (Graduate School and University

Center, City University of New York) y latinoamericanas (Colegio de México y UNAM, México).

Recientemente participó como escritora invitada en una jornada científica con el tema: «Scientific Cooperation between Europe and Latin America: What Kind of Partnership?», organizada por la Académie Royale des Sciences d'Outre Mer, en Bruselas, donde se refirió a uno de los problemas centrales de su labor de ficción y de investigación: las representaciones literarias de la Historia. Su obra creativa, traducida en parte al inglés y al gallego, y sobre la cual se han escrito tesis de doctorado y de licenciatura, le ha conquistado un creciente reconocimiento internacional.

Una mujer de fin de siglo

En *Una mujer de fin de siglo*, Lojo evoca las décadas posteriores a la Argentina del dictador Rosas, en las que el país inicia su marcha hacia la modernidad impulsado por la ideología y las aspiraciones de la nueva clase dirigente. Su protagonista, la escritora Eduarda Mansilla de García, era hermana de Lucio V. Mansilla, el autor de *Una excursión a los indios ranqueles*, y sobrina del Restaurador. Su esposo, Manuel Rafael García, diplomático de carrera, procedía del bando antirrosista victorioso. La vida y la obra de los hermanos Mansilla han sido frecuente tema de investigación para María Rosa Lojo, y ellos son también protagonistas de dos de sus novelas, Lucio en *La pasión de los nómades*, y Eduarda en la novela que aquí presentamos. Le interesa su actitud transgresora, manifiesta en libros que reponen, en el mapa nacional, lo que otros prefieren excluir: gauchos, indios, mujeres en general. Mientras *Una excursión a los indios ranqueles* (1870) de Lucio V. Mansilla, recibió un reconocimiento inmediato de la crítica, las obras de Eduarda Mansilla: *El médico de San Luis* (1860), *Lucía Miranda* (1860) y *Pablo, ou la vie dans les Pampas* (1869), aunque no dejaron de concitar, en su momento, recepciones positivas si bien bastante menos notorias, fueron relegadas al olvido hasta tiempos recientes. Actualmente, al menos en el campo de los especialistas, se le reconoce a la autora el haber escrito con una visión inusitada para su época. Mansilla desarticula en sus obras la antinomia de civilización y barbarie, y las dicotomías derivadas de ella: ciudad y campo, unitarios y federales, blancos e indios, blancos y gauchos, hombres y mujeres.[2]

Desde las últimas décadas del siglo veinte, novelistas y ensayistas, como César Aira, Eduardo Belgrano Rawson, Pedro Orgambide, David Viñas, y con ellos Lojo, han cuestionado la ideología europeísta, excluyente, que orientó la organización de la nación argentina, luego de la caída de Rosas,

---

2   Ver, a ese respecto, María Rosa Lojo. «Los hermanos Mansilla: más allá del pensamiento dicotómico, o cómo se escribe una Argentina completa». *En tiempos de Eduarda y Lucio V. Mansilla*. Córdoba: Junta Provincial de Historia de Córdoba, 2005. 15-41.

También se ha revalorizado el papel de la mujer en las distintas etapas históricas, y sus logros intelectuales y artísticos alcanzados en una lucha desigual
contra el poder de la tradición y las instituciones. Juana Manuela Gorriti,
Juana Manso, Eduarda Mansilla, las tres escritoras más representativas del
siglo diecinueve, fueron finalmente aquilatadas como co-fundadoras de la
literatura nacional a partir de las investigaciones de las últimas décadas. El
trabajo de recuperación ha unido a investigadoras como la pionera Lily Sosa
de Newton[3] y otras estudiosas, con novelistas como Marta Mercader y María
Rosa Lojo. En esta doble empresa se inscribe *Una mujer de fin de siglo*, en las
postrimerías del siglo veinte, desde donde la novela puede evocar el anterior
mundo finisecular, sugiriendo la idea de un balance, de una reflexión sobre
los cambios sociales producidos, y sobre «continuidades y discontinuidades
en la condición de la mujer de una y otra época».[4]

La semblanza de Eduarda Mansilla que Lojo presenta se apoya en los
textos de su protagonista, particularmente los *Recuerdos de viaje* (1882, reeditada por Stockcero, 2006[5]), de los que emerge una mujer con convicciones
e ideas propias, que observa críticamente las distintas sociedades en las que
le toca vivir, atenta a las diferencias culturales, a la lucha por la abolición de
la esclavitud y al movimiento por la emancipación de la mujer.[6] *Una mujer
de fin de siglo* hace justicia a la inteligencia, agudeza de observación y sentido
ético de su personaje. Sus comentarios sobre la vida en Estados Unidos, la presidencia de Lincoln en vísperas de la guerra civil, y el relato de sus experiencias
y encuentros con personajes de la época, recreados a partir de *Recuerdos de
viaje*, son perspicaces y tienen aún interés para el lector. Su visión crítica, pero
no simplista, de Estados Unidos se adelanta en mucho a la perspectiva de sus
contemporáneos. La novela muestra, al mismo tiempo, a través de los encuentros de Eduarda con la sufragista Judith Miller, los condicionamientos
sociales que la inhiben y le impiden aceptar un feminismo militante, a pesar
de que también rechaza las limitaciones del papel que le ha sido prescrito.[7]
Eduarda es un personaje complejo y contradictorio, y por ello totalmente verosímil, en la interpretación de Lojo.

---

3   Ver *Diccionario biográfico de mujeres argentinas*. Aumentado y actualizado. Buenos Aires:
     Plus Ultra, 1986. y *Narradoras argentinas (1852-1932)*. Compilado por Sosa de Newton.
     Buenos Aires: Plus Ultra, 1995.

4   Ver Olga Steimberg de Kaplan. «Verdad histórica y discurso ficcional en *Una mujer de
     fin de siglo*, de María Rosa Lojo». *Humanitas* 32 (2003), 26.

5   La paginación de las citas y referencias aquí incluidas corresponden a esta edición.

6   Ver «Eduarda Mansilla: entre la 'barbarie' *yankee* y la utopía de la mujer profesional».
     Gramma Año XV, No. 37 (Septiembre 2003). Universidad del Salvador, Facultad de Fi-
     losofía y Letras. 14-25. www.salvador.edu.ar/publicaciones/gramma/37

7   La ambivalencia de Eduarda corresponde a las actitudes de la época en Argentina, aun
     entre las mujeres que veían su destino como no reducido a la maternidad. Bonnie Fred-
     erick, refiriéndose al período de 1870 a 1914, afirma: «Their beliefs came to be lumped
     under the word *emancipation*. Like the word *feminism* (which did not enter Argentine
     vocabulary until the 1890s), *emancipation* was sufficiently vague to include many pro-
     grammatic issues and to incur many accusations and much opprobium. ... ..Respectable
     emancipationist women did not mention the right to vote, in the early years at least, al-
     though there are hints that some secretly hoped for it. Until the turn of the century, suf-
     frage remained a fringe issue suitable for radicals, the sort that might also advocate free

La novela valoriza, también, el papel de Eduarda como iniciadora de la literatura» infantil en Argentina, con su colección de *Cuentos* (1880). Ella se muestra admirada, en *Recuerdos de viaje*, por la calidad estética en la presentación de los libros infantiles publicados en los Estados Unidos, y la «interminable pléyade de escritores para la infancia y juventud, que escriben en prosa elegante y sonoros versos» (118). Por su parte, Eduarda introduce en la literatura argentina cuentos que no se proponen un fin didáctico o moralizante, como era habitual en su época, sino proporcionar al niño el goce de la lectura. Sarmiento elogió este libro, «ideado, pensado y escrito con los sentimientos de madre y el alma fantástica del niño que está en la edad de oro, y entiende lo que debe pensar una Jaulita Dorada o hacer una lauchita que viaja por sus negocios y de su propia cuenta» (D.F. Sarmiento. *OC*, XLVI, 319).[8]

Una mujer de fin de siglo presenta el drama de esta mujer de elevada cultura y manifiesto talento literario y artístico,[9] cuya pertenencia a la clase privilegiada y hermosura destinaban al lujo y al éxito social, pero a quien la sociedad argentina de su tiempo le hizo pagar muy caro su vocación de escritora. Lojo construye su personaje entretejiendo lo que se narra en textos de ella (*Recuerdos de viaje, Creaciones*) así como en las memorias de su hijo Daniel García Mansilla (*Visto, oído y recordado*), con textos de su propia creación. Se adentra en los pensamientos y conflictos íntimos de Eduarda, haciéndola hablar desde su propia voz, ya sea citada o imaginada, en la primera parte del libro. La voz de Eduarda se oye a través de distintas formas narrativas, en relatos, diálogos, cartas y diarios. En los últimos, particularmente en las cartas (imaginarias) fechadas en París, el 24 de octubre de 1866, y el 7 de agosto de 1875 hay un cuestionamiento a fondo de lo que es ser mujer, y de lo que significa la maternidad. Este es un tema difícil de abordar, porque choca contra una tradición de siglos que ha definido a la mujer como ser humano completo sólo en su condición de madre. En la franca honestidad de esos pasajes, y en el empleo de un lenguaje expresivo del erotismo en otros, el texto de Lojo es ilustrativo de la distancia recorrida y las libertades conquistadas desde la época de su personaje, al mismo tiempo que prueba la maestría estilística de la autora.

Eduarda Mansilla aparece rodeada, en la novela, de importantes figuras del medio literario y político de su tiempo, entre ellos el médico y escritor Eduardo Wilde, el poeta Carlos Guido y Spano, y el General Benjamín Victorica, ministro de guerra del presidente Roca. Gabriel Victorica, supuesto hijo del General, es, en cambio, un personaje ficticio trasplantado de la novela *La princesa federal*. Su vinculación con destacados representantes de la sociedad argentina no la protegió, sin embargo, de ser víctima de la maledicencia y de la falta de reconocimiento pleno en el medio literario. Su aspi-

---

love» (*Wily Modesty. Argentina Women Writers, 1860-1910*. Tempe, AZ: Arizona State University, 1998. 89).

8   Ver *Proyecto Sarmiento. Obras Completas en Internet*. Edición Bicentenario. Dirigido por Ernesto Romano. http://www.proyectosarmiento.com.ar/

9   Eduarda Mansilla era una excelente cantante, aunque su vocación musical sólo pudo expresarse dentro del pequeño círculo diplomático de su marido, en actuaciones que ayudaban a la carrera de éste. Esto aparece varias veces descrito en la novela de Lojo.

ración a ser estimada por ella misma, y no por su encumbrada posición social, su familia, o su belleza y elegancia, resultaba incomprensible a los que la rodeaban, quienes la imaginaban culpable de adulterio o de otros actos inconfesables que explicaran el abandono de su marido e hijos para regresar a Argentina. Su propio hijo mayor parece haber desaprobado esta conducta, concordando en esto con la reflexión de Juana Manuela Gorriti, acerca de las expectativas sobre la moral de una escritora, que debía ser doble: la de su pluma, y la de su vida privada. Su obra como creadora no compensaba cuestionamientos de otro orden. Pero Eduarda fue también asediada por sus propios sentimientos de culpabilidad, lo que tal vez haya causado el que pidiera a sus hijos que no se reeditaran sus obras. Debía pasar más de un siglo para que los descendientes de esta mujer excepcional, junto a investigadores y escritores, reivindicaran la obra literaria de Eduarda Mansilla.[10]

En la segunda parte, vemos a la protagonista desde la perspectiva de su joven secretaria francesa, Alice Frinet. Ella comprende la tortura psicológica de Eduarda, quien no encontró otro camino que la separación familiar para poder realizarse como persona y como escritora, luego de vivir largos años en Estados Unidos y en Europa acompañando a su esposo en sus distintos puestos diplomáticos. De modo similar a la reacción pública frente a Nora Helmer, la protagonista de *Casa de muñecas* de Ibsen , con quien se la compara en la novela, la decisión de Eduarda fue vista como una aberración en el medio social al que pertenecía. En contraste con la protagonista, Lojo ha investido a Alice Frinet de una personalidad independiente, lo que le permitirá realizar un proyecto de vida propia, luego de su matrimonio con un joven abogado de la provincia de Tucumán. Este personaje ficticio representa una nueva generación, mujeres cuyos antecedentes humildes y experiencia de inmigrantes les han dado mayor independencia y confianza en sí mismas. Menos limitadas por las tradiciones y los prejuicios de la alta sociedad, ellas están mejor preparadas para continuar el proceso de emancipación femenina. Este es un tipo de personaje que la autora siente cercano, como lo muestra al crear otro similar, el de Carmen Brey, la secretaria de Victoria Ocampo en *Las libres del Sur*. Son estas mujeres que viven de su trabajo, no las damas de la sociedad patricia, las que van a derribar barreras para formar una primera generación de mujeres profesionales argentinas en los comienzos del nuevo siglo que se vislumbra desde *Una mujer de fin de siglo*. [11]

En la tercera parte de la novela, oímos la voz de Daniel, el hijo que más cerca estuvo de Eduarda, no sólo por su afecto sino también porque fue el único que compartió y apreció su vocación literaria. Es interesante advertir, sin embargo, algunas de las diferencias sutiles que distinguen el texto de Lojo del de su fuente original, donde se detecta, en Daniel, una mayor aceptación

---

10 Lojo agradece a los que la ayudaron «desde el interior de su memoria familiar: Manuel Rafael García Mansilla y Luis Bollaert» (Agradecimientos).

11 Véase al respecto el artículo de María Rosa Lojo publicado en la sección «Lugar de autora» de la revista universitaria *Telar*: «Escritoras y secretarias». *Telar*. Revista del Instituto Interdisciplinario de Estudios Latinoamericanos. Universidad Nacional de Tucumán, Facultad de Filosofía y Letras. IIELA No. 4, 2006, 14-24. Accesible también en Internet: http://www.filo.unt.edu.ar/centinti/iiela /revista_telar/revistas/telar4.pdf

de los valores patriarcales que lo que la novela de Lojo parece indicar.[12] Para el buen nombre y la tranquilidad de sus hijos, Eduarda murió elogiada como dama de sociedad y como madre, mientras que sus logros de escritora fueron minimizados. Estas circunstancias, sobre las cuales hay abundante documentación, son evocadas, a más de un siglo de distancia, con profundidad psicológica y con un tono sobrio de emoción contenida. Con fecha de 1900 y una cita de *Visto, oído y recordado*, el texto recrea, posteriormente a la muerte de Eduarda (1892), los últimos años del siglo. Lojo traspasa la voz narrativa a Daniel, quien relata sus experiencias del París posterior a la Comuna, en el que se encuentra con la figura fantasmal de la Emperatriz Eugenia y con otros sobrevivientes de la nobleza, desplazados por la Tercera República. Al mismo tiempo evoca las dos muertes, la de su madre, y la de su padre, a quien sucedió en la carrera diplomática. Este es el París de la Exposición Universal de 1889, celebrada en el centenario de la toma de la Bastilla, y cuyo símbolo principal fue la Torre Eiffel, completada ese año, que servía como arco de entrada a la Feria. El texto enmarca, sin embargo, un contexto europeo más amplio, mediante numerosas alusiones: a la Corte austríaca, a la longevidad de la reina Victoria de Inglaterra, la guerra de los bóers, la guerra del 98 entre España y Estados Unidos, el asesinato o suicidio del príncipe heredero del Imperio Austrohúngaro junto con su amante María Vetsera en el pabellón de caza de Meyerling, cerca de Viena, en 1889, y otros sucesos que conmovieron al mundo occidental de la época; alusiones a figuras descollantes de la literatura, como Victor Hugo, Stendhal, Ibsen, a las ideas de León Bloy, al compositor vienés Johann Strauss, a las novedades tecnológicas de la proyección fotográfica y el Zeppelín. Se evoca así, en pocas páginas, un mundo conflictivo, inestable y en proceso de transformación.

Al rescatar del olvido a una ilustre mujer de las letras argentinas, la novela evoca un capítulo en la lucha por la emancipación femenina que es parte de la historia no incluida en los textos canónicos. La creación de una memoria y una identidad colectiva de las mujeres se va realizando a través de novelas como ésta, en la que Lojo ha logrado reconstruir un mundo que ya sólo vive en la literatura, donde las figuras literarias y artísticas más sobresalientes de la época, en Argentina y en Europa, conviven con sus personajes ficticios. *Una mujer de fin de siglo*, así como las otras publicaciones de la autora que revisitan el siglo diecinueve y hacen posible una revalorización de sus figuras femeninas, contribuyen al auto-conocimiento de la mujer argentina, al mismo tiempo que enriquecen nuestra visión del pasado.

---

12 Me refiero a Daniel García Mansilla. *Visto, oído y recordado*. Buenos Aires: Editorial Guillermo Kraft, 1950. En diálogo con la autora, ésta señala que optó por un «Daniel posible y pasado», que no es exactamente el que escribe estas Memorias (un hombre ya mayor, viudo y sin hijos, que ha decidido hacerse sacerdote), sino un joven que por esa época –según él mismo relata en su libro– atravesaba una crisis existencial y una crisis de fe, y cuya posición ante los usos y costumbres debió de ser por entonces menos complaciente.

Obras de María Rosa Lojo. Bibliografía selecta.

Libros

Ficción y poesía

Visiones (Buenos Aires: Faiga, 1984). Poesía.

Forma oculta del mundo (Buenos Aires: Último Reino, 1991) Poesía.

Esperan la mañana verde (Buenos Aires: El Francotirador, 1998). Poesía. Fue traducido al inglés por Brett Sanders y será publicado en 2008 en la editorial Host Publications (USA, New York-Texas).

Marginales (Buenos Aires: Epsilon, 1986). Cuentos.

Canción perdida en Buenos Aires al Oeste (Buenos Aires: Torres Agüero, 1987). Novela.

La pasión de los nómades (Buenos Aires: Atlántida, 1994). Novela. Su segunda edición aparecerá en 2007 por Sudamericana.

La princesa federal (Buenos Aires: Planeta, 1998). Novela. 7 reimpresiones. Fue reimpreso en trade y en bolsillo, por el Grupo Planeta y, en 2005, por el sello De Bolsillo de Sudamericana.

Una mujer de fin de siglo (Buenos Aires: Planeta, 1999). Novela. Acaba de aparecer su tercera edición en el sello De Bolsillo, de Sudamericana.

Historias ocultas en la Recoleta (Buenos Aires: Alfaguara, 2000). Cuentos. 8 reimpresiones. Fue reimpreso en trade y también en bolsillo, en Punto de Lectura, del Grupo Santillana.

Amores insólitos de nuestra historia (Buenos Aires: Alfaguara, 2001). Cuentos. Acaba de aparecer su segunda edición en Punto de Lectura (bolsillo), Grupo Santillana.

Las libres del Sur (Buenos Aires: Sudamericana, 2004). Novela.

Finisterre (Sudamericana, 2005). Novela. Reimpresa en trade por Sudamericana en 2006. Traducida al gallego como *A fin da terra* (Vigo, Galaxia, 2006).

Ensayo e investigación

La «barbarie» en la narrativa argentina (siglo XIX) (Buenos Aires: Corregidor, 1994)

Sábato : en busca del original perdido (Buenos Aires: Corregidor, 1997)

Cuentistas argentinos de fin de siglo (Buenos Aires: Vinciguerra, 1997)

El símbolo : poéticas, teorías, metatextos (México: Universidad Nacional Autónoma de México, 1997)

Edición académica de *Lucía Miranda* (1860) de Eduarda Mansilla, con Estudio Preliminar, notas gramaticales, léxicas e históricas, glosario, bibliografía, iconografía y apéndices. María Rosa Lojo (directora) y equipo. Madrid/Frankfurt: Iberoamericana/Vervuert, Colección Teci (Textos y estudios coloniales y de la independencia), 2007.

Memorias

«Mínima autobiografía de una 'exiliada hija'». *L'exili literari republicà*. Edició a cura de Manuel Fuentes y Paco Tovar. Tarragona, URV, 2006. 87-97. También accesible en www.almargen.com.ar/sitio/seccion/literatura/lojo

En prensa

Edición crítica de *Sobre héroes y tumbas*, de Ernesto Sábato, en prensa en la Colección Archivos de la UNESCO. María Rosa Lojo coordinadora. Introducción de la coordinadora. Estudio filológico-genético y Nota filológica preliminar (Norma Carricaburo). Texto de la novela. Cronología (María Rosa Lojo). Historia del texto. Lecturas del texto (equipo internacional de colaboradores). Dossier de la obra (Documentos, manuscritos, y dossier de recepción). Bibliografía.

Obras incluidas en Antologías

Doce escritoras argentinas (Nélida de la Red. Antología de cuentos, selección y notas). Buenos Aires: Plus Ultra, 1990.

Antología de la poesía femenina argentina. (Yolanda Rosas y Zulema Mirkin editoras), Buenos Aires-California, Instituto Literario y Cultural Hispánico, 1990.

Veinticuatro poetas argentinos. (Selección Café Literario III). Buenos Aires: Vinciguerra, 1991.

Poetas argentinos de hoy. Primera Serie. (Selección de Julio Bepré y Adalberto Polti). Buenos Aires: Fundación Argentina para la Poesía, 1991.

Escritoras Argentinas Contemporáneas (Eliana Hermann with Gustavo Fares ed.). University of Texas Studies in Contemporary Spanish-American Fiction. Vol. 8. New York: Peter Lang, 1993

Setenta Poetas Argentinos 1970-1994 (Selección de Antonio Aliberti). Buenos Aires: Plus Ultra, 1994.

Territorios de infancia (María Marta González Rouco: Estudio Preliminar y Antología con propuestas para el taller literario). Buenos Aires: Plus Ultra, 1994.

Veinte voces destacadas de la poesía argentina. Tomo II. (Selección y estudio de Ruth Fernández). Buenos Aires: Plus Ultra, 1996.

Viajes en la palabra y en la imagen. (Eliana Hermann y Gustavo Fares ed. Prólogo de María Esther Vázquez) Buenos Aires: Ediciones de Arte Gaglianone, 1996.

Poesía argentina de fin de siglo. Tomo 1. (Selección de Lidia Vinciguerra). Buenos Aires: Vinciguerra, 1996.

Cuentistas argentinos de fin de siglo. Tomo I (Selección de Lidia Vinciguerra). Buenos Aires: Vinciguerra, 1997.

Short Stories by Contemporary Argentinean Women Writers. (Eliana Hermann with Gustavo Fares), The Edwin Mellen Press, 2002.

La poesía de los '80. Antología. (Selección y Estudio Preliminar de Alejandro Elissagaray), Buenos Aires, Editorial Nueva Generación, 2002.

Antología de escritoras argentinas contemporáneas (María Claudia André editora). Buenos Aires, Biblos, 2004.

Microscopios eróticos. Prólogo de Francisca Noguerol. Madrid. Ediciones Atómicas, Pléyades, 2005. 71-74. Reeditada por la Universidad de Salamanca, 2006.

Poetas argentinas (1940-1960).[Estas fechas delimitan el período dentro del cual nacieron las poetas]. Selección y prólogo de Irene Gruss. Buenos Aires: Ediciones del Dock, 2006. 171-174.

Obras traducidas al inglés por Brett Alan Sanders

«El títere / The Puppet» y «Fueguito / Little Fire». *The Saint Ann's Review* (New York) Vol. 4 No. 2, 2003.

«Your Inept Mouth», «Dragons», «God's Eyes» y «Make-up». *Chelsea* (New York) No. 74, 2003.

«Lo que había / What There Was» y «Los que dejaron de andar / Those Who Have Stopped Walking About». *The Antigonish Review* (Nova Scotia, Canadá) 136, 2004.

«Certain Inheritances / Ciertas herencias». *Stand* (Leeds, UK: University of Leeds:) stand@leeds.ac.uk) Vol 5 No. 3, 2004. En EEUU: Richmond, VA: Dept. of English, Virginia Commonwealth University.

«The Noticeboard», «Lines», «Knocking at the Doors of Heaven», «Qualities of Winter», «The Structure of Houses» y «Apertures». *Artful Dodge* (Wooster, OH: Wooster College) 44/45, 2004. www.wooster.edu/artfuldodge

«Five O'Clock Tea». *Event* (British Columbia, Canadá), Vol. 33 No. 2, 2004.

«Risks», «Sorrow», «Weavings» y «Utter Silence». *Perihelion* Vol. 3 No. 9, 2004. www.webdelsol.com/Perihelion

«A Buenos Aires Christmas» fragmento de la traducción en progreso de *La pasión de los nómades*. *New Works Review* Vol. 7 No. 1, 2005. www.new-works.org

«Certain Inheritances / Ciertas herencias», «The Puppet / El Títere», «Your Inadequate Mouth / Tu boca inadecuada», «Little Fire / Fueguito», «Dragons / Dragones», «God's Eyes / Ojos de Dios», «Make-up / Maquillaje», «Five O'Clock Tea / Té de las cinco», «Sorrow / La pena», «Risks / Riesgos», «Weavings / Tejidos», «Utter Silence / Silencio Riguroso», «The Noticeboard / El cartel», «Lines / Líneas», «Knocking at the Doors of Heaven / Golpeando a las puertas del cielo»,

«The Structure of Houses / Estructura de las casas», «Qualities of Winter / Calidades del invierno», «Apertures / Aperturas», «What There Was / Lo que había», «Those Who Have Stopped Walking About / Los que dejaron de andar», «Palace Museums / Museos de palacio», «Statues / Estatuas», «Curious Destiny / Destino curioso», «Banquet of Dandified Death / Banquete de la muerte catrina», «Santa María Tenontzintla / Santa María Tenontzintla». *Mudlark* No. 27, 2005. http://webdelsol.com/mudlark/

«Steadfast Love». *Rhino* (Evanston, Illinois) 2005.

«The Disappearing Woman». *Hunger Mountain* (Montpelier, Vermont College) No. 7, 2005. hungermtn@tui.edu

«Semejanzas / Resemblances», «Fragilidad de los vampiros / Fragility of Vampires», «Transparencia / Transparency», y una entrevista con la poeta. *Contemporary Verse* 2 (Manitoba, Canadá) Vol. 28 No. 2, 2005

«My Lord Santiago» y «Cruceiro». *PRISM International* (British Columbia, Canadá) Vol. 44 No. 3, 2006.

«Office of the School Secretary at the Chapel of 'Mater Admirabilis' / Secretaria de la Escuela en la Capilla de 'Mater Admirabilis'» y «Awaiting the Green Morning / *Esperan la mañana verde*». *The Quill & Ink* Vol. 2 No. 9, 2006. www.quillandink. netfirms.com

«A Tenuous Vapor of Jasmine», fragmento de la traducción en progreso de *La pasión de los nómades*. *The Antigonish Review* 2006 (Nova Scotia, Canadá).

«Blue-Eyed Horse», de la traducción en progreso de *Amores insólitos de nuestra historia* (Singular Loves). *New Works Review* 2006. www.new-works.org

Para salir:

«Journey / Viaje», «The Great Waters / Las aguas grandes», «Nomads / Nómades », «Raid / Malón», «Humahuaca / Humahuaca», «Sempre en Galiza / Sempre en Galiza», «Fisterra B.C. / Fisterra, a. C.», y «Vanishing of the Men at Teotihuacán / Desaparición de los hombres en Teotihuacán". *The Dirty Goat*, literary magazine. Austin, Texas: Host Publications, 2007.

«Minimal Autobiography of an 'Exiled Daughter'». San Antonio, Texas: Wings Press, 2008.

Awaiting the Green Morning, en edición bilingüe con los poemas originales de *Esperan la mañana verde*. Austin, Texas: Host Publications, 2008.

Artículos relacionados con la obra de Eduarda Mansilla

«Dossier: escritoras argentinas del siglo XIX». *Cuadernos hispanoamericanos* n° 639 (septiembre 2003). 5-60. Coordinación del dossier y autoría del artículo «Eduarda Mansilla». Colaboraron en este dossier las historiadoras Lily Sosa de Newton y Lucía Gálvez, y las criticas literarias María Gabriela Mizraje, Lea Fletcher, Lidia Lewkowicz.

«Genealogías femeninas en la tradición literaria. Entre la excepcionalidad y la representatividad». *Alba de América* V. 25 (2006), n°s. 47 y 48. 467-485.

«Eduarda Mansilla: la traducción rebelde». *Feminaria* n° 30/31, Año XVI, abril 2007.

«El imaginario de las Pampas en francés: de Eduarda Mansilla a Guillemette Marrier». *La función narrativa y sus nuevas dimensiones*, Buenos Aires: Centro de Estudios de Narratología, Universidad de Buenos Aires, 1999. 339-347.

«El 'género mujer' y la construcción de mitos nacionales: el caso argentino rioplatense». *La mujer en la literatura del mundo hispánico*, Juana A. Arancibia, Yolanda Rosas, Edith Dimo (eds.)

«La mujer en la literatura hispánica», Volumen V. California: Instituto Literario y Cultural Hispánico, 2000. 7-31.

«Eduarda Mansilla: entre la 'barbarie' yankee y la utopía de la mujer profesional». *Voces en conflicto, espacios de disputa*. VI Jornadas de Historia de las Mujeres y I Congreso Iberoamericano de Estudios de las Mujeres y de Género, Instituto Interdisciplinario de Estudios de Género, Departamento de Historia, Universidad de Buenos Aires, Facultad de Filosofía y Letras, 2001. Coordinación Editorial: Ana Lía Rey. CD-ROM. Reeditado en la revista Gramma, Año XV, n° 37 (Septiembre 2003), Universidad del Salvador, Facultad de Filosofía y Letras. 14-25. www.salvador.edu.ar/publicaciones/gramma/37.

«La construcción de héroes y heroínas en la narrativa histórica argentina actual». *Nuevas tendencias y perspectivas contemporáneas en la narrativa*. CEN: Centro de Estudios de Narratología, Segundo Simposio Internacional, Universidad de Buenos Aires, 13 al 15 de junio de 2001. Actas en CD-ROM.

«Naturaleza y ciudad en la novelística de Eduarda Mansilla». Javier de Navascués (ed.). *De Arcadia a Babel. Naturaleza y ciudad en la literatura hispanoamericana*. Madrid-Frankfurt: Iberoamericana- Vervuert, 2002. 225-258

«Los hermanos Mansilla: género, nación, 'barbaries'». *Pasajes, Passages, Passagen. Homenaje a/ Mélanges offerts à/ Festschrift für Christian Wentzlaff-Eggebert*. Suzanne Grunwald, Claudia Hammerschmidt, Valérie Heinen, Gunnar Nilsson (eds./éds./Hrsg.). Sevilla: Universitätt zu Köln, Universidad de Sevilla, Universidad de Cádiz, 2004. 526-537. También en la revista *Abanico de la Biblioteca Nacional*. Revista de Letras, agosto de 2004. www.abanico.edu.ar/08- 04/lojo. html. Buscar en índice de autores.

«Escritoras argentinas del siglo XIX y etnias aborígenes del Cono Sur (Juana Manuela Gorriti y Eduarda Mansilla). *La mujer en la literatura del mundo hispánico*. Westminster, CA: Instituto Literario y Cultural Hispánico, 2005. 43-63.

«Lucía Miranda manuscrita y reescrita: Eduarda Mansilla». *El humanismo indiano. Letras Coloniales Hispanoamericanas del Cono Sur*. Actas de las Jornadas de literatura colonial del Cono Sur, UCA, 2001. Buenos Aires: Universidad Católica Argentina, 2005. 399-412.

«Los hermanos Mansilla: más allá del pensamiento dicotómico, o cómo se escribe una Argentina completa». *En tiempos de Eduarda y Lucio V. Mansilla*. Córdoba: Junta Provincial de Historia de Córdoba, 2005. 15-41.

«Paradojas de la creación, verdades de la ficción, relatos de la vida». *Perspectivas de la Ficcionalidad*. (Daniel Altamiranda y Esther Smith eds.) Actas del Tercer Simposio Internacional, del Centro de Estudios de Narratología. Tomo I. Buenos Aires: Editorial Docencia, 2005. 97-103.

«El retorno de las identidades étnicas borradas en la nueva narrativa histórica argentina». *Hispanismo. Discursos culturales, identidad y memoria*. Nilda Flawiá de Fernández y Silvia Israilev (eds.) Tucumán: Facultad de Filosofía y Letras, Universidad Nacional de Tucumán, 2006. 66-77.

«Universalidad y diferencia: ¿qué tienen las escritoras para decir?» *Los desafíos de la investigación en ciencias humanas*. Actas de las II Jornadas de Jóvenes Investigadores en Ciencias Humanas. Lorena M.A. de Matteis y Mariela E. Rigano, coords. Bahía Blanca: Grupo de Jóvenes Investigadores Fundación Ezequiel Martínez Estrada, 2006.

«Escritoras y secretarias». *Telar. Revista del Instituto Interdisciplinario de Estudios Latinoamericanos*. Universidad Nacional de Tucumán, Facultad de Filosofía y Letras: IIELA No. 4, 2006. 14-24.

En prensa.

Artículos

«Lucía Miranda: un mito de origen protonacional en varias lenguas: castellano, latín, francés e inglés». Ciclo de conferencias 2006. Centro de Literatura Comparada «María Teresa Maiorana». Pontificia Universidad Católica Argentina, Facultad de Filosofía y Letras. En prensa en la revista *Letras*, de la Universidad Católica Argentina.

«Eduarda Mansilla: la traducción rebelde», en prensa en la revista *Feminaria* (Buenos Aires).

Capítulos de libro

«Eduarda Mansilla y Victoria «Eduarda Mansilla y Victoria Ocampo: escribir entre varios mundos». Coloquio Internacional «Formes et Processus Transculturels en Amérique Latine», 16-18 de marzo de 2006. Universidad de Toulouse Le Mirail. En prensa en actas.

«Cautivas, inmigrantes, viajeros, en la narrativa de Eduarda Mansilla». En prensa en Actas del Coloquio «Cultura escrita en la Argentina del siglo XIX. Viajeros, cautivas, inmigrantes» (25 agosto de 2006). Universidad Nacional de Rosario: Centro Problemática de la Escritura, Facultad de Humanidades y Artes.

Obras de Eduarda Mansilla

Pablo ou la vie dans les Pampas. París: Lachaud, 1869. *Pablo o la vida en las Pampas*. Traducción de Alicia M. Chiesa. Buenos Aires: Confluencia, 1999.

El médico de San Luis. Prólogo de Rafael Pombo. Buenos Aires: La Biblioteca Popular de Buenos Aires, Librería Editora de Enrique Navarro Viola, 1879.

Cuentos. Buenos Aires: Imprenta de la República, 1880.

La marquesa de Altamira. Drama en 3 actos y un prólogo. Buenos Aires: Imprenta de «La Universidad», 1881.

Lucía Miranda. Novela histórica. (1ª. ed. Diario *La Tribuna*, 1860) Buenos Aires: Imprenta Alsina, 1882. *Lucía Miranda (1860)*. Edición, introducción y notas de María Rosa Lojo. Madrid/Frankfurt am Main: Iberoamericana/Vervuert, 2007.

Recuerdos de viaje. Buenos Aires: Imprenta Alsina, 1882. Edición de J.P. Spicer-Escalante. Buenos Aires: Stockcero, 2006..

Creaciones. Buenos Aires: Imprenta Alsina, 1883.

Un amor. Buenos Aires: Imprenta de El Diario, 1885.

Una mujer de fin de siglo

Novela

UMBRAL

Una mujer de fin de siglo no es una biografía de la escritora argentina Eduarda Mansilla (1834–1892). Es una novela inspirada en su vida, cuyo sentido se proyecta sobre todas las mujeres intelectualmente creadoras (incluso las actuales) comprometidas con una vocación que no les reclama por cierto la sociedad, más proclive a asignarles otras funciones. Es una novela pensada y escrita, pues, desde las necesidades y problemas de este presente, donde los personajes históricos son también símbolos de sueños y deseos que han mantenido (y exasperado) su vigencia.

Hace años, cuando trabajaba sobre la obra de Lucio Victorio Mansilla, el autor de *Una excursión a los indios ranqueles*, a quien dediqué una novela (*La pasión de los nómades*, 1994[1]), tropecé con la olvidada y escondida figura de su hermana, también escritora: la talentosa Eduarda Mansilla. Si los retratos y fotografías de Lucio sobreabundaban, creciendo y multiplicándose, en archivos y museos, comprobé que de Eduarda se habían conservado apenas dos imágenes públicas (una de la juventud, otra de la madurez). Debo la inédita, que ilustra este libro, al archivo personal y a la gentileza de su tataranieto, el señor Manuel Rafael García-Mansilla.

Desde ese entonces data mi curiosidad por conocer vida y obra de esta mujer de letras casi borrada de la memoria visual, y, lo que es mucho peor, de la memoria literaria nacional, salvo por los esfuerzos (marginales) de algunas y algunos especialistas. En esta novela de marco histórico, pero de impulso contemporáneo, y que aspira a una significación universal, conviven personajes que tuvieron un referente real en el pasado (Eduarda, su hijo Daniel, el señor Molina, Manuel Rafael García, Lucio V. Mansilla, Agustina Ortiz de Rozas de Mansilla) con los que sólo tienen existencia en este libro

---

1   Será próximamente reeditada por Editorial Sudamericana en Debolsillo Contemporánea.

(Judith Miller, Alice Frinet, Miguel Rojas) e incluso con los que pertenecen a otras ficciones, como el irreverente Rhett Butler, a quien Eduarda encuentra en un tren.

No he buscado la reconstrucción estilizada de la voz de la escritora ni la colección de citas (hay muy pocas textuales), sino la construcción original de esa voz desde un lenguaje propio. Como toda novela, ésta se exime del «pacto de veridicción» y no pretende realizar afirmaciones con valor objetivo acerca de los sentimientos, pensamientos y pasiones de sus personajes también históricos, que se convierten al entrar en ella, en personajes ficcionales, sometidos a la ley interna de la novela que los devora y los (re)interpreta.

El trabajo de la ficción no ha excluido, empero, un recorrido exigente por la investigación histórica y literaria, continuado luego de la primera edición del presente libro. Desde esa publicación hasta la fecha he dado a conocer numerosos trabajos sobre la obra de Eduarda Mansilla, entre ellos la edición académica de su novela *Lucía Miranda* (1860) que acaba de aparecer en Europa, por la editorial Iberoamericana–Vervuert.

Una mujer de fin de siglo no es una novela «para mujeres». No se reduce a tópicos que sólo puedan interesarle al sexo femenino. Los temas y problemas que plantea: la creación, el trabajo, la vida pública, la política, el amor, la familia, y el papel de varones y mujeres en relación con ellos, deben importar, entiendo, fundamentalmente, a los dos géneros que constituyen la especie humana.

« ¿Debemos creer que estas almas sumergidas en un estado de sonambulismo perpetuo, como la ostra encerrada en su conchilla, sin tener siquiera la fuerza de protestar contra la torpeza que las encadena, se hallen destinadas a no alcanzar jamás su despliegue? No lo sabemos. Compadezcamos, sin embargo, a estas pobres almas prisioneras más aún que a las otras en este valle de lágrimas; estas *parias* del pensamiento, excluidas de los goces intelectuales, quedando por lo demás sujetas a las luchas desgarrantes de las pasiones humanas. Verdaderas desheredadas, tienen todas las cargas, sin tener los consuelos... »

Eduarda Mansilla,
Pablo, ou la vie dans les Pampas.

1860

«La mujer americana practica la libertad individual
como ninguna otra en el mundo, y parece poseer gran
dosis de *self reliance*.»
EDUARDA MANSILLA,
Recuerdos de viaje.

I

«Judith M.»

¿Quién puede corresponder a ese nombre deliberadamente trunco? ¿Qué cara, qué talle, qué ojos, qué ropas, qué ademanes de seducción y acaso de impudicia son aludidos así, en alguna parte, aún lejos de mi vista?

¿Pertenecerá ella al bello ejército de las devoradoras de ostras? ¿Será una de las *yankees* transparentes que mastican y trituran sin saciarse frutos del mar con mandíbulas tapizadas en raso?

Hasta ahora es tan sólo una mujer que oculta su apellido – ¿por temor, por recato, por prudencia?– en la esquela donde le da cita a un hombre: el secretario de la Legación argentina en los Estados Unidos de Norteamérica. Se trata de un varón apuesto, alto, severo. Los curiosos y sobre todo, curiosas, del mundillo local, aprecian su estampa. ¿No las he oído llamarlo –entre sonrisas y secreteos nunca demasiado imperceptibles– *the handsome minister*? Quizá ese varón extranjero evoca para su fantasía voraz y sin duda carnal, otros espacios: *the Pampas, the savage South America*, desollada por gritos de guerra, largos como cuchillos, y por sombras rasantes de jinetes. Difícil, empero, para mí, acertar con los deseos de esas damas doradas que sienten y piensan en otra dimensión, no sólo en otro idioma.

Sólo sé que ese hombre joven, diplomático exótico a quien Judith M. ha dirigido unas líneas que subraya con perfume de violetas, se llama –¿podrá pronunciarlo ella?– Manuel Rafael García Aguirre[2], y es mi marido.

Pero ignoro quién es, en verdad, Manuel García, al que elegí hace apenas seis años, según estipulan nuestra religión y las buenas costumbres, como mi compañero hasta que la muerte nos separe. No podré renunciar –por lo menos abiertamente– a su compañía o su tutela; toda otra cosa implicaría pecado para la Iglesia, y para la sociedad, algo mucho peor: una *gaffe*, una

---

2   (Buenos Aires, 1826 – Viena, 1877) Distinguido diplomático argentino que representó a su país, como Ministro Plenipotenciario, ante los gobiernos de Estados Unidos, España, Inglaterra y el Imperio Austro-Húngaro, durante 27 años de carrera diplomática.

atroz inconveniencia. Se comporta como un caballero distinguido y un esposo devoto que enseña a nuestros hijos a pedirme la bendición y a besarme la mano cuando bajo a saludarlos por las mañanas (y no acierto a discernir si es cortesanía francesa o herencia de la Colonia). También —y eso me perturba— presiento que puede llegar a convertirse en la clase de varón que ciertas mujeres llaman «un buen amante». Si conmigo no lo ha sido nunca del todo, se debe acaso a mi pudor de niña bien educada, pero quizá, sobre todo, al suyo propio. Hay límites que las esposas no deben ser invitadas a transgredir, o que ellas deben negarse a trasponer, si, en el peor de los casos, a tal cosa se las incita. Es que si así no lo hicieren Dios y la patria y sobre todo sus maridos, dejarían de considerarlas como tales esposas, y pensarían de inmediato que son otros los que las han iniciado en la búsqueda de esas ajenas satisfacciones.

Con Judith M. tal vez mi marido olvide esos límites. Quizá ría con un brillo de ojos, suavemente procaz, apenas oblicuo, que no se permitiría dejarme conocer. Con Judith M. tal vez ingrese al vértigo del amor clandestino, donde los pasos pierden la orientación de la salida y las manos se extravían bajo la seda, sembrando una ruta disidente con la huella fuerte y seca de olores masculinos. Whisky o ginebra, tabaco mezclado con ráfagas de hojas de pino —esto último lo único en verdad que identifica a Manuel, poco afecto a la bebida.

Nada ni nadie me han preparado para este infeliz descubrimiento. Pienso en mi madre. ¿Habrá vivido ella una primera vez en la deslealtad, semejante a la mía? Es difícil suponerlo. Era la mujer más hermosa de ambas orillas, admirada igualmente por los salvajes unitarios[3] que acechaban del otro lado del río, y por los fieles de la Santa Federación[4]. Amada sin dudas ni intermitencias por mi padre, un hombre hermoso aunque tanto mayor, que hacía reír con sus galanterías a las mujeres, pero que no alcanzaba a turbar la superficie oculta de sus sueños.

¿Soy tan hermosa como ella? Me lo han dicho y no siempre me ha gustado creerlo. A mi madre le bastó la perfecta inmovilidad de su belleza. Nunca entendió los goces o la pasión del movimiento. Y las artes —los libros o la música— no fueron para ella más que adornos en un salón bien puesto, complacencias de los sentidos como un jarrón esmaltado o un sahumerio. Pero ¿qué son para mí? Acaso algo peor: el ornamento con que la esposa del diplomático Manuel Rafael García enriquece la reputación de su marido, y no ya en los salones domésticos, sino en la tertulia elegante de lo que llaman el gran mundo.

¿Qué diría mi madre, puesta frente a la esquela de Judith M.? Estamos demasiado lejos, y no sólo en el espacio, sino en el tiempo, a pesar de que me lleve apenas dieciocho años. Hubiera leído encogiéndose de hombros. Hubiera arrojado el papel fragante al fuego de su chimenea casi siempre encendida. O lo hubiese vuelto a dejar, imperturbable, en el despacho donde —como yo ahora— pudo haberlo encontrado, porque ella, simplemente, estaba

---

3   Los unitarios, opositores de los federales, eran tildados de «salvajes» por éstos.
4   El régimen federal bajo la dictadura de Juan Manuel de Rosas (1793-1877). Así llamado
      por sus partidarios entusiastas.

más allá de todas las mujeres y con ninguna se hubiese rebajado a competir.

Acaso mi padre era un objeto por el que no valía la pena competir. ¿Lo es mi marido?

Abro la ventana y miro la tarde profunda y despejada, pulida hasta en los detalles más lejanos del paisaje. Me miro a mí, y pienso que una noche, a través de una ventana como ésta, Agustina Rosas demostró que le bastaba simplemente ser y resplandecer para imponerse a un hato de machos violentos. Golpearon contra las hojas de roble de la puerta cancel, lanzaron piedras a los postigos. Gritaron muera Rosas y muera Mansilla[5], desafiaron a pelear a los ausentes. Mi madre ganó por ellos la batalla, peinada y alhajada, vestida con su mejor traje de baile, sentada en un círculo de luces reverberantes: cuando se abrieron de un golpe los postigos, la piel se le había disuelto en brillo blanco, y sus ojos miraban más allá de todos los deseos, como los ojos de los cuadros o las estatuas. Los varones bajaron las cabezas y las manos, y alguno, confuso, se arrodilló. Las piedras cayeron de los dedos y los insultos de las bocas, y uno a uno se fueron alejando hasta que la calle quedó desierta y ella iluminada para siempre en el marco de la ventana a la manera de la Virgen en sus altares. Mi madre podía ser ella misma y ser también un ícono y un símbolo. Yo me siento tan sólo mi propia persona indefinible, y ni el mundo extranjero en el que estoy ni los educados varones con los que trato me oponen esa clase de violencia. Quizá sea otra peor, por más sutil. Pero lo más intolerable no es hoy la furia masculina, solapada o candente, sino la invasión casi secreta, delicada y subrepticia, de Judith M. El doblez de una hoja que cruzan, sólo en parte, algunos afinados caracteres negros. Contra ella, ¿qué armas usaría?

Ninguna. Ninguna por ahora.

Recompongo los pliegues del papel. Vuelvo a guardarlo bajo la carpeta de cuero donde el azar (o Manuel) me la dejaron.

Tocan a la puerta. Es el señor ministro de la Legación, el dueño de esta casa alquilada, que se anuncia, eficiente, sin dilaciones ni ceremonias. Los niños están por volver del parque. Mi tiempo se termina con el regreso de la familia. Me he demorado en exceso –y para mi pena– sobre la mesa de trabajo de mi marido, no sobre la mía. Tampoco escribiré hoy.

La voz de Manuel llega en ecos amortiguados, desde la planta baja. Habla un inglés correctísimo, aunque todavía con fuerte acento hispánico. A veces la criada tiene que hacerse repetir interrogaciones o indicaciones, y él accede, con vergüenza paciente.

Pero ahora no hay enigmas ni tropiezos. Ha preguntado sólo por mí, y ya sube corriendo escaleras arriba. Tiene el pelo vagamente desordenado, y no puedo evitar el gesto de pasar una mano por entre las ondas oscuras, para

---

5   El general Lucio Norberto Mansilla, padre de Eduarda, estaba casado con Agustina
     Ortiz de Rozas, hermana de Juan Manuel de Rosas. Los dos apellidos, unidos por lazos
     de familia, representaban la causa federal, en ese momento derrotada luego de la batalla
     de Caseros en 1852.

volverlo liso, manejable. Me sonríe y se inclina para besarme, cerca de la boca. Siento el placer del roce, la barba que se demora contra mi mejilla, suficientemente larga como para tocar sin aspereza. Imagino esos labios buscando zonas y huecos de mi piel que ahora ocultan la seda y el encaje. Descubro en su mirada que estamos pensando lo mismo y doy vuelta la cara para sonreír y bajo los ojos. No parece la reacción de un hombre infiel.

En realidad nada parece haber empezado. Aún, quizás, Judith M. es sólo una fantasía que puede borrarse con el trabajo de mis manos asiduas. Atraigo hacia mí su cabeza hermosa que amo todavía hasta que los labios se ablandan y se hacen cálidos y húmedos como el centro profundo de un cuerpo femenino. Una campanilla insistente interrumpe la densidad, el abandono. Los niños llaman y nos desprendemos uno del otro, con renuente delicadeza.

En pocos minutos somos el Padre y la Madre, sentados, cada uno, en un extremo de la cabecera. Hay *cakes*, *scons*, tostadas, refrescos, y un té fuerte del país –para los niños, siempre mezclado con leche–. Un olor antiguo llega del pasado, detrás de las exóticas *bow–windows*, veladas ahora en verano por una muselina que sólo deja ver formas opacas, fantasías de la nostalgia. Es un aroma de pastelillos fritos, voceados a la hora de la siesta, tan calientes que abrasan con su dulzura las manos y la lengua. Ni a mi hermano Lucio[6] ni a mí nos importa quemarnos mientras los devoramos.

—¿Qué te pasa? ¿En qué estás pensando? –dice Manuel.

Sonrío. Por unos momentos he andado muy lejos, corriendo, clandestina, con una moneda de dos reales tras la mulata de las frituras, sobre el empedrado desparejo de la calle Tacuarí.

—En pasteles fritos.

—En casa casi no me dejaban comerlos.

—Pues a nosotros tampoco. Pero de una manera u otra los conseguíamos.

—Yo no –suspira Manuel– Era un hijo modelo. Demasiado obediente.

—¿Es malo ser obediente? –pregunta Eda.

—Según las circunstancias, puede serlo– me siento obligada a responder. Manuel me mira serio, casi reconviniéndome. Luego se dirige a Eda.

—A tu edad, siempre hay que obedecer.

—¿De veras, mamita?

—Ya has oído a tu padre.

No discutimos en la mesa, y nunca delante de nuestros hijos. Queremos dar buenos ejemplos. Aunque los buenos ejemplos a veces desconcierten. Mis padres viven ahora en casas diferentes, por lo que Lucio me ha escrito, sin que jamás les hayamos oído cruzar una palabra malsonante.

Eda termina de merendar en silencio. Evita mis ojos, quizá por distracción, o porque de pronto me he transformado para ella en una persona escasamente confiable. Manuel José, demasiado pequeño para los comentarios, casi se queda dormido sobre su bizcocho. Lo tomo en brazos. Tiene la

---

6   Lucio V. Mansilla (Buenos Aires, 1831-París, 1913). Militar, diplomático y político, su
     libro *Una expedición a los indios ranqueles* le aseguró un lugar permanente en las letras argentinas.

respiración agitada, insegura. Ha jugado mucho en el parque —me dice la niñera—, ha vuelto a las hamacas una y otra vez, casi flotante en el aire enardecido. Los bronquios —su punto débil— ya resuellan y silban. Doy orden de que se lo acueste, y se le haga inspirar vapores de eucalipto.

Fuera de esto, cumplimos los ritos habituales. Manuel y yo nos sentamos en la biblioteca.

—¿Has revisado tu correo?

—Lo vi esta mañana.

—¿Algo interesante?

—Nada que valga la pena mencionar. Salvo que tenemos dos o tres cenas la semana próxima y un concierto en la Legación brasileña.

—¿Sólo eso?

—¿Te parece poco? —ríe Manuel— ¿No te estabas quejando hace unos días del exceso de trato con los diplomáticos que pasan aquí sus destierros, tan aburridos como nosotros? ¿No decías que te agradaría salir un tiempo de esta ciudad insulsa y conocer el país? A propósito de esto, ya he hablado con Molina[7].

—¿Para qué?

—Ya que se toma unas vacaciones, para que te acompañe a visitar algunos sitios importantes, junto con los niños: Nueva York, Niagara Falls, Saratoga, Filadelfia. Sabes cuánto te estima y cuánto quiere a nuestros muchachos. Estará encantado de poder mostrarte todo.

—¿Cómo «para que me acompañe»? ¿Es que no vas a venir?

—Ojalá pudiera. Me necesitan aquí. Pero ésa no es razón para que te sacrifiques, ni para que los chicos pasen también todo el verano en este desierto

—Nunca ha sido un sacrificio el quedarme a tu lado.

—Bueno, tanto mejor así. Aunque me gustaría de verdad que aprovechases la ocasión para ver algo más de esta tierra.

—Molina te merecerá mucha confianza, por lo que veo, puesto que así me entregas a sus cuidados.

La cara de Manuel, habitualmente tan pálida, comienza a enrojecer.

—Claro que confío en Molina. Pero mucho más confío en mi mujer. ¿No hago bien acaso?

—Naturalmente. Era una broma— le sonrío con inocencia.

—Antes tenías un gusto más fino para las bromas.

—Serán resabios de mi tío.

—¿Cuál de ellos? —pregunta displicente, como si no imaginara mi respuesta.

—El Restaurador[8], por supuesto. Don Juan Manuel.

Mi marido no contesta. Un giro imprevisible de la conversación ha encendido la sombra de viejos antagonismos: los unitarios de su familia y los

---

7   Este personaje está creado a partir de una escueta mención a «Molina» en *Recuerdos de viaje* XVI (92). En la novela se da su nombre completo: Carlos Molina (158 y 197).

8   Durante el primer gobierno de Rosas (1829-1832), el país no estaba organizado como una nación y la Liga Unitaria (provincias de Córdoba, Santiago del Estero, Catamarca, La Rioja, San Juan, San Luis, Tucumán, Salta y Mendoza) se enfrentaba al Pacto Federal (Buenos Aires, Santa Fe, Entre Ríos y Corrientes). En esas circunstancias Rosas había asumido la gobernación de Buenos Aires con facultades extraordinarias. Terminado su primer período no aceptó la reelección si no se le renovaban los poderes extraordinarios,

federales de la mía, perdedores de una batalla que continúa en los sótanos de la casa y cuyas reverberaciones llegan apenas, deformadas y confusas, a la superficie de la sala de baile.

Cenamos los dos solos —Eda, extenuada, se ha dormido también—, en el comedor de diario donde solemos tomar los desayunos. Comemos sin mayor interés la carne con papas; Manuel vuelve a servirme el vino borgoña que prefiero, no bien ve mi vaso vaciarse. El malhumor no anula la costumbre o el deber de su cortesía. Me reprocho el haber amargado la noche con sospechas absurdas. ¿Por qué tiene que ser importante o culpable la esquela de Judith M.? ¿Por qué no ha de tratarse de una de las tantas entrevistas sociales de un funcionario? ¿Por qué suponer que quiere librarse de mí, en lugar de complacerme?

Manuel se acuesta enseguida y yo me demoro cepillándome el pelo. Cuando entro bajo las sábanas de hilo fresco, me siento tentada de ignorar el largo cuerpo cuyo contacto, sin embargo, deseo. Pero apoyo mi mejilla contra su cuello y mis pechos contra su espalda y tomo una de las manos que él retiene, obstinado, sobre sí mismo. En unos instantes el orden de la separación se transtorna. Un caos delicioso aparta la batista y el satén próximos a la piel, ignora las reticencias, derrota los rencores. Llaman a esto, inadecuadamente, hacer el amor. Pero no es hacer sino deshacer. Nos quitamos las caras con las que nos conocen los otros, y caen las normas cotidianas que asfixian y que aprisionan, como pesados corsés. No estamos ni siquiera debajo de nuestros nombres, escapamos por las fisuras de las palabras, somos lo que desborda, el inagotable exceso. Es esa parte de nuestra vida que no podemos exhibir ante nuestros hijos como se exhiben, sin embargo, ejemplarmente, los cuadros heroicos de las guerras o los rituales de la muerte.

Quiénes somos cuando nos entregamos con lengua y tacto y una potente circulación de sustancias ocultas. Quiénes somos cuando nos abrimos o nos vertemos, sin medida, de cuerpo en cuerpo, para curar los daños del pensamiento. Cierro los ojos sobre el pecho de Manuel y oigo el latido que vuelve a su cauce de golpes regulares, y oigo su respiración de hombre que duerme, incapaz de sobrevivir consciente a la fuga y al derramarse de sí mismo en otra criatura de la tierra.

Viamonte y Manuel Vicente Maza, ninguno de los cuales pudo terminar su mandato por problemas políticos, muchos creados por Rosas desde el llano mediante su organización «Partido Restaurador Apostólico». En 1835 la Legislatura de Buenos Aires confirió el gobierno a Rosas por cinco años con la suma del poder publico, sin más restricciones que conservar y proteger la religión católica, y sostener y defender «la causa nacional de la Federación». El caos era tal que Rosas prometió «Restaurar las leyes», y de ahí su

II

Tengo el pelo recogido bajo el sombrero, y un velillo me cubre la cara. Manuel no ha de reconocer mi traje (gris perla con vivos azules, austero, que viene de un almacén neoyorquino y que todavía no he usado). No quiero mostrarme ante ella, y menos aún, ante él. Quiero –desdichada de mí– tan sólo espiarlos, lo más oculta posible. Esta conducta, que hace unos años y en otras circunstancias hubiera juzgado indigna, hoy me parece casi natural. Y aunque mi madre estuviese aquí, al alcance del oído y de mis brazos, ¿le hubiese yo preguntado realmente qué hacer? Es que voy acercándome a la treintena y a esa edad una mujer cabal no humilla su orgullo ni compromete a la propia madre interrogándola sobre cosas semejantes. Si viviéramos en Buenos Aires ya hubiera mandado en mi lugar, como quien no quiere la cosa, a una criadita de la casa grande, una de tantas muchachas del servicio, curiosas y despejadas, normalmente fieles, siempre dispuestas a preocuparse por las vidas ajenas y sobre todo por las de sus patrones, a menudo infelices. Aquí no hay nadie en quien pueda confiar para tales menesteres.

La cita es en el salón de té del hotel más céntrico y más encopetado de la ciudad, es decir, el único decente, ya que Washington es de una pobreza franciscana, o mejor dicho, puritana. Debo reconocer que no han buscado esconderse de los ojos indiscretos, lo que permite suponer buenas intenciones, o quizá, públicas pretensiones de inocencia. Pero, ¿por qué mi marido, a su vez, no le ha dado cita en una de las oficinas de la embajada?. ¿Por qué Judith M. merece otro trato deferente y diferente, que la distingue de cualquier peticionante? O quizá no sea ella una peticionante. A lo mejor es una dama adinerada, con inclinaciones filantrópicas, que se propone donar una suma considerable para aliviar la miseria del Sur de América (algo más atractivo, acaso, que ocuparse de la miseria de su propio país). O es una rica inversionista que desea interrogar de manera adecuada al secretario de una república desconocida y lejana antes de arriesgarse a poner un centavo en ella.

Enfilo hacia el hotel como quien se prepara para una incursión riesgosa por tierras ignotas. Aunque no está lejos, el camino por las calles sin empedrar donde a veces merodean los cerdos sueltos, suele ser accidentado y resbaladizo. Agradezco que no haya llovido, de lo contrario, me hubiera visto obligada a contratar cochero, atrayendo así aún más la atención sobre mi persona. Mal que me pese, avanzo levantando el ruedo de mi vestido —no tan corto como el de la mayoría de las *yankees*— y siempre por atajos laterales para no cruzarme con mi marido que, si no ha llegado ya, puede estar acercándose a su encuentro con Judith M. desde la Legación.

Por fortuna, el salón tiene dos entradas. Atisbo, desde una de las grandes ventanas, el interior casi coqueto donde florecen relativamente algunas plantas del trópico, importadas apenas para el verano efímero. Hay una mujer sola, hacia el centro de la sala semivacía. No le importa llamar la atención, por lo que parece. Cualquiera puede mirarla, desde cualquier ángulo. Es la única expuesta en exhibición solitaria. Podría creérsela vulnerable. Sin embargo, los ojos que se detienen sobre las puertas de entrada o de salida, y observan al viandante y me observan a mí con tranquilidad estudiosa, sin desafío, no son precisamente los de una mujer indefensa. No puedo demorarme en devolverle esa mirada. Entro por la puerta especial reservada a nosotras, las *ladies*, y me sitúo, amparada por la sombra de una columna, en una mesita cuya ubicación oblicua me deja ver los movimientos de la dama en un espejo.

El *waiter* se me acerca. Justo a tiempo para pedir un chocolate batido y callar, antes de que Manuel, levemente impuntual, avance por el ancho camino de los caballeros y se siente frente a la mujer con una previa y adecuada inclinación de la cabeza. Sorbo, casi con alivio, el chocolate. No le ha besado la mano, ni siquiera se la ha estrechado. Ningún gesto delata intimidad.

Manuel llama al *waiter*. La dama pide un agua de Vichy. Mi marido, café y una copa de coñac. Manuel nunca bebe. ¿Necesitará algún suplemento de especial coraje para enfrentarse a los ojos pálidos de Judith M.? ¿Tendrá algún poder intimidatorio esta mujer quizá demasiado esbelta, de colores borrados y serenos?

Logro verla solamente de perfil, a través del reflejo. Una cabeza pequeña, algunos rizos de un rubio cobre que asoman bajo el sombrerito elegante, de matices lánguidos. El cuerpo tiene ya las formas algo lacias de todas las americanas que han pasado los veinticinco años y han perdido con ellos la morbidez y la delicada curvatura de los contornos. No obstante, es hermosa. Me duele su belleza, me duele que no abuse de los encajes ni de las joyas, como suelen hacer muchas de sus compatriotas. Envidio su traje bien cortado, de un lila suavísimo (¿un alivio de luto, o simple preferencia?), los guantes de seda blanca, los mínimos pendientes de perlas —dos capullos colgantes— que acompañan cada giro de la cabeza. Por un momento deseo ser ella, pero de inmediato vuelvo a mí misma y me apruebo: mujer de formas plenas, como mi madre, opacaría sin duda a mi rival dentro de un traje de baile: gris plateado o verde esmeralda —mis colores— que iluminarían la piel rotunda y blanca, los ojos de oscura aguamarina, y los tirabuzones francamente castaños.

Comienza una conversación en tonos menores, apagados, pero claros. Hablan, por supuesto, en inglés, y la voz más nítida es la de mi marido, salpicada de vocales abiertas y de haches que viran hacia la jota. Me llegan fragmentos que trato de suturar, palabras sueltas: *investments, educational planning, abolitionists*. ¿Una discusión política, en lugar de una cita galante? *You know, it's also about women's rights...* apunta Judith M. *I shall tell my wife; she may be interested*, responde Manuel. Ella ríe con una carcajada pequeña y seca, como si descreyera. ¿De qué? ¿De la veracidad de Manuel? ¿O de la capacidad de una mujer (una esposa) criolla para interesarse en los derechos de su género? *You should meet Mr. Sarmiento*, continúa mi marido. ¿Sarmiento será mejor interlocutor que yo para esos temas?

He terminado el chocolate y finjo absorberme en un libro de poemas —Wordsworth— que traigo en mi bolso de mano. «Poesía, emoción recordada en la tranquilidad». De cualquier modo, yo estoy muy lejos de la tranquilidad aún... La emoción no se desplaza hacia el pasado, permanece candente y necesaria, ocupando todos los espacios.

«Naturalmente, nosotros no aprobamos la esclavitud» —tercia mi marido—. «Pero si no la aprueban, en cambio no parece molestarles la limitación de los derechos femeninos. ¿Y no es ésa también una clase de servidumbre?» —insiste ella—.

Manuel tose, incómodo. Una forma —todavía cortés— de indicar su disenso y quizá su desconcierto, ante tópicos tan inoportunos y sorprendentes. O acaso está simplemente decepcionado porque esperaba de su dama muy otros intereses. Se rehace, con todo, y me parece oírlo contraatacar con sus habituales y prolijos discursos: nadie duda de la igualdad ante Dios de varón y hembra, tan valiosos el uno como la otra. Pero en la sociedad ambos tienen sus ámbitos propios. Sin duda las mujeres brillan más y mejor en el seno del hogar, instruyendo a sus hijos y elevando la moral doméstica. Nadie les prohibe que se eduquen —todo lo contrario—, ni que practiquen las artes con las que podrán embellecer la vida social. *«But I'm talking about political rights* —se trata de derechos políticos, Mr. García— *We women are also citizens. Free citizens* —somos, debemos ser, ciudadanos libres—» «¿Y quién les niega su libertado su opinión?» —responde él — «En un matrimonio avenido también el voto se discute, como tantas otras cosas, y el marido bien puede representar a su mujer cuando ejerce su derecho de sufragio.» «¿Y si no están de acuerdo? Usted es un individuo y su esposa otro» –precisa ella–. «Pues si ni siquiera marido y mujer logran concordar, poco puede esperarse de una comunidad semejante» –está diciendo Manuel García–.

«Oh, no somos bárbaros –continúa él, de pronto–. Usted tendría que conocer a mi esposa. Es una mujer de letras, una escritora distinguida, y una intérprete musical destacada, también. No por eso se ha vuelto una agitadora en favor del derecho femenino al sufragio.»

«Claro que me agradaría conocer a su esposa –retruca Judith M.– siempre que no la tenga usted guardada en el armario». «De ninguna manera»– la corta Manuel, helado– «algunas veces la coloco encima del piano para que la admiren las visitas». Desde el espejo veo a Judith M. sonreír lentamente. «Bueno, avíseme entonces uno de esos días. Iré a presentarle mis respetos». Judith tiende a Manuel García la mano enguantada. Mi marido se pone de pie, casi cuadrándose, y estrecha fríamente la punta de los dedos de seda. «¿Debo informar algo a mis superiores?» «Sí, por favor. La donación para escuelas quedará, por el momento, sin efecto. Quisiera que antes nos conociéramos... un poco más».

Manuel García ha enrojecido con violencia.

«Le haré llegar noticias, señora», contesta. Y sale, a paso redoblado, hacia la puerta central. En su ofuscación ha olvidado pagar la cuenta.

Vuelve sobre sí, pero ya es tarde. Judith M. ha llamado al *waiter*.

—«Déjeme el placer de invitarlo –se adelanta–. Algunas veces también me gusta pagarles a los hombres. Por lo menos un café y un coñac».

Manuel se retira sin una palabra, inclinando apenas la cabeza.

Judith enciende un cigarrillo cuyo perfume se va infiltrando, como ella misma, por todo el salón. Es evidente que le agrada provocar. ¿A todos, o sólo a varones tan circunspectos como el mío? Sin embargo, no se ha atrevido a fumar delante de él. O tal vez no ha encontrado el gesto lo suficientemente desafiante. ¿Qué novedad o escándalo podría ser para Manuel –pensará ella– si aquí nos pintan a todas las señoras criollas con el cigarro en la boca?

Pretendo volver a Wordsworth. Hay que hacer tiempo, dejar que él llegue a la Legación antes de aventurarme por las calles. *All things that love the sun are out of doors; / the sky rejoices in the morning's birth*. Todas las cosas que aman el sol están puertas afuera, el sol se regocija en el nacimiento de la mañana. *Resolution and Independence*, se llama el poema.

No necesito leerlo para soñar la independencia de las criaturas que aman el sol. Ráfagas de viento pampeano levantan los mantelitos de lino blanco ribeteados de encajes holandeses, amenazan la mansedumbre de estos helechos transplantados, precarios. El viento soy yo. Voy en un caballo de pequeña alzada –un petiso– intentando alcanzar la forma femenina, blanca y roja, del huracán: mi prima doña Manuelita, la Niña[9], que monta a lo hombre –tiene un pantalón bajo las faldas– y galopa hacia la frontera donde el horizonte es

____

9	Manuelita, hija del dictador Rosas, era también llamada «la Niña».

una inmensa mirada impronunciable. Más allá se multiplican, como señales o advertencias, los toldos de cuero manchados de sangre y humo, y resplandecen bajo la luna los grandes salitrales incrustados en el corazón del llano.

Pero al dar vuelta la cara no encuentro esos brillos sino unos ojos líquidos y traslúcidos, penetrantes, empero, en su extraña fluidez.

—Disculpe usted. Creo que se le ha caído este libro.

Judith M., en persona, me está mostrando las tapas verde y oro de *Poems of William Wordsworth.*

La observo, manchada por las motas del tul espeso que no he querido levantar ni siquiera al partir Manuel. Al menos en esto llevo alguna ventaja: miro sin ser mirada. Mis ojos son apenas un reflejo sinuoso que se posa sobre las manos de Judith M. y sube hasta el cuello fino y frío y sigue el movimiento rápido de sus pupilas. Me cuesta recobrar el habla, articular palabras coherentes.

—Es mío, sí. Muchas gracias

Judith M. vacila un instante, como indecisa. No la invito a sentarse —¿es eso lo que espera?—; estoy perdiendo acaso, increíblemente, una extraordinaria oportunidad de intimar, de conocerla. Ya es tarde. Se ha dado vuelta con un amplio giro de faldas. Suspiro y llamo al *waiter* que no parece muy desconcertado ante dos mujeres solas que pagan sus cuentas.

Me levanto despacio y la estudio con el rabillo del ojo. Ha volcado la cabeza hacia el amplio ventanal que comunica con un jardín interno. En su centro hay una fuente pequeña. Al trasponer la puerta sólo escucho ese murmullo casi secreto y el de los bajos de mi vestido que rozan el suelo.

III

—Molina te estará esperando en la estación de Filadelfia —dice Manuel.

Termino de atar las cintas de mi sombrerito frente al espejo y le sonrío. Tengo el buen humor transitorio que da la certidumbre de la belleza.

Mi marido me ofrece el brazo y me ayuda a subir al coche. La *nurse* viene detrás, trayendo a Eda y Manuel José. Partimos, con un chasquido y un grito, hacia la estación de ferrocarril. Manuel se empeña en acompañarnos hasta abordar el tren. Es mucha deferencia que falte por nosotros a sus tareas habituales, cuando hasta con fiebre se ha obstinado siempre en cumplirlas escrupulosamente.

Abandono, sin otra pena que su ausencia, la ciudad barrosa y ministerial cuyo único lujo es el Capitolio de mármol blanco que parece despreciarla, puesto que no la mira. El corazón del poder ha quedado involuntariamente de espaldas a las casas de los ciudadanos que lo sostienen.

Llegamos por fin, entre bocinas, y la vocinglería de los changarines y de los vendedores de dulces.

Manuel no condesciende a la compra de golosinas, pero levanta a los niños y los abraza antes de depositarlos en el *car* junto con la doncella. Aprovechamos un momento de distracción para besarnos, entre ajenos e indiferentes, casi como si estuviéramos solos en uno de los cuartos de la casa.

—Los extrañaré. Te extrañaré, sobre todo —susurra.

—También yo. No había necesidad de que me fuera.

—Claro que sí. Ya me lo agradecerás. Si me es posible me reuniré contigo antes de que termine el viaje.

No será posible, mucho me temo. Manuel es demasiado eficaz, siempre se lo necesita para todo. Judith M. se cruza de pronto por mis ojos como una ráfaga brillante y fría. ¿Será capaz de ir a buscarlo para destejer la tela de la burocracia administrativa y las convenciones de un caballero criollo con un golpe neto y agudo de su sombrilla y acaso también de su sonrisa?

Empujo el miedo ingrato hacia donde ya no puedo verlo, y acaricio, con la mano enguantada, la barba de Manuel. Suena la campanilla. El guarda, los niños, la *nurse*, gritan a un tiempo. Mi marido me toma por la cintura y me sube a la escalerita del vagón.

—Por mi culpa vas a perder el tren. Manda un cable cuando llegues.

Nos acomodamos en los asientos rojos, afelpados. Mis hijos miran hacia afuera, se despiden –una vez más– de su padre, se vuelcan hacia un paisaje que retrocede a fantástica velocidad. Cuando oscurece, nos acompaña una luz de opalina y las maderas y el terciopelo encarnado nos rodean como si estuviéramos en el corazón de una nuez, seco y resplandeciente. Acaricio la tela cálida, tan suave al tacto como los sillones de Manuelita, la Niña, que nos recibe en un salón pequeño donde el fuego de una salamandra[10] siempre encendida reverbera sobre el punzó[11] y el oro de los marcos antiguos.

Un golpe de tabaco virginiano atraviesa la puerta del coche y se instala frente a mi recuerdo. Cuando abro los ojos ya no encuentro a la *nurse* ni a mis hijos. Inquietos, habrán ido a tomar el agua fresca que se sirve, abundante, en todos los vagones, o a buscar nuevos ángulos de las ciudades en fuga desde ventanas distintas. Ante mí hay, en cambio, un *gentleman* alto y moreno. Casi demasiado moreno para tratarse de un *yankee*, y demasiado elegante, sin duda alguna. Es imposible ignorar la llamativa perfección de los zapatos charolados, los guantes de cabritilla, el pantalón a rayas finas, de un corte que no puede ser sino inglés, y el increíble chaleco de inmaculada seda bordado con flores mínimas color de rosa. El hombre todavía joven que ahora se quita el sombrero y se inclina cuando me ve, viste con el esplendor casi desmedido, dispendioso, que la cultura tolera en las damas pero admite con reticencia en los varones.

—¿Permite usted, *Madame*? –me dice, señalando el asiento de enfrente.

Concedo con un gesto. Se parece –tanto por su manera de vestir, como por su porte y estatura– a alguien familiar y querido: mi hermano Lucio. El caballero se acomoda. Estira con un cuidado moroso, como para no molestar, unas piernas largas y bien planchadas. Pero a poco hace un ademán inquietante. Parece buscar algo en el bolsillo donde guardan sus cigarros los fumadores. No puedo evitar el sobresalto.

—¿Ocurre algo malo, señora?

—No. Quiero decir... francamente sí. ¿Es que acaso piensa fumar?

—Tranquilícese, no tengo esas intenciones. Acabo de dejar el *smoking car*. Pero aunque las tuviese, me bastaría que a usted le incomodara para desistir.

—Le agradezco. Disculpe si he sido algo brusca. Es que no lo he pasado muy bien en otro viaje.

---

10   Estufa, artefacto de combustión lenta que utiliza generalmente carbón o leña; se usa para calentar la habitación.

11   Color rojo vivo. La «Divisa punzó» era la insignia de los Federales.

El recuerdo de mi trayecto de llegada, desde Nueva York a Washington, todavía me ahoga en nubes malsanas de tabaco negro.

—¿A causa de fumadores desconsiderados?

—Pues sí. Un grupo de oficiales ocupó mi coche, y uno de ellos me pidió permiso para fumar. Se lo di como una incauta, y al rato estaban todos con sus cigarros. Tuve que levantarme y salir para poder respirar. ¿Y quiere usted creer? Cuando dejé el vagón, los groseros se reían a mis espaldas.

—¿Eran oficiales de la Unión[12]?

—Sí, claro.

—No me extraña. Las damas del Sur suponen que en todas partes serán tratadas como corresponde. Pero se llevan sorpresas desagradables en cuanto pisan estas tierras.

—Creo que me ha confundido. Sí soy una señora del Sur, aunque de un Sur mucho más lejano.

—¿Las tierras del Polo? Por su color podría ser usted una dama de nieve.

—Dado el lugar de donde vengo, sería más bien una dama de plata. ¿Conoce el Río de la Plata? ¿La Argentina? Le aclaro que no es Brasil. No tiene nada que ver con Río de Janeiro, nunca tuvimos emperador, y las señoras de Buenos Aires no fuman cigarros.

—Pero toman un té que llaman «yerba mate» en unas coquetas calabacitas, a veces hasta adornadas con metales preciosos.

—¿Cómo lo sabe? Usted es el primer *yankee* que...

—¡Señora! No puede haberme tomado por un *yankee*. ¿Es que tengo modales tan burdos? ¿Me visto con tan poca imaginación y descuido?

—No sea injusto. Es cierto que a los *yankees* no los distingue su gusto refinado en materia de ropas. Pero salvo por los oficiales fumadores, encuentro sus modales con las señoras por completo aceptables.

—Se contentará usted con poco. O acaso prefiere ser más indulgente fuera de su patria.

—Y ahora dígame, ¿cómo sabe lo del mate y las calabacitas?

—Antes dígame usted, ¿por qué me llamó *yankee*?

—En realidad debí decir *american*. Pero no quise. ¿Por qué han de titularse los habitantes de este país como *americans* con exclusividad, como si todos los demás no tuviéramos derecho a llamarnos americanos? ¿O se creen que Vespucio[13] diseñó nuestro mapa únicamente para ellos?

—Estoy de acuerdo. Pero no hable de «este país» como si nos incluyese. Son dos países. Norte y Sur. La Unión y la Confederación. Y muy pronto estarán en guerra.

—¿De veras?

—Sí, por desgracia para mis compatriotas.

12　　En la guerra civil de los Estados Unidos (1861-65) se enfrentaron la Unión, conocida como los Estados Unidos de América, y la Confederación de los estados sureños que se separaron de ella..

13　　Américo Vespucio (Florencia, 1454-Sevilla, 1512). Navegante español, nacido en Italia, que exploró parte del litoral atlántico de América del Sur, y expuso la idea de que esas tierras pertenecían a un nuevo continente, no a Asia como había creído Colón. Por ello se les dio el nombre de América (en femenino, como los otros continentes: Europa, Africa

—No les tiene mucha fe.

—¿Cómo habría de tenerla? Son caballeros rurales, que no conocen la industria ni el trabajo, gastan su dinero en las mesas de juego y los caballos de raza y todo lo que saben de la guerra es manejar con gracia la espada y las pistolas.

—Es algo.

—Es poco. La guerra no se hace con pistolas enchapadas en plata, ni con caballos árabes, ni con declaraciones patrióticas. Se hace con fábricas y con cañones, con barcos y con astilleros, con municiones y con ejércitos organizados.

He visto soldados *yankees* en la última revista de tropasen Washington, vestidos con uniformes caprichosos, a veces sin uniforme, incluso.

—¿Le parece que la Unión tiene ejércitos organizados? Ni siquiera se presentan con armas o con ropas decentes. Si se los compara con los franceses...

—Si no hay ejército lo habrá, señora. A cualquier precio. Pagarán mercenarios, no han de reparar en gastos. Para eso está el oro que les da su trabajo. Y en cuanto a las ropas, despreocúpese. De poco vale la parafernalia francesa. Una batalla no es un desfile de modelos.

—Pero un viaje en tren puede serlo, ¿verdad? –añado, mirándolo fijamente–. No me parece usted el más indicado para criticar la debilidad de los galos por la indumentaria.

—Si no los critico. Simplemente señalo que todo es cuestión de oportunidad y de ambiente. De nada vale ir a la guerra acicalado como el hermoso Brummel[14]. En cambio en un tren quizá conquiste uno el aprecio de alguna dama de buen gusto.

Dejo pasar la peligrosa indirecta.

—Todavía no ha contestado a mi pregunta..

—¿Lo dice por lo del mate y las calabacitas? Es que he hecho muchas cosas en mi vida y he visitado territorios que no frecuentan por cierto mis conciudadanos: desde las minas de oro de California hasta Cuba y la América del Sur. Sé lo que es la guerra de montoneras, he visto enlazar avestruces con bolas redondas de piedra, y también he tomado esa infusión espumosa que ustedes han copiado de los indios, en una calabaza con incrustaciones de alpaca.

—¿Cuándo? Me extraña no haberlo encontrado en los salones de Buenos Aires o en las fiestas de Palermo.

—Es que yo no podía estar en los agasajos de la autoridad y de la clase decente, mi señora. Era contrabandista. Conseguía telas francesas y zapatos para las damas durante el último bloqueo, y transporté también algo de contrabando humano a la otra orilla: enemigos políticos del señor Gobernador que buscaban el paraíso bajo los cielos de Montevideo.

—Pero dígame ¿a qué se dedica ahora?

—El demonio y la guerra mediante, siempre a lo mismo. Sólo que mis tareas hasta tomarán color patriótico.

---

14   George Bryan Brummel (Londres, 1778-Caen, Francia, 1840), conocido como el Hermoso Brummel, fue un árbitro de la moda en la Inglaterra de la Regencia (1810-20). Promovió una moda de ropa masculina elegante, con cuello elaboradamente adornado, y se le atribuye haber introducido el traje moderno y la corbata.

—¿Cómo es eso?

—El Sur será lo suficientemente torpe como para provocar o declarar la guerra. Y el Norte responderá, implacable. Los ahogará por todas partes, los desabastecerá. Armará un verdadero cinturón flotante, no en vano tienen buenas naves, para cortar todo comercio y circulación de mercaderías. Y ahí entraré yo con mis barcos propios.

—¿Sus barcos?

—Claro. No he perdido el tiempo en mis andanzas por lugares imposibles, con su perdón.

—No lo perdono, pero siga.

—Tengo dos buques, soy un excelente piloto, y no me falta dinero. Y tendré más todavía cuando venda a los confederados mis cargas a precio de oro.

—¿Sería exacto si dijese que es usted un cínico sin vergüenza? ¿Así piensa luchar contra los patriotas del Norte? Buen favor les hace a los suyos.

—¿Quién habló de luchar? Me parece, *Madame*, que me he referido más bien a comerciar. ¿Y quién le ha dicho que los del Norte son patriotas? No son patriotas, señora. No al menos los que ocupan el Capitolio. Son políticos. Por lo demás, no cobraré nada que no merezca. ¿O piensa usted que jugarse el pellejo atravesando líneas de fuego no tiene un precio? Cuanto más si es por defender una mala causa.

—¿Pero no es usted sureño?

—Nacer en el Sur no significa ser irremediablemente idiota, *Madame*. ¿Cuánto tiempo más podremos vivir gracias al trabajo de esclavos aniñados y embrutecidos, sin industria, en una falsa paz bucólica? El Sur es el pasado, no nos engañemos.

—Asiento a lo que dice de los esclavos. No hay patria ni economía que florezcan donde no existe tampoco pueblo verdadero. Pero, ¿y la cultura, y la elegancia, y la vida señorial? ¿No es el Sur todo eso?

—¿Eso le han contado, verdad? Pues también es la frivolidad, el prejuicio y la tontería. Y el tiempo inmóvil y la decadencia de lo que ya no cambia ni fluye. Y algún día será la locura y la muerte.

Mis hijos irrumpen en nuestro coche. Me besan con las caras pegajosas de dulce. Manuel José mira a mi interlocutor con desconfianza, y Eda con fascinada curiosidad, como si se tratase de un objeto raro, atractivo y enorme, difícil de abarcar o de manipular. Tiende finalmente los deditos hacia la cadena de oro que sostiene un reloj adornado con filigrana y tres rubíes pequeños. El caballero lo desprende, sonriente, y a pesar de mis protestas se lo ofrece para jugar.

—¿De modo que tenía niños? Son muy simpáticos, sobre todo la jovencita.

Y añade con un suspiro, para horror de Maggie, la niñera.

—Debo suponer entonces que, lamentablemente, también ha de tener usted marido.

—Si no hubiese afirmado conocer la imposible *South America* podría decirle que el verde oscuro es el color del luto en nuestra tierra. Pero en fin, mi marido vive, por fortuna, y no creo que se proponga dejarme viuda por el momento.

—¿Va a reunirse con él?

—No. Acabo de dejarlo en Washington.

—¿Cómo así?

—Vamos de viaje por varias ciudades. Mi esposo considera que no debo perderme la oportunidad de conocer este país antes de que nos toque irnos.

—¿No aceptará la compañía de un guía experto, su servidor?

—Le diré que usted no me inspira demasiada confianza. Temo que pueda meternos en uno de sus barcos y vendernos luego como esclavos a los turcos, con tal de hacer buenos negocios. Por lo demás, ya tenemos cicerone: el doctor Molina, decano de nuestro cuerpo diplomático, que nos dedicará sus vacaciones.

—Será un caballero anciano y venerable.

—Muy venerable.

—Me alegro por su marido. ¿Va hasta Nueva York?

—Bajamos antes, en Filadelfia. Iremos a Nueva York sólo después de unos días.

Los dedos largos, manicurados, extraen una oblea[15] de un pulido tarjetero de plata.

—Pasaré al menos una quincena allí. Por negocios, claro, aunque no con los turcos. Le ruego que me busque y me pondré a sus órdenes y las del señor Molina cuando así gusten.

Leo distraídamente la inscripción dorada, que reza: *Captain Rhett Butler*[16]. El marino se pone de pie y otra vez me saluda, esta vez con una reverencia casi exagerada, para dirigirse al salón de fumadores.

De pronto, una aceleración de nubes, un nuevo brillo de la atmósfera me golpean los ojos: el reflejo vaporoso del río Susquehanna, espejándose en las ventanillas, dialogando con las más lejanas luces del cielo. El tren se dispara, bala desmesurada sobre el puente liviano como un trabajo de encaje, traslúcido como una tela de araña. Temblamos, casi hundiéndonos en la corriente, mientras mis hijos dan gritos de espanto y gozo, y el vértigo de la distancia y de todo cruce me alejan de mí misma, me extrañan de mi propio pasado, de mi raíz borrada suspendida también sobre las aguas, como una flor del aire.

---

15   Hoja de papel muy fino, o trozo de la misma.

16   Personaje de la novela *Lo que el viento se llevó* (1936), de Margaret Mitchell. Aparece aquí con las mismas características de apariencia y de actitudes, y dedicado a los mismos negocios que el personaje de Mitchell.

IV

Picos de águila y alas desplegadas que deslumbran en un vuelo hacia el sol, hasta consolidarse y detenerse en un fijo perímetro encantado.

Oro.

Un *dollar* de oro. Miles de dólares en oro.

Servidos en bandejas, apiñados en montículos, ordenados en paneles, alineados en filas. Custodiados por rejas. Hechos de esplendor y misterio como el tesoro de los reyes de un cuento.

Por un instante olvido que se trata apenas de instrumentos cuya posesión garantiza el intercambio de los bienes y el funcionamiento de abstractas *institutions* como el Ministerio de Hacienda. Fuera del tiempo y el espacio, operarias de cabezas también doradas –las manos incansables y los ojos bajos– bruñen los círculos mágicos con grandes badanas. Por un momento estoy dispuesta a creer que este poder resplandeciente no sólo hará surgir de la nada puentes y armerías, vestidos de seda y de *chiffon*[17], caballos y perfumes, pistolas y rosas. Creo también que el círculo áureo nos preservará del cambio y de la muerte, nos protegerá de todo mal, construirá el mundo a la medida de nuestros deseos. ¿Y no es eso acaso lo que creen los *yankees*, seriamente?

—Aquí se forjan los sueños y las desgracias humanas, Eduardita.

—¿Le parece a usted, Molina? Qué pobre cosa somos entonces.

—¿Y lo duda? Por eso necesitamos el oro. Una nueva forma de talismán o amuleto.

Molina es sabio, reflexivo, paciente. Mayor que Manuel y que yo, pero no, ciertamente, un viejo. Se pasa la mano por el pelo canoso y lacio, en un movimiento que suele repetir, sin darse cuenta.

—¿Le ha gustado la visita?

---

17   Cierta tela de seda muy suave al tacto.

—Claro. Creo que únicamente usted es capaz de traer a una señora a visitar la Casa de la Moneda. Los hombres están convencidos de que a nosotras sólo nos interesan los trapos de París y los sombreros.

—Usted no es cualquier señora. Además, querida mía, ¿con qué otra cosa se adquieren trapos y sombreros sino con estos brillantes salvoconductos?

Meneo la cabeza y sonrío mientras Molina me ofrece el brazo para llevarme a la salida.

—Después de todo, tampoco hallo nada de malo en tales intereses, que no deben serle ajenos. La otra noche, en la fiesta, la vi estudiando hasta el mínimo movimiento de las *reporters*.

—Admiro sobre todo su profesión, no particularmente lo que relatan, aunque también me incumbe, como dice usted. Si ésa es la única forma de que una mujer sea *reporter*, pues habrá que empezar por los trajes de baile, los tocados y los zapatitos. ¿No cree que lo hacen con mucha más gracia y finura que los hombres?

—Con una maldad mucho más fina, diría yo.

—Molina, usted es implacable.

—Apenas un cordero al lado de esas señoritas.

Toma el portafolios que nos devuelven a la entrada y empieza a leer el diario, a la altura de las crónicas sociales.

—¿No ha visto aún la crítica de nuestra velada después de la ópera? Preste atención a los dardos venenosos: «El vestuario de la concurrencia, en general, estuvo a tono con la ejecución de *Il Ballo in Maschera*: producía el triste efecto de una partitura voluntariosa, con vocación de grandeza, ejecutada por una compañía de tercer orden.»

—En lo que hace a los intérpretes de *Il Ballo in Maschera*, estoy por completo de acuerdo.

—Sigo: «La meritoria esposa de nuestro alcalde quiso demostrar que en nada aventajan las sultanas del Oriente a las damas de Filadelfia. Sólo que para ser más democrática, como corresponde, sustituyó las plumas de pavo real por las de un pavo común de corral doméstico, y al riesgo de competir vanidosamente con el Koh-i-noor[18], prefirió la republicana modestia de los diamantes de Alaska».

Me río con ganas: los llamados diamantes de Alaska son vistosos pedazos de vidrio preparado que no engañan a nadie.

—No se ría tanto y atienda mejor: «Entre tantos oropeles de imitación, destacaban sin embargo, como una joya exótica, la auténtica belleza y elegancia de una dama joven. Pero se trataba, para nuestro asombro, de una chocante desmesura, una verdadera inversión en el orden de las jerarquías. La señora –vestida con un modelo de Laferrière– nos fue presentada como secretaria de Legación de una república de pacotilla[19]: la Argentina, perdida en el extremo de nuestro continente, al sur del Sur, que fue gobernada a sangre

---

18   El más famoso de todos los diamantes. Según la leyenda, existía ya antes de Cristo. La más temprana referencia auténtica a un diamante que puede haber sido el Koh-I-Noor se encuentra en las memorias de Bäbur (1483-1530), el fundador del imperio mogol de la India.

y fuego hasta hace menos de una década por el general gaucho (algo así como un *cowboy*) don Juan Manuel de Rosas.»

Arrebato el diario a Molina. Las mejillas me arden como si la humillación las hubiera marcado con un hierro candente.

—¡Una república de pacotilla! ¡Mi tío Juan Manuel un *cowboy*! Si mi abuela doña Agustina se levantara de su tumba... ¡Ella, que recibió como un hijo a un yerno estadounidense, que sentaba a su mesa a cualquier gringo sin preguntarle de dónde venía ni cuánto dinero tenía en las arcas!

—Se lo toma usted peor de lo que pensé, amiga mía. Póngase contenta por los elogios que le hacen... A mí no me tratan tan bien. «La dama en cuestión –recomendamos importar algunas de ellas para renovar el decaído *staff* de nuestras funcionarias– no estaba tan bien acompañada como lo merecía. La custodiaba un señor de cierta edad, un tanto atildado y más bien tímido, una de cuyas manías era pasarse continuamente la mano por el pelo (¿sería un peluquín?) como para mantenerlo en su sitio».

Lo miro consternada, casi sin furia ya.

—Pues es verdad lo de la mano por el pelo.

—Como también es verdad, mal que nos pese, lo de república de pacotilla. Y si su tío Juan Manuel no era un *cowboy*, pues sí vivió como un gaucho, y así morirá, aunque esté en la campiña inglesa.

—¿Y qué?

—Y nada. Pero eso somos los argentinos. No acuñamos monedas con águilas de oro, ni tenemos industria, ni constitución que se respete, ni instituciones estables, ni conocemos mejor profesión que la de matarnos periódicamente los unos a los otros. Sólo nos queda un ridículo orgullo de hidalgos españoles venidos a menos.

Las mejillas me vuelven a quemar.

—¿Pero quién es usted, Molina? ¿Un *yankee* más? ¿Qué es lo que defiende en ellos? ¿Ha visto acaso sobre la tierra un pueblo más vanidoso, más pagado de sí mismo? ¿No los ha escuchado decir, como unos patanes: «no deje usted de ir a ver el *chandelier* de la Opera, no tiene igual», o «no encontrará cosa comparable a nuestro Capitolio»? ¿Saben acaso que hubo Grecia y Roma? ¿Saben que existen Londres y París?

—Claro que lo saben, y muchos de ellos han viajado y viajan. Tienen colecciones de arte y ricas bibliotecas. Pero aprecian lo suyo porque les ha costado esfuerzo y lo han sabido hacer en poco tiempo.

—¿A costa de qué? ¡Son unos hipócritas! ¿Acaso no exhiben en la cúspide del Capitolio una estatua dorada que representa la América, bajo la forma de una india con vincha y cintura de plumas? ¡Como si ellos respetaran a los indios! Antes de que termine el siglo estarán todos muertos o encarcelados... Usted sabe que los *Indian Departments* son sólo pretextos para que los amigos roben más y mejor. Que su único lema es *go ahead*, caiga quien caiga.

—¿Y qué cree que haremos en la Argentina con nuestros indios, antes de que termine el siglo? ¿No le parece que son también un excelente negocio las concesiones a los proveedores de la frontera? No somos mejores. Ellos roban y matan, por otra parte, lo que consideran extranjero. Nosotros preferimos la rencilla interna.

—¿Ah, sí? ¿Y qué me dice de la guerra que está a punto de estallar aquí?

—Ganará el más fuerte y el más práctico. No habrá olvido pero, sí, hasta cierto punto, un conveniente perdón; todo volverá a unirse de nuevo y entonces nadie, absolutamente nadie, podrá vencerlos.

—¿Y a usted eso lo hace feliz?

—Claro que no. Pero así son las cosas. Y pierda cuidado, que tampoco ellos serán felices con lo que tengan. ¿De qué sirve ganar el mundo y perder el alma? Permanecerán fuera del reino de los cielos, como el camello que no puede entrar por el ojo de una aguja.

—¿Y nosotros?

—Nosotros, hija mía, nos quedaremos sin alma y sin dinero.

Vuelvo a darle el brazo a Molina, casi a manera de disculpa muda. Presiento que no le faltan razones bajo los fuegos artificiales de un humor sarcástico. Terminaremos la jornada en otro «templo», el del saber, otra forma del poder: la Biblioteca-Museo fundada por Franklin en la benemérita ciudad de Filadelfia.

V

Las hogueras y la luna se reflejan en los espejuelos y en las joyas de vidrio con que la Corona de Castilla ha buscado comprar salvajes voluntades. Siripo, el cacique timbú, acerca su cara horrible y casi babeante a mi cara trémula –a la de Lucía Miranda[20]– mientras Manuel–Sebastián intenta en vano recuperar una espada gloriosa que pronto oxidará la selva.

Abro los ojos, sobresaltada. En el asiento de enfrente duerme Molina, flanqueado por mis hijos que lo aman con pasión y por lo tanto le han perdido el respeto. Eda cruza su bracito por sobre el abdomen enchalecado y todavía bastante chato del caballero criollo, y la cabeza de Manuel José sueña apoyada sobre su muslo como a veces lo hace sobre las piernas de su padre.

Agradezco este mundo familiar y protector, tan distinto de la maraña de lanzas y de afectos que vuelve en mis sueños. Molina se mueve, cansado tal vez del peso de mi hijo, pero cuidadoso, aún dormido, de no despertarlo. Ronca cortésmente, con los mismos modales discretos de la vigilia. Trato de tomar en brazos a Manuelito mientras Maggie resopla con energía, acurrucada a mi costado.

—Pero ¿qué hace usted, Eduarda?

Molina se endereza y se ajusta automáticamente el lazo de la corbata.

—Le quito al niño para que pueda descansar tranquilo.

—Si no me molesta de ninguna manera. Al contrario. Ya he perdido la esperanza de tener mis propios muchachos, y moriré como un viejo solterón. Ya se sabe: al que Dios no le da hijos el diablo le da sobrinos, o en su defecto, los hijos de los amigos...

—Pues nosotros no somos un regalo del diablo, Molinita –se indigna de pronto Eda, despierta bajo los ojos cerrados.

---

20   La leyenda de la cautiva Lucía Miranda fue introducida por Ruy Díaz de Guzmán (1554-1629) en *Historia del descubrimiento y conquista del Río de la Plata* –denominada por los historiadores de la época colonial *La argentina manuscrita*, debido a que circuló durante mucho tiempo en copias manuscritas, sin llegar a la imprenta. Ella provee el argumento básico para la novela *Lucía Miranda*, de Eduarda Mansilla, publicada en 1860, de la cual

Molina ríe con ganas.

—¡Qué carácter! ¡Igualita a tu madre! No, claro que no son un regalo del diablo. Es que a veces el diablo parece portarse con las personas mejor que Dios.

—Eso no puede ser cierto, Molinita. El diablo es muy feo, tiene rabo y un tenedor enorme. Con eso ensarta a los chicos para comérselos.

—¿De dónde sacaste eso?

—Maggie me lo contó todo y me mostró un libro con dibujos.

—Es lo que pasa por tener una niñera irlandesa —sonríe Molina–. Sin embargo no es tan feo el diablo como lo pintan. Y además dispone de una interesante variedad de disfraces.

—¿Como cuáles?

—Vaya uno a saber. Puede ir disfrazado de cura, de ministro, y hasta de mujer bonita.

—¿Como mamá?

—A lo mejor. Pero sólo por afuera.

—¿Y cómo se sabe cuál es el diablo de verdad?

—No es tan fácil, aunque se aprende con el tiempo. Supongo que el auténtico diablo es frío como un bloque de hielo, sin sentimientos, salvo la pasión por dominarlo todo, y aunque cada vez tiene más, nunca está contento con lo que va consiguiendo. Claro que de diablo, hijita, en todos nosotros hay un poco.

Manuel José, por fin despierto, irrumpe en la clase de teología.

—¡Mamá! ¡Molinita! ¿Cuánto falta para llegar a Nueva York?

—No mucho, señor impaciente. Los invito a estirar las piernas y a tomar unos helados en el coche comedor.

Mis chicos besan a gritos al filántropo, y se le cuelgan, cada uno de un brazo. Maggie continúa su sueño, que no he de interrumpir. Después de todo, siempre se levanta demasiado temprano y se acuesta demasiado tarde. Ahora la consuelan, acaso, las hadas lejanas de la verde Erín.

¿Con qué soñarían los españoles de Lucía Miranda? Con aldeas montañesas vizcaínas o gallegas, o con patios andaluces a la sombra de una parra. Con caras de madres que acaso habían dejado ya de existir en el tiempo desaforado de la distancia, sin noticias, sin cartas.

Mi Lucía se debate entre el amor lascivo de Siripo y el amor conyugal, ardiente pero austero, de Sebastián Hurtado. «¡Mujer cristiana, esposa de un noble español, responde!» Contestará que no, claro, al desvergonzado asedio de Siripo, aunque cediendo a él pueda salvar la vida de su esposo. ¿De qué le serviría al hijodalgo Sebastián seguir vivo pero deshonrado? Tampoco ella podrá abrigar muchas dudas. Siripo no sólo es un traidor que ha engañado a los españoles y que acaba de matar a su propio hermano. También es convenientemente feo, deforme, repugnante: un engendro al que imagino a veces con las facciones del padre Biguá, el bufón mulato preferido de mi tío, y con el cuerpo contrahecho del jefe de los mendigos en la iglesia de la Merced. Otra sería la historia, quizá, si en lugar de Siripo estuviese su hermano Marangoré. Un cuerpo perfecto, bruñido apenas con un tinte dorado, una intachable cortesía y un alma lírica. Tan valiente como Sebastián, y exento en cambio de esa rudeza que debió hacer atractivos pero un tanto brutos a los varones castellanos. Mejor eliminar a Marangoré —también enamorado en secreto de Lucía— y así evitarle a mi heroína tentaciones peligrosas.

—¿En qué está pensando, doña Eduardita? Todavía nos falta mucho viaje como para que ya empiece a extrañar a su marido.

La voz suavemente burlona de Molina me sobresalta. Oigo detrás las risas de mis hijos.

—Pues esta vez no acertó. Pensaba en el final de mi novela.

—¿*El médico de San Luis*?[21]

—No, no ésa, sino la que estoy terminando ahora: *Lucía Miranda*.

—Desde que don Pedro de Angelis desenterró las crónicas de Ruy Díaz de Guzmán, esa buena señora viene dando que hablar a todos los literatos.

—Lo dice como si su conducta hubiese sido censurable.

—Eso dependerá de quien vuelva a relatar la historia. ¿A usted qué le parece?

—Creo que es un relato de malos entendidos más que de maldades. Y que aun el villano es menos cruel que desdichado. Y la heroína más ingenua o incauta que pecadora.

—Ojalá Dios sea tan piadoso con nosotros como usted con sus personajes. Con ese criterio reduciríamos las guerras a problemas de incomprensión.

—¿Y no se trata de eso, en el fondo? ¿De qué se ocupan ustedes los diplomáticos, tan cultos y políglotos, sino de que se entiendan las naciones?

—Sin embargo, fracasamos. De nada vale hablar en todas las lenguas si no nos anima la fuerza de la caridad, dijo el Apóstol. Pero dígame, ¿cuándo veremos su nombre en letras de molde?

—Todavía no lo sé. Me falta dar los últimos toques, como le dije. De cualquier manera, no se verá mi nombre en letras de molde. Sólo la novela, en todo caso.

—¿Por qué?

—La firmaré como «Daniel», igual que la anterior.

—¿A qué tanto pudor? Ya no es usted una novata, y con la otra no le ha ido tan mal.

—Ya sabe cómo se juegan las cosas en nuestra tierra. Llevo apellidos que me veo obligada a cuidar. Soy la hija del general Mansilla y la esposa del diplomático Manuel García.

—Y la hermana del novísimo periodista Lucio Victorio.

—No es precisamente la reputación de Lucio lo que me preocupa. Él hace

---

21   Novela publicada en 1860, el mismo año de la publicación de *Lucía Miranda*.

bastante por sí mismo para arruinársela. Pero mi padre y mi marido y hasta mis hijos, sufrirían si no me fuera bien. Ya es suficiente audacia que las mujeres escriban. Cuanto más si lo hacen público para que las critiquen impunemente.

—¿Y si a usted no la critican? Me parece que se estima en poco. O que es demasiado orgullosa y resentiría en exceso cualquier reparo. En fin. Yo le aconsejaría que se hiciera cargo de sus propios libros, y que reservara el nombre de Daniel –muy bonito, por cierto– para otro de sus hijos de carne y hueso.

Un perfume de almizcle y heliotropo envuelve la imagen de mi descendiente futuro. Proviene de una sombra violeta con faldas que rozan a su paso el terciopelo de los asientos. Me atraviesa una memoria indeseada y aguda.. El perfume de Judith M. Sus palabras de sonrisa intransigente lanzadas como un guante a la cara de Manuel. ¿Qué haría ella si fuese Lucía Miranda? ¿Le importaría mucho el honor del noble español?

Inmediatamente detrás de la sombra violeta asoma otra figura pequeña. Es un varoncito como de ocho años, vestido con modesta pulcritud. Lleva al cuello un cartel asombroso: «Este niño va a Nueva York en busca de su padre, se lo recomienda a la benevolencia de los viajeros y del conductor».[22] El conductor, imperturbable, lo mira avanzar hacia la canilla por donde corre un chorro de agua casi helada. Me levanto y me acerco al hombre.

—¿No aceptará el pequeño una ayuda? pregunto, abriendo mi monedero.

—De ninguna manera, señora. No es un mendigo.

—¿Pero cómo se arreglará, solo en una ciudad enorme?

—Ya vendrán por él.

El conductor desvía la mirada y da por terminado nuestro diálogo.

Vuelvo a sentarme, inquieta. El niño también está sentado ahora, muy serio, como si buscara fuera de la ventanilla el diseño del incierto porvenir.

Otra dama vecina me tranquiliza.

—Esto es usual, señora. Usted ha de ignorarlo, como extranjera, pero aquí ocurre todos los días.

Señalo a mis hijos el pequeño viajero, para que compartan con él las bolsitas de *candies* que les ha regalado Molina. No me importa lo que digan el conductor ni los pasajeros avezados. Guardo en la mano un *dollar* solidario para deslizarlo entre los deditos del chiquitín no bien bajemos, junto con un beso. No tiene obligación de profesar el honor tantas veces vano de los hombres adultos.

---

22   Este episodio está narrado en *Recuerdos de viaje* X (62-63).

VI

Coloco una moneda extra en la mano del ujier galoneado que nos abre las puertas de la curiosidad. ¿Valdrá la pena y el gasto lo que nos ofrecen? *Ladies and gentlemen*, el comodoro Nut por sólo un *dollar*. ¡Aprecien sus magníficas habilidades! La música chillona desencanta, antes que estimula, pero Eda y Manuel José me tiran de la falda, quieren entrar a ese paraíso alcanzable.

La voz del propio Barnum[23], dueño del museo de prodigios, está presentando ya ante nosotros al famoso comodoro. Un redoble de tambores africanos y un trompeteo irritante anuncian la entrada en escena del fenómeno. Se corren las cortinas ampulosas, con flecos dorados ligeramente sucios, y una vocecita infantil saluda con un discurso aprendido al respetable público. ¿Es un adulto en la figura de un niño que nunca creció, o un infante de *kindergarten* disfrazado de adulto liliputiense? ¿Es posible que esta figurita perfectamente proporcionada, envuelta en un uniforme diminuto de Comodoro de la Unión, tenga los veinticinco años que se anuncian en el cartel de entrada?

El comodoro Nut es tanto un militar de juguete como un artista falsificado. No sabe hacer otra cosa que sonreír y agitar su gorrita, no canta ni baila. Su único espectáculo es él mismo. La terrible singularidad física que parece condenarlo de por vida a esa repetición mecánica de su imagen en millones de ojos que pagan y pagarán para admirar un metro y quince centímetros de indignidad humana. Mis ojos, que también lo han mirado, me avergüenzan, y los bajo.

Se cierra el telón y vuelve a abrirse. Ahora se trata de una pantomima que parece invertir, grotescamente, la fábula bíblica de la casta Susana. Dos *ladies* pintarrajeadas, de carnes rebosantes, se disputan los encantos de un viejo re-

---

23   Phineas Taylor Barnum (1810-91), célebre comerciante y dueño de circo y del museo que llevaba su nombre. El museo fue destruido por un incendio. El nombre de Barnum, en cambio, permanece vinculado a la actividad circense hasta el presente. El relato de la visita al museo Barnum sigue de cerca el texto de *Recuerdos de viaje* XV (87-90).

nuente, escuálido y probablemente calvo, al que intenta en vano rejuvenecer una peluca color de ratón.

Aferro a mis hijos con ambas manos y los arrastro hacia afuera, inmune a todas sus protestas: «¡Pero si faltan las boas y la foca!» «¡Y la señora gorda!» «¡Y la nodriza del presidente Washington!». Entre las propagandas pegadas en el exterior del edificio, una negra anciana –la cabellera como una peluca de motas blanquísimas– abre al vacío unos ojos bobos, inverosímilmente azules; eso me basta para huir con más decisión aún. Respiro, por fin, el aire atestado y mundano de la avenida Broadway donde Molina nos espera, leyendo el diario, en una de las tentadoras casas de té.

Mis hijos se precipitan sobre su amigo.

—¡Molinita! ¡Hemos visto a uno de los hombrecitos de Gulliver!

—Pero mamá no nos dejó mirar a la mujer gorda...

—Bien podría usted haberme advertido de qué se trataba.

—Siéntese y cálmese, Eduardita. No habrá sido para tanto.

—Una exhibición grosera y degradante. Una feria de mercachifles. No sé cómo sus *yankees*, tan inteligentes, se dejan engañar así por el señor Barnum.

—Sí que son bastante crédulos. Tendría que ver el negocio que hacen los espiritistas, y los farsantes que van de pueblo ofreciendo pócimas milagrosas. Es parte de su carácter: una mezcla curiosa de picardía y de candor.

—¡Vaya antiesclavistas, que ganan dinero mostrando a la supuesta nodriza de Washington!

—Sus hijos han visto solamente a uno de los liliputienses. Y les ha gustado.

—Pues Gulliver es una sátira feroz de las sociedades humanas.

—Sí, pero ellos todavía no lo saben. ¿Por qué hacérselo conocer antes de tiempo? No sea tan exigente.

Pronto estamos tomando un refrigerio, aplacada la discusión. Los niños, infaltables *ice creams*, como corresponde. Nosotros dos, *sherry cobblers* –por una vez, creo yo, no nos causarán dispepsia–.

Otra feria, pero refinada, abre para nuestros ojos su abanico iridiscente. Las elegantes se dan cita en Broadway. Compiten con modosa ferocidad. Se arrojan mutuamente a los ojos centelleos de botitas doradas más caras que una joya, huellas de tacos tan finos como insidias, blondas de seda parisina y revuelos de tirabuzones dorados, a veces auténticos, a veces obtenidos con los mejores recursos de la química. Se mortifican como mártires o ascetas de la moda con zapatitos más estrechos que su pie o con guantes de cabritilla aún más ajustados de lo que aconseja el diseño de sus manos ya pequeñas. Vuelcan sobre sus propias caras probables aspiraciones artísticas, animan pieles lunares con *veloutine* de Fay o con *rouge* de Violet. Manejan con maestría la paleta del blanco, apelando a la totalidad de los matices posibles. Algún químico, sin duda poeta –aunque no muy original–, ha imaginado blancos de Venus, blancos de perla, blancos de lirio, blancos de cisne, que pueden comprarse sin pudor, como las tinturas, junto a las píldoras de Holloway y Brandz, en cualquier *drugstore* de la ciudad[24].

Las amigas se encuentran, se saludan, se besan ruidosamente. Se miran a los ojos, se toman de los antebrazos. Quizá para justipreciar con mayor exactitud la calidad del maquillaje o la tela de los vestidos. Algunas de ellas entran a la confitería desde donde admiramos, como en un palco, el espectáculo de la avenida. El aire se satura de inmediato con esencias de Atkinsons y de Lubin. Un vaho costoso de dólares pulverizados que traen en el aroma la memoria de un destello metálico.

Otras suben a coches particulares que las buscan o las esperan. Carruajes, en este país democrático, increíblemente adornados por ostentosos blasones nobiliarios, genuinos o apócrifos.

—¿Qué me dice usted, Molina, de estos republicanos?

—Que con raras excepciones, todos pretenden descender de la realeza.

Judith M., ¿tendrá también un coche con escudo aristocrático? Su propia mirada de ácido claro terminaría borrando y desautorizando cualquier ejecutoria vanidosa.

—¿Le gusta Broadway, Eduardita?

—Más bien me abruma un poco. Si a la multitud humana de las aceras se suma la de los carros, *tramways*, ómnibus y carretas, parece mezquino y hasta ridículo eso de «camino ancho».

—Eso es lo malo de ser extranjero. Sin duda los nativos ya no prestan atención a lo que significa «Broadway». Sólo nosotros nos damos cuenta. Si el parque de la ciudad fuera como el de Filadelfia, y no poco más que un terreno baldío se lo mostraría con gusto. Mejor vamos a la Quinta Avenida.

Nueva York se parece a Londres, pero sin su belleza de paisaje antiguo lavado por la lluvia. Pasamos frente a iglesias modernas, funcionales, intrascendentes, que imitan al gótico apenas en los ángulos agudos, pero han perdido su textura de recovecos, filigranas y criaturas fantásticas.

La Quinta Avenida deslumbra desde lejos. A uno y otro lado relucen verdaderos palacios de mármol blanco, lujosos pero aéreos, que podrían desvanecerse de un momento a otro como las creaciones de la lámpara de Aladino. Uno de los más importantes pertenece, por lo que se dice, a una partera, pero los murmullos y las miradas bajas que convoca su nombre hacen pensar que no ha levantado ese castillo sólo trayendo niños al mundo.

Visitamos la tienda del multimillonario Stwart –no menos alhajada que las mansiones particulares– donde pueden encontrarse, varias veces más caras, las novedades de toda la Europa.

—Es inflexible con la disciplina. O con la disciplina del dinero. ¿Quiere usted creerlo, Eduarda? Dicen que si uno de sus dependientes llega a la tienda con media hora de atraso, tiene que pagar una multa de cinco *dollars*.

---

24   En este párrafo, y en el siguiente, Lojo incorpora datos proporcionados por Eduarda Mansilla en *Recuerdos de viaje* XIII (77), donde se mencionan los productos cosméticos y los remedios que eran populares en esa época.

—¡Vaya un avaro! Con semejante disciplina, como dice usted, no me extraña que haya hecho esa fortuna.

—Pues estos *yankees* también saben ser generosos, no se crea. De todas las escuelas y hospitales que hemos visto por el camino, gran parte proviene de donaciones filantrópicas anónimas.

—Será para aplacar los remordimientos de conciencia.

—No es inverosímil. En la Argentina sucede lo mismo, sólo que el clero es el gran intermediario. Estos buenos protestantes proceden por su cuenta y los fondos van directamente al pueblo.

En la librería Appleton –donde sin duda se amontonan muchos más volúmenes que en la incinerada Biblioteca de Alejandría– mis hijos se precipitan sobre textos infantiles trabajados como piezas artísticas. La educación severa de ingleses y *yankees* no vacila sin embargo en confiar a los pequeños destructores estas costosas maravillas. Quizá porque sabe que sólo respetan lo bello.

Cuando entramos, por fin, a nuestro hotel, el Clarendon[25], un *waiter* me ofrece un abanico japonés mientras me dejo caer en uno de los sillones del vestíbulo y Maggie lleva los niños a bañarse. Otro le entrega a Molina un sobre con membrete de complicado ornamento.

—¿Tiene ganas de ir a un baile, querida? –pregunta mi amigo, que no usa corsé y por lo tanto no parece haberse fatigado con la caminata.

—¡¿Ahora?!

—No se asuste. El señor banquero Phelps, feliz poseedor de una de esas casas de mármol que hemos visto esta tarde, tiene el honor de invitarnos a la gala que celebrará en su domicilio mañana por la noche.

—¿Y por qué nos invita?

—Supongo que necesita algunos diplomáticos de adorno, aunque sean de una república de pacotilla. La recepción, como cuadra a una ilustre figura de la democracia, se hará en honor de los Príncipes de Orléans.

—Son muy amables y sencillos. Los he tratado en Washington, en casa del Ministro del Brasil, no muy contento, por cierto, con la amistad que los dos muchachos me dispensaban sin cuidarse del ceremonial. Nuestro colega del Imperio no nos valora mucho más que los *yankees*, salvando leves diferencias de matiz: sé que usó la expresión «Secretaria de una república de nada», en vez de «república de pacotilla».

Molina ríe con una carcajada abierta, poco frecuente en él, que deja ver una muela de oro, y levanta hacia los costados los ojos claros con pinzas de finas arruguitas.

—Nunca acabará de conmoverme el sincero aprecio que nos profesamos los sudamericanos. Venga, antes de que suba la invito a un brindis en memoria del inmortal Bolívar.

---

25   Ver *Recuerdos de viaje* III (20-23), donde se describe el Hotel Clarendon, detallando los
      precios, las comidas y los servicios que se ofrecían.

VII

Bajo por la escala de Jacob después de abandonar mi capa en el guardarropas. Pero en vez de ángeles del Señor con espadas flamígeras, se sienta sobre los peldaños un desfile de profanas beldades que expanden al descuido yardas brillantes de tul y de satén. Estos ángeles desconsiderados ignoran la cortesía, y a pesar de los repetidos *Allow me!* que acompaño con persuasivas sonrisas, a veces no logro que me dejen cinco centímetros de paso libre.

Busco en vano a Molina, sin duda empujado ya por el tropel en traje de etiqueta hacia el salón de baile. Imito los terminantes *push* que recibo de manos anónimas –aunque no estoy, al parecer, entre los bárbaros– y logro transponer por fin las puertas de la gloria.

La gloria tiene una violenta iluminación a gas, y un perfume de rosas muertas amontonadas en búcaros estrechos, entre los huecos que dejan los cortinados. No faltan imágenes celestiales: copias de la escuela italiana y también de Murillo[26] y hasta un «Descendimiento» de Rubens[27] en colores brutales. Las caras extáticas de las Vírgenes y los cuerpos desnudos de los niños divinos, o peor aún, del gran Cristo sufriente, se compadecen muy poco con las liviandades del vals o el pataleo de las cuadrillas.

No veo a los homenajeados, los Príncipes de Orléans, y menos aún a mi habitual interlocutor. ¿Con quién comentar, entre este hato de desconocidos, la *gaucherie*[28] artística de nuestro anfitrión, el poderoso señor Phelps? Hoy más que nunca desearía ser *reporter*, y emular la descarada libertad de mis congéneres *yankees*.

---

26   Bartolomé Esteban Murillo (Sevilla, 1618-Id., 1682). Pintor español, entre sus obras son célebres sus pinturas de niños.

27   Petrus Paulus Rubens (Siegen, Westfalia,1577-Amberes, 1640). Pintor flamenco.Sus obras, entre las que se destaca *El descendimiento de la Cruz* (1612, catedral de Amberes), son ejemplo de la corriente barroca.

28   Falta de criterio, torpeza.

—¿Se le ha perdido algo, *Madame*?

¿Es a mí a quien se dirige esta voz, vagamente conocida? Giro el perfil a medias y creo identificar el bigotito socarrón bajo la nariz aguileña, y sobre todo, el estilo inequívoco de la ropa.

—Cuando nos encontramos viajaba usted a Filadelfia. ¿Ha extraviado a su respetable guía? Vuelvo a ofrecerme rendidamente a su servicio.

El capitán Rhett Butler —no puede ser otro que él— se inclina ante mí con un gesto más simpático que irónico. Cedo y le tiendo la mano, que él se apresura a besar.

—Molina no es mi guía sino un buen amigo con todo derecho a moverse por su cuenta.

—¿Estaba admirando entonces las bellezas de este exquisito salón? Los banqueros del Norte son patéticamente incautos en el mercado de arte. Nuestro anfitrión debe de haber pagado por estas malas copias casi tanto como si fueran originales.

—Las admiraba a tal punto que me gustaría ser *reporter* para hacerles el comentario que se merecen.

—¿Y usted cree que asentirían a su crítica? El señor Phelps es un poco viejo para aprender y además tratará de negarse a sí mismo toda sospecha de que ha gastado mal su dinero. En cuanto al respetable público, ni lo piense. Resulta impermeable a cualquier intento educativo. Ahora que si es por lucirse entre los entendidos y estampar al pie su firma impresa, eso ya es otra cosa.

—No me pierde la vanidad. Pero sí creo que las mujeres deben hacer oír su voz en la sociedad. Y además contar con un medio intelectual, honesto y no servil, de ganarse la vida.

—Pues yo creo que la voz de las mujeres ya se escucha bastante. ¿O no ha oído usted la de su madre, la de su ama de leche, las de sus abuelas, las de sus tías, las de sus hermanas... ?

—No tengo hermanas. Y ésas que dice usted son voces secretas, de puertas adentro.

—Tal vez las que más influyen. En cuanto a medio honesto y acomodado de ganarse la vida, aquí ya poseen uno, y que les otorga grandes réditos.

—¿Cuál?

—El matrimonio.

—¡Vaya novedad, capitán Butler! ¿Y si no quieren casarse? ¿Y si les toca en suerte un marido déspota y odioso? ¿Y si les hartan los lazos matrimoniales?

—Veo que usted necesita urgente asesoramiento sobre los hábitos de esta tierra libre. Venga, acompáñeme a otro saloncito donde podremos hablar tranquilos sin correr el riesgo de que nos pisen los bailarines.

El capitán Butler me ofrece un brazo cordial. Tan alto como Lucio y como mi padre, tiene también, como ellos, algo de soldado fanfarrón, controlado por la inteligencia y pulido por la buena retórica.

El sofá estilo imperio donde nos instalamos hace juego con los caudalosos cortinajes de brocato rojo. La voluntad de opulencia no deja tregua ni siquiera en los cuartos alejados de la sala de baile, donde las luces, eso sí, se amortiguan piadosamente. Una enorme crinolina turquesa, velada por una masa de tul color cielo con centellas de *strass* me encandila los ojos desde el otro ángulo de la salita. Pero no es parte del decorado. Dentro de ella hay una rubia lánguida presumiblemente sentada sobre un invisible *pouff*.[29] Como accesorio —envuelto, confundido, aprisionado, disimulado, entre los tules— lleva lo que parece ser un galán de estilizada estampa.

—¿Ve usted eso? —me señala Butler—. Así se hacen las primeras armas en el oficio. Se llama *flirtation*.

—¿Pero qué relación hay entre esos jóvenes?

—Por ahora, ninguna seria. Y puede que no la haya nunca tampoco.

—¿Y siendo así los padres de la damita consienten tales intimidades?

—Es útil. ¿O usted ha visto padres que se molesten en acompañar a las niñas a los bailes?

—En general, no. Cada vez que he preguntado por su madre a alguna de esas señoritas me ha dicho que está enferma y no sale de su casa.

—Ni deseos que tiene. Allí se queda la señora al lado de un buen fuego con su marido para que la atienda. Para atender a su hija ya está el *beau*, el galán. A él corresponde la obligación de traerla al baile y escoltarla luego a su residencia.

—¿Solos los dos?

—Por supuesto. Esto no es la Confederación. Ni Buenos Aires. No hacen falta tías ni chaperonas.

—¿Y si el joven no es tan decente como parece?

—Su novia, o su amiga, se encargará de ponerlo en vereda siempre que ella sí sea tan decente como parece. No se imagina la fuerza de estas sílfides que comen y beben como héroes de Homero.

—Ya las he visto devorando ostras y tortugas de tierra, y tomando leche en vez de agua luego de la comida. Pero, ¿y cuándo se casan?

—Cuando les da la gana. Se toman su tiempo. Y a partir de aquí ya contarán con un devoto esclavo dispuesto a trabajar dieciocho horas diarias para satisfacer todos sus gustos y los de sus hijas. ¿No le ha llamado a usted la atención esa diferencia entre los *yankees* varones, sencillos y hasta toscos en el vestir, sin mayor roce social, y sus mujeres que se echan encima todas las galas posibles, nacionales y extranjeras, se perfuman a la francesa e imitan envidiosamente a la emperatriz Eugenia?[30]

—Pues será porque a los hombres les gusta competir entre sí mostrando el lujo de sus mujeres. Lo mismo pasa en mi tierra.

---

29 *Otomana*: silla alargada o lecho de reposo.
30 Eugenia de Montijo (Granada, 1826-Madrid, 1920), casada con Napoléon III.

—En todo caso se trata de un pacto cimentado en la conveniencia mutua.

—Pero en definitiva, ¿quién decide los matrimonios? ¿Ellas o sus familias?

—Ellas. Lo hacen por amor o por dinero, como en todas partes. Y en los casos más afortunados, que son los menos, por ambas cosas.

No puedo menos que reírme.

—Aun así no me convencen sus argumentos. Eso no garantiza la felicidad matrimonial.

—No, claro que no. Pero cuando son infelices recurren al divorcio.

—Es verdad. No parece desacreditar a los que lo practican.

—Es que se usa como la homeopatía. En pequeñas dosis, y para evitar peores remedios.

—¿Usted es divorciado?

—Ni siquiera casado. ¿Y usted se divorciaría?

—Soy una señora católica y criolla.

—¿Contenta de serlo?

—A veces, capitán Butler. Le agradezco su clase sobre costumbres locales. Creo que podemos volver al baile. Los objetos de su demostración se han ido ya, y me parece que al invernadero.

—¡Pues claro, si está menos iluminado! ¿No quiere que nos sentemos nosotros en el *pouff*?

A nuestras espaldas escucho la voz de Molina, que llega de improviso, agitada, como si hubiera venido corriendo.

—¡Eduarda! ¡Por fin la encuentro! Haga el favor de acompañarme al salón. Los Príncipes de Orléans ya están aquí y preguntan por usted.

Nos ponemos de pie, y hago las presentaciones de rigor. Al oír el nombre de Butler, Molina no entrega, como es su costumbre, toda la mano abierta para el saludo, y se limita a una inclinación avara.

—Vaya pues, *Madame*, que la reclama la realeza –sonríe Butler–. Después de esto verá cómo la Argentina se pone de última moda en Nueva York, y usted se convierte en la dama más *à la page*[31] de la temporada.

—La señora de García, al igual que mi país, se encuentra más allá de esas frivolidades, caballero –responde por mí el doctor Molina, súbitamente serio como un cura desde el púlpito.

—Oh, tampoco yo soy un frívolo, no se crea. Precisamente en estos momentos me estaba dirigiendo al invernadero para completar unas investigaciones que he iniciado acerca de las estrategias matrimoniales en vigor aquí en la Unión.

Butler hace chocar los tacos como un oficial prusiano, antes de partir en la dirección anunciada.

—Imbécil –murmura Molina, mirándolo alejarse, mientras me toma por el brazo para empujarme, casi, hacia el salón—. ¿Qué hacía usted en com-

---

31   Que está en lo más actual, que conoce lo más reciente.

pañía de ese petimetre? ¿Cómo es que se rebaja a prestarle atención? —continúa, acalorado de manera insólita.

—Se me hace un poco fuerte, amigo mío, que siendo yo una mujer mayor de edad, y casada, para más datos, venga ahora a pedirme cuenta de mis actos. No es usted mi marido, y que yo sepa, tampoco mi tutor.

—Ni pretendo serlo, Eduardita. Es que no se trata sólo de nuestras personas individuales, sino de la representación que investimos. Sin duda usted no sabe que el señor Butler no goza precisamente de buena fama, ni en cuanto a los negocios que lleva, ni en lo que a damas se refiere. Creo que está en mis deberes prevenirla.

—Ya me he dado cuenta por mí misma de que la reputación del señor Butler no puede ser muy buena. Tiene el don de la verdad satírica, como mi hermano Lucio.

—No sólo se trata de eso.

—Por darle unos minutos de charla cortés en una reunión social, no creo que deshonre ni a mí, ni a mi marido, ni a mis hijos, ni a la república Argentina, que hace bien poco ha declarado usted «de pacotilla», si es eso lo que quiere decirme. ¿O es que Manuel le ha encargado que me vigile?

—¡Señora! No me conoce usted si cree que me prestaría a desempeñar el miserable papel de espía o de cancerbero.

—Creo que tampoco me conoce bien usted a mí, doctor Molina.

A todo esto, ya estamos otra vez en la gran sala pomposa, desbordada de olores y de murmullos; nuestros ojos parpadean hasta que nos habituamos nuevamente a la iluminación excesiva y a otro humillado, incomprensible resplandor que viene del suelo. Una damisela fulgurante, tanto por su propia belleza como por las joyas que la cubren, se halla postrada a los pies del mayor de los Príncipes de Orléans, que intenta levantarla de su posición ridícula.[32]

—¿Pero qué ha pasado aquí? – me atrevo a preguntar a otra señora.

—¡Oh, cosas de la señorita Phelps! Le han dicho que el Príncipe es un notable ejecutante y quiere convencerlo de que toque para ella un nocturno de Chopin.

Echo mano del abanico que guardo en el bolso de baile. Un calor brusco me brota en las mejillas vuelven a quemarme, pero esta vez, por la vergüenza ajena.

---

32   Lojo reelabora aquí una observación sobre este tipo de conducta que se encuentra en *Recuerdos de viaje* IX (59).

VIII

Un fragor derramado está fluyendo, dentro o fuera de mí. Abro los ojos y no veo, ciega frente a una pared de lágrimas o a una muralla de golpes oceánicos. Abro los oídos y nada escucho, salvo el retumbar en donde chocan todas las voces de Dios con las voces imposibles que son mías y que no llegaré jamás a pronunciar, expulsada del mundo de los hombres y el arte del lenguaje.

Luego respiro.

Caigo.

Estoy bajo las aguas más grandes de esta tierra, dentro de una ciudad. No es una ciudad encantada ni sus habitantes conocen la eterna dicha. Trabajan en oficios silenciosos y se calzan los pies con botas mullidas que recuerdan la seda. Son pálidos y húmedos. Evitan mirarse en los espejos porque sus ojos tienen el don de transparencia.

Sé que ahora soy uno de ellos.

Mi cielo es apenas un techo de roca parecido al cristal. Exploradores solitarios suben para tocar la superficie que filtra las vibraciones de la luz.

Miro desde abajo, con sed y amor, las aguas que se despeñan. Podría abrir una mínima compuerta y salir al otro lado del mundo donde el cielo termina.

Pero el miedo es más fuerte y decido aguardar a que el día se acabe y la luz se retire.

Grito.

El torrente devora cuanto digo. Y lo que digo no tiene significado.

Me encuentro de pronto sentada en la cama de un cuarto irreconocible, jadeante, extenuada sobre la voz que acaba de salir de otro lugar. Golpean a la puerta.

—*¡Madam! ¡Mrs.* García! *Is that you? Are you all right?*
—*Yes, Maggie, I'm fine now. Only a nightmare. Thank you.*

¿Estoy realmente bien? ¿Es sólo una pesadilla? Ahora lloro con lágrimas carnales, gruesas, absurdas, que me mojan la cara y el cuello, y bajan hasta los pechos tapados por la camisa de noche. Lloro con un susurro sollozante, torpe, obtuso, que se niega a salir del círculo de la garganta. No quiero que me oigan. Tampoco quiero oírme a mí misma. ¿Es que tengo motivos para llorar?

Caigo sobre las almohadas. Fragmentos de casas habitadas o soñadas se suceden en un vértigo de memoria, hasta que identifico mi lugar pasajero. El *Niagara Falls Hotel*, a donde llega, todavía, el estruendo difuminado en un rumor incesante.

Cierro los ojos. Un rasguido de guitarras amodorrado, lánguido, me devuelve a las noches de la llanura. Pero pronto el ritmo adquiere una velocidad centelleante; no es zamba ni chacarera, sino la canción virginiana de los músicos negros a bordo del vapor que atraviesa el río San Lorenzo, de lago en lago. Praderas de agua por donde me dejo llevar, disolviéndome en el sueño hasta que me veo bailando cuadrillas con Molina en un hotel pretencioso de Saratoga. Cruzo las calles desabridas de Montreal donde una voz masculina se quita el sombrero con un grotesco: *Madame, toujours at your service*. Me hundo en un lago inmenso ¿el San Jorge? buscando bajo la luna el reflejo de las magnolias. Nunca llegaré al fondo pero no me importa. Respiro en las ondas iluminadas de pronto por un resplandor de luz mala o de salitre como si estuviera respirando los azahares dormidos en el huerto de mi casa de infancia. La casa de Tacuarí.

Y allí los veo, danzando en el patio central, alrededor del aljibe. ¿Es posible que sean niños? Ni Lucio ni Manuel ni yo hemos sido así. Tampoco, ahora, mis hijos ¿No se trata de los mismos bailarines que he admirado en la *dancing school* de Nueva York, en la fiesta de la Reina de Mayo?. Muñecas de cera, deliciosas autómatas, minúsculas cortesanas de la Emperatriz, huríes[33] de paraíso mahometano reducidas por una técnica sublime de bonsái. Cortejadas por hombrecitos de juguete, pequeños coroneles, *dandies* de bolsillo, caballeritos de *boulevard* que no equivocan un solo paso de su danza precisa. Cabecitas de ocho años cargadas con pelucas, con postizos, con rulos artificiales. Ojos infantiles sombreados de azul, labios mínimos salpicados con *rouge* de terciopelo. Celos y lágrimas de las que no fueron elegidas para llevar la diadema de la reina.

Giran en círculo con pasitos perfectos, hacen reverencias ante el público devoto que los contempla desde los cuatro puntos del Universo. Ahora giro con ellos dentro de una cajita de música que mi madre levanta, encantada por su hallazgo, al lado del aljibe. Nos mira a nosotros, los muñequitos dulcemente mecánicos, y cierra la tapa. Es una curiosidad más del mundo nuevo que le cuentan las cartas de Eduarda, donde se enlazan ciudades con nombres

---

33   *Hurí*: en el Corán, virgen del paraíso prometida como esposa a los creyentes.

de postal y que a ella no le interesa conocer. No advierte que he quedado atrapada en la caja para siempre. No me reconoce, rígida y achicada hasta la altura de su dedo pulgar. Ya no tengo mis facciones de niña y tampoco soy yo, la que se fue, la recién casada con un hijo del enemigo que ahora se está mudando de hotel en hotel, al otro lado del planeta, en compañía de dos niños propios, una niñera y un hombre maduro que no es su marido ni su hermano ni su padre ni su amante y que podría ser su amigo si no recordase que lleva el uniforme de mayor rango en la Legación argentina, y que sus deberes convencionales están prolijamente anotados hasta en su cuaderno de vacaciones.

Estoy encerrada en lo grande y en lo pequeño, estoy condenada a no ser lo que debí. ¿Cómo saber lo que me estaba destinado? Unas manos fuertes me toman, me aferran desde la distancia. Son las manos de Manuel, que me sostienen en contra del extravío y de la muerte, pero su cara está en sombras, y cuando creo verla, por fin, soy yo la que me miro como en un espejo, donde en vez de mi imagen aparece la sonrisa, esta vez reflexiva y compasiva de Judith M., y sus ojos serenos que me juzgan con pena.

IX

Un olor de resina que casi puede tocarse, una anticipación de verde carnadura se instala en el centro de los ojos, corre bajo los dedos. Las ventanillas están abiertas de par en par. Un fanal[34] de hierro y de madera nos lleva prisioneros, como insectos gozosos, por el corazón de los bosques de Maryland. El tiempo y el espacio han girado sobre sí mismos y las ruedas nos conducen de vuelta a nuestro hogar de nómades.

—¿Ven todas esas hojas? –señala Molina– Dentro de poco, cuando empiece el otoño, tendrán los colores más increíbles: dorado, rojo, mordoré, ocre, violeta.

Mis hijos dan pequeños gritos. Apresan a puñados el aire aromático, juegan con los rayos de sol que bajan desde las persianitas y parcelan en franjas nuestra mañana.

Molina se recuesta sobre el respaldo de su asiento. Suspira. En el reflejo del sol las pupilas grises adquieren toques de amarillo y de verde, como las hojas.

—¡Los encantos del otoño, Eduardita! Alguno había de tener, ¡caramba!

—¿Por qué no se casa?, le pregunto insensatamente, a boca de jarro.

En seguida me arrepiento. Molina se ruboriza, se desarma. Se vuelve tan vulnerable como puede serlo un varón sonrojado. Y su ademán característico –la mano barriendo hacia atrás el pelo lacio– se hace casi espasmódico.

Pronto se recupera, sin embargo. Me sonríe con paciencia, como se sonríe a los niños o a los imprudentes de buenas intenciones.

—¿Piensa que el matrimonio es un antídoto contra la vejez?

—No, claro, pero al menos se envejece acompañado.

Molina me mira con una rara intensidad que llega a ser incómoda.

---

34   Campana, urna.

—¿Usted está segura de que envejecerá acompañada... y por el marido que tiene ahora?

Soy yo la que me sonrojo.

—Bueno, eso es lo que espero, lo que Manuel y yo esperamos... si nada malo ocurre.

—Nada malo tiene por qué ocurrir, claro. Perdone, no quise preocuparla.

—Al contrario, perdóneme usted por mi... intromisión.

—Su intromisión, como la llama, significa que le interesa mi vida, y que me estima, y bien se lo agradezco. ¡Pero a esta altura... ! ¿Recuerda el Eclesiastés? Hay un tiempo exacto y adecuado para todo y el mío, para eso, ya pasó.

Antes de que nos roce la ansiedad comenzamos a ver, otra vez, las afueras de Washington, que dejamos hace cuatro semanas. Es imposible avistar desde el tren lo único importante de la ciudad: el Capitolio. Pero sí se me hace visible, en cambio, de pie sobre la plataforma, la figura de Manuel: lo único que ahora importa para mí.

Mi marido no merodea sobre el andén, no va de una punta a la otra con pasos impacientes, no estira el cuello para ver mejor a la distancia, como suelen hacerlo los familiares a la espera. Si no lo conociera tanto, diría que sólo está aguardando a otros funcionarios que llegan por primera vez a la ciudad, como ya antes lo ha hecho, cumpliendo con sus deberes de rutina. «No dudo de que mi hijo te quiera apasionadamente –dice mi suegra–, pero es tan reservado que no le he conocido hasta ahora ningún afecto profundo». Los afectos de Manuel se manifiestan por fuera de las confesiones explícitas y de los gestos obvios. Hoy tiene puesto el traje de calle de las grandes ocasiones, una galera nueva, y hasta lleva el bastón con puño tallado en auténtico marfil que ha heredado del padre de su padre. Aprecio el oro de un reloj Longines –el del abuelo materno– que únicamente luce en su pechera en la mañana de la Navidad. Por la forma en que adelanta el zapato hasta casi tocar el borde peligroso donde el tren está por detenerse, comprendo que lo desborda la expectativa, y también la dicha de sabernos próximos. Apenas puede sostener con la mano izquierda un enorme ramo de rosas encarnadas, mis favoritas.

Los niños se abalanzan primero encima de su padre, le desarman el lazo de la corbata, hacen temblar y aun caer los pétalos de las rosas. No bien se afloja ese abrazo Manuel viene en mi busca, me estrecha, me besa los labios y entrega a mi custodia el ramo exagerado que tengo sobre mi falda y contra mi pecho durante todo el trayecto del viaje a casa porque tal desmesura es la medida –inexpresable de otro modo– de su cariño.

Invitamos a Molina a comer con nosotros, pero él se excusa.

—No hay que interferir en los reencuentros familiares. Llámenme sólo cuando se cansen de tanto verse.

La residencia a donde volvemos no me gusta, aunque sin duda la prefiero a los hoteles. Quizá porque jamás he tenido un lugar verdaderamente propio. He vivido en las casas de mis padres y de mis suegros, luego en las casas alquiladas, mejores o peores, de nuestros destinos cambiantes. No me preocupan, en estos ajenos domicilios, las manchas de la humedad ni las marcas paulatinas del deterioro. No me duelen sus grietas ni sus decaimientos. Más me afecta, en cambio, constatar las escoriaciones de todos los tránsitos en los baúles de cuero que van perdiendo la lisura de la piel engrasada y velan con telas de óxido el brillo de sus herrajes.

Pero cuando entramos a nuestro cuarto es nuevamente el verano de la llanura el que entorna los postigos y echa a volar la muselina de los ventanales y levanta el tul de mosquitero sobre la cama con baldaquino[35] para que escuchemos todas las razones postergadas del deseo.

Abandonamos las palabras junto a los equipajes sin abrir, con los despachos que esperan en las oficinas de la Legación, sobre el calzado inútil que hoy ya no nos llevará a ninguna parte. El tacto encuentra sus hábitos antiguos con una intensidad proporcional a su espera. Perdemos los ojos bajo las sombras de la siesta, la mirada es un roce de latidos y superficies, las yemas de los dedos se agigantan, proyectan iluminaciones sorprendidas sobre los ángulos secretos de los cuerpos. El tiempo es una respiración que se detiene, una zona sagrada invulnerable a toda pérdida. Flotamos en una esfera de cristal flexible –membrana cálida, burbuja de la creación– como figuritas del Bosco[36], mujer y varón lanzados fuera del Paraíso, hacia la tierra de la aventura humana que ya no es castigo sino cumplimiento.

Abro los ojos sobre el pecho de Manuel, como si nunca hubiera dejado la costumbre feliz de enroscar entre los dedos el vello oscuro. Las manos que amo, y que han reconocido cuanto soy, me acarician el pelo, siguen hacia abajo el perfil de mi nariz, me dibujan los labios y los pechos: mi cuerpo entero les dice que he vuelto y lo celebran.

La tardecita nos encuentra tomando café con *scons* en el escritorio, en pantuflas y *robe de chambre*. Manuel me entrega toda la correspondencia que ha llegado para mí desde el Río de la Plata. Ignoro aún la suerte de mi *Lucía Miranda*, cuyo último capítulo remití al diario *La Tribuna* desde Nueva York. Hay carta de mi madre: chismes familiares, una mención escueta a la buena salud de Tatita.[37] Todo en varias páginas de una caligrafía elaborada y preciosa como los trazos de un paisaje chino. Vuelvo a sentirme una niña con delantal y manguitos, acodada junto a Lucio en la mesa de trabajo, copiando ambos aplicadamente las cartas de ministros y funcionarios, de curas y de estancieros amigos de la familia, cuyos rasgos juzgaba mamá dignos de ser utilizados como modelo de escritura. La suya era, sin embargo, la que más me gustaba, y la que prefiero hoy, aunque sea, para mi dolor, tan clara como her-

---

35   Pieza cuadrada o rectangular de tela lujosa con adornos y colgaduras que se suspende formando dosel sobre un lecho.

36   Jerónimo Bosch, llamado El Bosco en España (Hertogenbosch 1450-1516). Pintor brabanzón, entre cuyas obras se destaca *El jardín de las delicias* (1503-4, Museo del Prado).

37   Forma familiar y cariñosa de nombrar al padre en la sociedad criolla, semejante a

mética. En esas frases elegantes y nítidas ella contará sólo lo que quiera, no lo que yo deseo oír.

Mientras mis ojos indagan en vano bajo las letras, la habitación se ha ido llenando de los olores frescos pero suntuosos de una primavera lejana. El trébol y la flor del tilo vibran como una sombra de guitarra en la mansedumbre de los patios.

Manuel toma por el revés las hojas manuscritas que ahora parecen tan verdes como hojas de árbol. Las acerca a la nariz y sacude la cabeza de maestro condescendiente ante las picardías de un chico malcriado.

—¡Inconfundible, como siempre! Cualquiera sabría que esta carta no puede ser sino de doña Agustina Rosas. ¿Te ha confesado ya la fórmula de sus famosos perfumes?

—Ni lo sueñes. Anda con mil rodeos, y sugiere que sólo cuando estemos nuevamente en el Río de la Plata, en un cuarto con la humedad precisa, a cierta hora del día, y en cierto día del mes, será posible que me revele el secreto de sus alambiques.

—No entiendo el porqué de tantos remilgos. Si tu madre no fuera tan linda como un hada, más bien se parecería a una bruja por una conducta semejante.

—En todas las mujeres hay un hada y una bruja, Manuel.

—Será otro argumento para que vuelvas a Buenos Aires. Si no te hubieras casado conmigo no estarías siempre tan lejos. Comprendo que no me tenga mucha simpatía. No bastaba con que eligieras a un unitario. Hasta diplomático había de ser también.

—Estás hablando como un yerno desagradecido. Mamá siempre te ha estimado mucho.

Doblo los pliegos, para volver a leerlos más tarde, con reposo. Doblo también una frase en la memoria «No tengo nada que decir en su contra. Es un joven apuesto, es honrado, es instruido. Pero no es para ti»–.

Abro la otra carta importante, la de Lucio.

—¿Qué cuenta ahora tu hermano? –pregunta Manuel, en un tono que intenta vanamente ser neutral.

Aunque también existe Carlos (y antes el malogrado Luchito[38]), «tu hermano» en boca de Manuel –con una pizca de irritación y rencoroso desdén, tal vez de celos y sin duda, de antipatía– siempre se ha referido y habrá de referirse a Lucio Victorio.

—Habla de las fiestas que han dado en Buenos Aires para homenajear a Derqui y a Urquiza[39]. Que el recibimiento primero ha sido frío, puramente

---

38   Otro hermano de los Mansilla, llamado también Lucio, y Norberto como su padre, que se suicidó siendo muy joven, en España, según cuenta Lucio Victorio en sus Memorias. Los hermanos Mansilla fueron en total seis: Lucio Victorio (1831), Eduarda (1834), Agustina Martina (1836), fallecida en la infancia, Lucio Norberto (1838), Agustina (1840), también prematuramente fallecida, y Carlos (1841). La mayor relación de intimidad y compañerismo se estableció entre Lucio Victorio y Eduarda.

39   Luego de la batalla de Caseros, en la que el general Urquiza derrotó a Rosas, hubo conflictos entre éste, quien estableció el gobierno de la Confederación en Entre Ríos, su provincia, y el general Mitre, gobernante de la provincia de Buenos Aires, la cual se había

protocolar, pero que después han estado de agasajo en agasajo y de baile en baile. El del Colón[40] ha tenido mucho vuelo.

Manuel menea la cabeza.

—Tu hermano sólo se fija en las fiestas donde puede lucirse y dedicarse a la crítica de modas. Aunque confraternicen un rato a buen ritmo de valses, pronto se les caerán a todos las máscaras. Ni Mitre ha perdonado la derrota de Cepeda, ni Buenos Aires se conformará con humillarse ante la Confederación. Dentro de unos meses tendremos combate, ya verás lo que te digo.

—¿Y quién crees que ganará?

—Buenos Aires esta vez. Mitre es capaz de aliarse con el demonio, si viene al caso. He oído decir que está haciendo tratos bajo cuerda para atraerse hasta a Baigorria y a sus indios.

—¿Baigorria?

—El gaucho puntano[41] que fue alférez[42] del general Paz[43], y que estuvo viviendo veinte años con la tribu de Yanquetruz.

—¿Pues no apoyaba a Urquiza?

—Puro agradecimiento por haberle quitado a Rosas de en medio, pero ahora parece que se ha disgustado con él por otro asunto. No olvides que es un viejo unitario. Servirá a Mitre con mucho más gusto.

—También habla Lucio de una novela que acaba de salir en *La Tribuna*.

—¿No te digo que tu hermano sólo tiene tonterías en la cabeza? ¡Buenos están los tiempos para dedicarse a reseñar novelas!

—¿Ni siquiera las novelas que escribe tu mujer?

—¿Cómo? ¿Es que se trata de una novela tuya? Si *El médico de San Luis* apareció ya hace unos cuantos meses...

—No es *El médico de San Luis* sino *Lucía Miranda*.

—No sabía que la hubieses terminado.

—Es que no me lo preguntaste. Escribí las últimas líneas en el viaje, y luego la envié a Buenos Aires.

—¿A Lucio?

—Sí, para que me diese su opinión, y la llevase a *La Tribuna*, si no tenía objeciones.

—Pues te felicito, y espero tener también el privilegio de leerla, aunque sea con atraso.

Manuel me sonríe, pero el aire se ha vuelto quebradizo como una capa de cristal. No puedo respirar bajo esa tela fina y fría, vagamente peligrosa.

—Ya vengo. Voy a guardar las cartas.

Entorno tras de mí la puerta del dormitorio, pero la opresión no cesa. Manuel no podrá leer completa *Lucía Miranda* hasta que terminen las en-

---

Mitre que fracasaron. En la batalla de Pavón (1961) Mitre venció a Urquiza. El diálogo entre Eduarda y Manuel alude a la situación de Buenos Aires entre estas dos batallas.

40   El primer Teatro Colón fue inaugurado en 1857 y pronto adquirió renombre por sus representaciones de ópera, sus conciertos, y por ser un sitio de reunión de la alta sociedad porteña. El teatro moderno data de 1908 y se encuentra actualmente en renovaciones.

41   De la provincia de San Luis, Argentina

42   Oficial del ejército de rango inferior.

43   José María Paz (1791-1854). Militar y político argentino que luchó en contra de Rosas

tregas de *La Tribuna*. No guardo copia, salvo algunos borradores impresentables. ¿Le interesa realmente un libro por el que antes no ha dado muestras de preocuparse, o sólo está molesto porque es Lucio quien lo ha visto y apreciado antes que él?

Abro el cajón de la mesita de noche donde tengo la llave de mi *secrétaire*. Pero busco en vano hasta que advierto el error: no estoy en mi lado de la cama, sino en el de Manuel; he abierto su cajón. Antes de cerrarlo veo un texto en inglés: *Uncle Tom's Cabin* –La cabaña del tío Tom–, escrito por la señora Harriet Beecher Stowe.

Cuando lo tomo, cae de entre las hojas una esquela: «En estas páginas encontrará los fundamentos de muchas cosas que le he dicho. Léalas y luego hablaremos. Judith M.»

X

Echo hacia atrás la cabeza mientras se extingue en un *tremolo* finamente trabajado, la última nota. Los azulejos de un imaginario patio morisco enmarcan el peinetón y la mantilla. Me cubro la cara con el abanico de marfil y seda hasta la altura de los ojos, que debieran ser negros y no de un azul muy oscuro. De todos modos cumplen su papel discretamente, al lado del mantón de Manila, de la rosa encarnada y los vuelos sobrepuestos de una falda a lunares.

Las bellas andaluzadas de Iradier[44] son siempre una receta infalible. Las *yankees* se bastan a sí mismas para cantar arias de ópera italiana y hasta francesa; se adueñan, como si nada, de Schubert o de Mozart; mal admitirían que una extranjera les diera en eso lecciones. Sin embargo no logran pronunciar una jota, y no distinguen, por supuesto, entre una dama rioplatense y una gitana del sur de España.

Logro sentarme, acalorada por el esfuerzo, los aplausos, los plácemes, mientras Manuel va en busca de un refresco, y Molina se acerca con la sonrisa puesta.

—La felicito. Cualquiera diría que ha nacido en Sevilla y no en el barrio de San Juan.

—De poco nos ha valido declarar la independencia, ¿verdad Molina?

—¿Qué tal ha cantado mi dama? ¿No parece una muñeca —vuelve Manuel, inusitadamente expansivo.

—Parece una mujer vestida de muñeca andaluza.

Sorbo despacio mi refresco de grosellas, demasiado dulce para mi gusto. Mi marido me toma del brazo.

—Vamos querida. Hay algunas señoras de la mejor sociedad de Saratoga que quieren conocerte. Ha venido hasta la mujer del Alcalde.

---

44   Sebastián de Iradier (Lanciego, Alava, 1809-Vitoria, 1865), compositor español.

Camino con él hacia el otro ángulo del salón sin entender muy bien por qué soy yo la que ha de levantarse. Con tanta humildad mi carrera de *prima donna* no va a llegar muy lejos.

—Aquí tiene usted a Eduarda, Mrs. Davidson.

—¡Cómo le agradezco que nos haya traído a su encantadora esposa! Por favor, siéntese con nosotras. ¡Qué espléndida voz! ¡Con cuánta gracia cantaesos aires de su tierra! Nos ha dicho su marido que ya conoce Ud. nuestra ciudad.

—Estuve durante el verano, en un viaje de vacaciones.

—Me imagino que la habrá maravillado.

—Naturalmente —respondo.

El Baden-Baden[45] de los *yankees* fue para mí un hotel de madera dividido en mezquinos compartimientos, donde resultaba imposible hacer entrar un baúl; un comedor atestado de olores humanos invulnerables a los más exquisitos perfumes de París, y cientos de moscas posándose sobre guantes de raso y encajes de Alençon, o hundidas en viandas que ya llegaban frías a la mesa.

Pero soy la mujer de un diplomático en horario de trabajo.

—La próxima vez tiene que venir a visitarnos. Cualquiera de nosotras la hospedará con gusto. Siempre es preferible una casa particular al mejor hotel.

—No lo dudo, señora.

Molina se nos acerca y dice algo casi al oído de Manuel, que se marcha con un saludo amable y un conato de reverencia. Las damas de Saratoga invitan a mi amigo a sentarse con entusiasmo imposible de rechazar.

—Ya me habían hablado mucho de usted las señoritas Moss[46].

—¿Las conocen? Las estimo enormemente y me admira su espíritu tolerante.

—¿Tolerante?

—Bueno, es curioso que dos de ellas pertenezcan a la religión episcopal y dos a la religión judía y que vivan en tan buena concordia.

—Nosotros consideramos que la fe es un asunto íntimo y no una cuestión de Estado, como piensan ustedes, los españoles. Aquí es muy común que los miembros de una misma familia profesen credos diferentes y nadie se molesta por eso. Es que, claro, no hemos tenido una Inquisición.

—Sin embargo, aún se conserva la esclavitud humana en buena parte de los estado, agrego, molesta tanto por lo de «españoles» como por lo de la Inquisición, mientras Molina me da significativos y casi imperceptibles golpecitos con la puntera de su zapato.

—Está usted en lo cierto, pero esa lacra también se terminará pronto. Responderemos al Sur a sangre y fuego y les ganaremos la guerra. Aquí somos todos abolicionistas. ¿Habrá leído usted *Uncle Tom's Cabin*?

—Sí lo he leído, y me ha conmovido mucho. Es notable. También yo tuve un «tío Tomás», cuando era niña.

—¿En España? ¿Un negro? ¿No se trataría más bien de un moro?

---

45 Ciudad de Alemania cerca del Rin, famosa por sus aguas termales, y en la que hay un castillo y museos del siglo XVI.

46 Las señoritas Moss están mencionadas en *Recuerdos de viaje* XIII (79).

—No soy de España, señora, sino del Río de la Plata: de la Argentina, una república que se independizó de la Madre Patria en 1816. Por esa fecha se decretó también la libertad de vientres. El tío Tomás siguió siendo esclavo porque así había nacido en la época de la Colonia. Pero no se lo trataba en forma distinta que a cualquier otro sirviente libre. Era el marido de nuestra cocinera. Vivió y murió en nuestra casa después de habernos criado.

—¿Cómo «de haberlos criado»?

—A mí y a Lucio, mi hermano mayor. El tío Tomás nos levantaba por las mañanas; tomábamos un vaso de leche con espuma, y luego nos llevaba a la escuela. A hombros, si es que había llovido y estaban embarradas las calles. Y por la noche nos acostaba y nos contaba historias de aparecidos para que no nos moviésemos de la cama. Mi hermano Lucio las escuchaba sin chistar y se las creía a pie juntillas. Luego tardaba en dormirse y tenía malos sueños. Pero a mí no le resultaba tan fácil engañarme.

Mrs. Davidson está mirándome, casi aterrada. Sin duda, habré dicho alguna gran inconveniencia.

—¿Es que... es que, bueno, me disculpará usted, su señora madre había fallecido cuando usted era tan niña aún?

—No, no. Gracias a Dios, mi madre vive, y todavía es una señora joven. ¿Por qué lo pregunta?

—¿Pero cómo pudo entonces su tío Tomás ocuparse de esos menesteres?

—No lo hacía él solo sino con la tía María, nuestra ama de leche, que se encargaba de mí. Esto era muy corriente en las familias criollas. Mi madre se levantaba tarde y dirigía la casa desde la cama.

La expresión de Mrs. Davidson empeora. Las mejillas blanquísimas se cubren con manchones de color carmesí, como los que sólo pueden traer la cólera extrema o la tuberculosis.

—¿Y tampoco podía estar con ustedes a la hora de acostarse? ¿Pero no se daba ella cuenta de que dejaba a sus hijos pequeños en manos de un negro ignorante? ¡Un pagano que sólo podía inculcarles falsedades y supersticiones! ¡Oh Señor! Estas gentes del Sur, del Sur...

Las manchas rojas se trasladan, velozmente, a mi cara.

—Nuestro tío Tomás era tan buen cristiano como el de la señora Beecher Stowe, y cualquier chico normal hubiera sabido que él contaba esas historias sólo para entretenernos y para que nos quedásemos quietos. Salvo quizá mi hermano Lucio, por demás asustadizo. Ahora es un hombre adulto y hasta se ha batido varias veces a duelo. No crea que eso ha dejado secuelas en su carácter... .ni en el mío. Tanto nos quería y nos cuidaba el tío Tomás como hubiera podido hacerlo nuestra propia madre.

Una fuerte presión en el codo me obliga a levantarme. Son los dedos largos y secos de Molina que me toman del brazo.

—La vida diplomática nos enseña que el mundo es un muestrario de diversas costumbres, y que todas ellas son respetables, ¿no es verdad, señoras? Por cierto que ése es uno de los mayores atractivos de los viajes. Y ahora, si me permiten, les robo un instante a doña Eduardita. Hace meses que me ha prometido un vals, y ésta es la ocasión para cobrar la deuda.

Escucho cuchicheos, presiento desdeñosas miradas oblicuas mientras los dedos de Molina se ajustan a mi cintura, corteses pero insoslayables. Giramos. Mi mano izquierda, con furia y sin pudor, le cava surcos en los huesos del hombro.

—Estuvo muy oportuno, como siempre, mi señor ángel guardián.

—¿Suponía que la iba dejar hacer de las suyas? No olvide que hoy somos anfitriones, y usted la Señora Secretaria de esta brillante Legación argentina.

—O andaluza.

—De donde fuere. Y afloje sus deditos porque no estoy hecho de hierro.

—Me alegro. A veces lo parece.

—¿Por qué se enojó tanto?

—Me indigna la hipocresía de esa gente. Dicen querer liberar a seres que desprecian y a los que no confiarían ni siquiera un gato.

—¿Sólo por eso? Vamos, sea honesta.

—Quiero ser honesta –vacilo–. Quizá yo también he sentido algunas veces que mi madre se miraba demasiado al espejo. Y que nos dejaba solos.

—De ahí que no pase una noche sin que Eduarda visite la cabecera de sus hijos.

—¿Cómo lo sabe?

—Manuel la elogia más de lo que usted cree.

El baile nos ha desplazado a la otra punta del salón. Estamos, por fin, a salvo de las brujas de Saratoga.

—¿Así que ha leído *Uncle Tom's Cabin*, amiga mía?

—¿Quién no en este país? Supongo que no será usted la excepción a la regla.

—No lo soy, en efecto.

—¿Y qué le ha parecido el libro?

—Una bomba moral caída en un terreno propicio de sentimentalismo puritano.

—¿Tan poderoso lo considera?

—Enormemente. ¿Usted no?

—No sé qué decirle. Sin duda está inspirado en buenos principios, pero en algunas cosas peca de increíble. Nadie puede ser tan angelicalmente bueno como Eva, que no se comporta como una niña, ni tan endemoniadamente malo como Legree.

—En eso estamos de acuerdo. Pero no son las sutilezas sino las simplificaciones las que agitan los pueblos. Sobre todo los pueblos imbuidos de la religión de Cromwell, por muy cosmopolitas y librepensadores que se proclamen.

Manuel irrumpe en nuestras meditaciones.

—Lamento distraerlos del merecido descanso, pero hay que volver al ruedo. ¿Te molestaría mucho cantar otra pieza, querida?

—¿Te lo han pedido?

—Así es. Con fervor. Además de nuestros vecinos del Brasil, tus admiradoras de Saratoga, que te invitan encarecidamente a tomar el té con ellas mañana por la tarde, en casa de la señora Jessey.

—¿Es imprescindible?

—¿Que cantes o que asistas al té?

—Ambas cosas.

—En cuanto a lo del té, creo que no hay otro remedio. Será tu último esfuerzo: pasado mañana se van de la ciudad. No quiero obligarte a cantar, pero si lo haces me darás un gran gusto y yo mismo te acompañaré al piano.

Le sonrío a Manuel mientras Molina me ayuda a componer la mantilla.

—El pobre quiere compensarme del sacrificio –le susurro.

—Y lucirse a su lado. No lo critico, yo también lo haría. Es un pecado venial. ¿Ha visto cómo las de Saratoga la siguen queriendo, pese a sus aprensiones?

Elegimos, para no desentonar, una zarzuela. Manuel ataca un aria de *El rapto*. Cierro los ojos mientras subo las escalas de la melodía. Ya no veo los salones de la Legación argentina, y ni siquiera el imaginario patio morisco. Abandono la voz a las repeticiones de la memoria, mientras subo a la grupa de un caballo. Toco el cuerpo desnudo de la guerra, pierdo zapatos y ornamentos, suelto cabellos y vergüenzas inútiles, hasta que la llanura abre su mapa de disolución, fuera del límite.

XI

La Reina de la Noche canta de espaldas, mirando zonas que me son desconocidas; desde la entrada del salón sólo veo un cuerpo de raso violáceo y los paisajes húmedos de esa voz profunda donde el mundo se invierte. Escucho el roce de los astros que caen sobre aguas quietas, hasta que su tiempo termina y la luz trivial de la tarde reaparece.

—¡Mrs. García, qué gusto volver a verla!

Mrs. Jessey se adelanta, ahueca un pecho de paloma y abre los brazos hospitalarios. Las damas de Saratoga rodean aún a la Reina de la Noche, en un cerco de congratulación apasionada.

—¡Ni siquiera Jenny Lind[47] ha interpretado *La flauta mágica* de ese modo!

—¿Pero no hacía ella otro personaje?

—Me refiero a la calidad.

Mrs. Davidson se escurre del círculo áureo.

—¡Querida Eduarda! Acérquese, por favor, quiero presentarle a nuestra cantante. Es una señora de Virginia.

La Reina de la Noche se da vuelta y me sonríe. Apenas puedo disimular el salto disparatado del corazón.

—Mrs. García, ésta es la señora Judith Miller. Judith, aquí tiene por fin a Eduarda. Ya verá que su voz excede cuanto podamos haberle dicho. Quizá hasta nos regalen el placer de oírlas cantar a dúo.

Judith me tiende una mano pequeña y recia, de huesos ostensibles.

—He oído hablar tanto de usted, Eduarda. Hace mucho que deseaba conocerla.

—También yo quería conocerla.

---

47   Jenny Lind: (Estocolmo, 1820-Londres, 1887). Cantante soprano, aclamada en toda Europa y en Estados Unidos, donde hizo una gira de conciertos entre 1850 y 1852.

Ella no esboza un solo gesto de sorpresa, no pregunta por qué, como si ya supiera que me ha llevado a ella un curioso y a veces involuntario trabajo de espionaje. Nuestras voces pronto se disuelven bajo un vértigo de manos y cucharillas, cascadas de té y colisiones de porcelana. Las palabras se cruzan para trenzar la cara delgada de Abraham Lincoln con los teatros de Filadelfia y con las plantaciones de Georgia, o las fiestas de la costa, en los palacios de Savannah. Ese odiado país que las fascina, donde las ricas herederas son frívolas como burbujas pero no frágiles, y se posan sobre los bienes más caros de este mundo con un peso feroz y transparente; donde los varones montan irreales caballos de ébano, perfectos y pulidos como piezas de ajedrez.

Me preguntan por mi Sur, prejuiciosas pero ávidas, y cedo a la tentación de Scherezade. Las sumerjo en el lujo y el espanto, en el exceso y en la extrañeza de los sueños. Hablo de mujeres vestidas de rojo y encadenadas a su propia belleza con perlas y diamantes; hablo de rejas nocturnas y de azahares afrodisíacos; de Facundo[48], que es un relámpago sobre un caballo y quema la tierra que pisa con la marca de sus herraduras; de los ojos de Rosas, duchos en la adivinación de las almas y tan celestes como los campos donde vive Dios; de Manuelita, la Niña, que huele a jazmín y a pólvora, y seduce a los hombres a toda carrera desde su silla de amazona, vestida con el traje de lo inalcanzable.

Hablo de lanzas indias que atraviesan a un jinete y a su montura, de caciques duros y brillantes como peces de piedra mojada; de princesas araucanas bruñidas como sus joyas de plata, y cuyo pie es un tintineo de cascabeles; de hechiceras que expulsan a los espíritus de la enfermedad con cocimientos de hierbas y con inaudibles palabras sagradas, nombro los fuegos fatuos y los huesos fosforescentes que iluminan el camino del más allá. Hablo de los candombes[49] donde el cuerpo recobra su linaje de pantera y sus poderes de encantamiento. Hablo de gauchos perseguidos por la barbarie perversa de sus jueces, que han olvidado su nombre cristiano en los umbrales de las tolderías. Evoco a los hermanos enemigos que se vigilan a través de un espejo festoneado de sangre, a las montoneras que atacan, imprevisibles como el caos, al artillero magnífico que arenga las tropas con el fantasma de su brazo cortado, y a las cabezas puestas a secar como la fruta madura. Hablo de los terribles gozos del amor antes del combate que es una despedida. Hablo de noches dobladas como mantas de oveja, y de guitarras que cortan la respiración.

Sé que buena parte de todo esto es ya el pasado, que ni Rosas ni Facundo volverán a segar con un galope la altura de los pajonales, que Manuelita, la Niña, ha dejado de iluminar el horizonte con la sombra fugitiva de su cabellera, y que envejecerá con decoro tras las paredes de una casa inglesa. Pero levanto sus imágenes como estampas del fondo de un baúl que me acompaña a todas partes. Es una Biblia colorida y herética, que la piedad no puede comprender, donde está inscripta la memoria de la tierra, más allá de la mía.

---

48   Juan Facundo Quiroga:(La Rioja, 1788-Barranca Yaco, 1835). Caudillo del noroeste argentino durante el régimen federal. Inmortalizado por Domingo Faustino Sarmiento (San Juan, 1811-Asunción, 1888) en su libro *Facundo: civilización y barbarie* (1845).

49   Baile de ritmo muy vivo, de procedencia africana, ejecutado por las comparsas durante

Ellas me miran como hermosas serpientes encantadas, me escuchan con más atención de la que hubieran prestado a otro falso espectáculo andaluz. Finalmente, una por una, comienzan a aplaudir y abandonan las tazas de té –alguna incluso cae al suelo, inadvertida–. Entre las que más aplauden se encuentra mi Reina de la Noche, muy generosa, puesto que ha sido eclipsada, al menos por ahora.

Mrs. Davidson se adelanta a opinar.

—Querida mía, no creo que esas historias sean demasiado edificantes –se sonroja– pero sin duda, son magníficas. Debiera usted escribirlas.

—Ya lo ha hecho en parte, Sarah –advierte, para mi sorpresa, Judith Miller.

—¿Ah sí?

—He tenido el gusto de leer hace poco *El médico de San Luis*. –responde la Reina–.

—¿Cómo es posible? –pregunto, ansiosa–. No es un libro tan difundido.

—No se crea. Lo bueno llega a todas partes. El historiador Motley[50] me lo recomendó.

—Conocí a Motley en New York. Me dijo que es más fácil escribir una buena historia que una buena novela.

—Pues tiene toda la razón —sonríe Judith Miller.

Las damas, seguras ya de que no soy una española, aunque sí lo hayan sido mis antepasados, me bombardean con preguntas, a veces muy precisas: si es verdad que las criollas viven encerradas como las moriscas, si estamos obligadas a ir a misa todos los días, si es cierto que a principios de siglo unas señoras del Río de la Plata cocinaron a un puñado de soldados ingleses en aceite hirviendo y luego los dieron a los perros... .A todas trato de responder sin perder el humor.

—Dicen que los varones latinos son más fervientes enamorados que los sajones, ¿qué piensa usted?

—No sé qué contestarle. Hasta ahora he tenido sólo un marido tan criollo como yo, y ningún amante, ni latino ni sajón. No podría comparar.

—Entiendo que los latinos son mejores –interviene, con sonrisa autorizada, Judith Miller–. Tal vez celosos, y algo asfixiantes, pero decididamente... intensos.

Un brote furioso de resentimiento y sospecha me paraliza. A mi lado Miss Clarissa Elstir, joven hermana de Mrs. Davidson, la mira con picardía.

—El marido de Mrs. Miller debe de ser un hombre muy... tolerante– le digo.

—Oh, no está casada ahora. Ha quedado viuda ya hace unos años, y conoce el mundo. Pero no se crea que es muy *fast* –apunta precavida–. Es que tiene grandes dotes de observación.

—¿Y las aplica con los maridos de las demás?

---

50   John Lothrop Motley: (Dorchester, MA, 1814-Frampton Court, Inglaterra, 1977). Historiador estadounidense que publicó libros sobre la historia de Holanda y la de Estados Unidos. Fue también autor de novelas que publicó anónimamente.

—¡Oh no, Mrs. García, no lo creo! Nunca diría eso. Mrs. Miller es desenvuelta, pero tiene una moral elevada.

Judith Miller me mira desde su presunta elevación. ¿Me engaño, o los ojos se le achican con un resplandor de sorna maliciosa?

Mrs. Davidson interpreta de otro modo nuestro diálogo mudo.

—¿Por qué no cantan Ud. y Mrs. Miller algo juntas?

—No creo que pudiera compartir algo con Mrs. Miller ahora. Debemos tener distinto repertorio.

—Cante otra vez algo de su patria, entonces.

—¿De mi patria verdadera? ¿La de mi nacimiento?

—Lo que usted guste.

Me siento al piano. Después de Mozart, esto podrá parecer una profanación. Sin duda lo sería para mi marido, y por razones suplementarias. Yo también puedo traicionarlo de otro modo sutil. Tomo aire y pulso las teclas y canto para oídos que no entienden el significado de mis palabras, con una ciega libertad que no tendré jamás ante sus ojos.

> Cielito, cielo y más cielo
> cielo de los federales,
> blanca y celeste la insignia
> de punzó las iniciales.
>
> Allá va, cielito y cielo
> cielito de mi esperanza
> que vencen los imposibles
> el amor y la constancia.

Ahora Judith Miller me está viendo también de espaldas. Mi música es diáfana, casi tan absurdamente sencilla como fue la suya poderosa y oscura. Sin embargo, se teje con las cifras y los símbolos de una tierra que para ella será siempre secreta. Me digo como el baqueano[51] de los ranqueles, que guarda en su poder todas las llaves de la Tierra Adentro: yo tengo un médano, tengo un algarrobal, tengo un camino... yo tengo el corazón de Manuel, yo tengo un canto.

---

51   Conocedor de terrenos y caminos, valioso guía para los militares y para la captura de criminales en la Argentina del siglo 19. Muchos gauchos se distinguieron por tener esta habilidad, que también poseían, especialmente, los aborígenes.

XII

Un cimbronazo inesperado del carruaje me tuerce el sombrero, desacomoda mis tirabuzones, me quita el aire dentro del corsé. Echo mano del espejito que llevo en el bolso, restituyo las cosas a su lugar, arreglo los pliegues de mi capa de terciopelo, y me empolvo la punta de la nariz. La culpa es mía, por haberme acicalado casi con tantos detalles vanos y complicados como si fuera a un baile. ¡Pero qué remedio! ¿Alguna mujer en sus cabales se presentaría vestida con descuido en la casa de su... rival?

Judith Miller vive en una mansión pulcra y recta, de austera piedra ocre. Una fortaleza de dos pisos más los bajos del sótano. Fantaseo con laberintos y con salas concéntricas mientras sigo a la *maid* que me desembaraza de la capa y se la lleva en el brazo. Sin embargo todo es simple: un ajedrez de cuartos rectangulares abiertos hacia el pasillo central de mármol claro. Tras una puerta de bronces y cristales hay una sala íntima, y dentro de ella una silueta blanca frente al fuego. Mira con insistencia el paisaje verde que cuelga sobre el hogar –un escorzo más del Valle del Hudson– salido acaso de la paleta de Catlin[52] o de Cole[53], hasta que la voz de la doncella anuncia mi presencia y el cuerpo ceñido apenas en la cintura se da vuelta, y los ojos sin maquillaje, de cejas diluidas, inspeccionan minuciosamente mi persona y mi ropa.

—Cuánto celebro que haya aceptado mi invitación, Mrs. García. Por favor, siéntese. ¿Toma un té conmigo, o prefiere la infusión de su patria?

Me señala una asombrosa bandeja donde hay un servicio completo de mate, labrado en plata.

—Le agradezco su deferencia, pero la acompaño con el té. También en Buenos Aires lo tomamos, y me agrada.

---

52   George Catlin: (Wilkes Barrer, PA, 1796-1872). Pintor que se especializó en retratar a indios del "Old West" de Estados Unidos. Escribió una serie de libros describiendo sus viajes por los pueblos indígenas del norte, centro y sur de América.

53   Thomas Cole: (Bolton, Inglaterra, 1801-Catskills, NY, 1848).Fue un paisajista de alto estilo que se propuso conferir a sus paisajes significados morales y religiosos.

Nos sentamos. Empiezan a molestarme los pendientes y la gargantilla de esmeraldas —regalo de bodas de mi madre— que cae sobre un escote pálido y abierto, a pesar del frío exterior. Me disgusta la sombra color Nilo que cubre mis párpados, el drapeado de raso que adorna los vuelos ya ampulosos de la falda, los zapatos de tacón fino y demasiado alto. Me hallo fuera de lugar, abrumadora, decididamente *overdressed*, como un guerrero medieval cargado con una armadura de cincuenta kilos que debe hacer frente a un adversario menudo y escurridizo.

Ya no encuentro en Judith Miller a Judith M., y tampoco a la Reina de la Noche. Ante mí hay sólo una mujer de unos treinta cinco años, con la piel lechosa y vulnerable, que me acerca un plato con bizcochos desde unas mangas anchas con puñitos de encaje, y me sonríe amistosamente.

—De veras me alegra tenerla aquí. Y quisiera preguntarle, si no es indiscreción, ¿por qué no ha venido antes?

La sorpresa me atraganta.

—¿Antes? ¡Pero si no nos conocíamos, si nadie nos había presentado, si nunca recibí ninguna invitaciónde su parte!

—¿De modo que no recibió usted ninguna de mis esquelas? ¿Ni la del té que ofrecí en julio, ni la del concierto de cámara?

—Estuve ausente casi todo julio.

—Pero le habrá llegado la correspondencia.

—Sí. Es decir, a mi vuelta me la entregó mi marido.

—¡Ah! Su marido... Bueno, quizá no es tan extraño.

—¿Por qué sospecha que haría eso?

—Temo que no nos entendemos muy bien. Me parece verosímil que no haya creído necesario darle mis invitaciones.

—Más bien soy yo la que no entiendo cómo es que tiene usted trato con él.

—Pues en su calidad de funcionario. Me interesa la educación en las naciones jóvenes, como las nuestras. Y sobre todo la educación femenina.

—¿Y por qué ha acudido usted a Manuel?

—Porque tengo algunos proyectos... y también algún dinero para ayudar a aplicarlos en los países que los apoyen. E intento darlos a conocer a través de las embajadas.

—¿Es que mi marido no ha secundado sus ideas? Siempre ha sido un defensor de la educación popular, y de la educación de las mujeres, particularmente.

—Con ciertos límites, claro.

—¿Cuáles?

—El derecho al voto como ciudadanas plenas, por ejemplo.

—¿Es usted sufragista?

—Y abolicionista, por supuesto.

—Dos cosas que parecen muy unidas.

—En el fondo se trata de una misma causa. Pero también usted es una sufragista.

—¿Yo? Ni siquiera se me ha ocurrido... En mi país sería muy difícil propagar esta idea. Buena parte de nuestro pueblo no tiene ningún derecho, y vota – cuando puede– lo que le dice el patrón de turno. En este marco el problema de las mujeres es apenas una cuestión parcial.

—¿Le parece?

Judith Miller toma un libro pequeño de una estantería vecina y comienza a leer, en un castellano áspero, pero correcto:

«En la República Argentina la mujer es generalmente muy superior al hombre, con excepción de una o dos provincias. Las mujeres tienen la rapidez de comprensión notable y sobre todo una extraordinaria facilidad para asimilarse, si puede así decirse, todo lo bueno, todo lo nuevo que ven o escuchan. De aquí proviene la influencia singular de la mujer, en todas las ocasiones y circunstancias. Debiendo no obstante observarse que ésta, soberana y dueña absoluta, como esposa, como amante y como hija, pierde, por una aberración inconcebible, su poder y su influencia como madre. La madre europea es el apoyo, el resorte, el eje en que descansa la familia, la sociedad. Aquí, por el contrario, la madre representa el atraso, lo estacionario, lo antiguo, que es a lo que más horror tienen las americanas; y cuanto más civilizados pretenden ser los hijos, que a su turno serán despotizados por sus mujeres y sus hijas, más en menos tienen a la vieja madre, que les habla de otros tiempos y otras costumbres. Muchas veces me ha lastimado ver a una raza inteligente y fuerte, encaminarse por un sendero extraviado, que ha de llevarles a la anarquía social más completa, y reflexionando profundamente sobre un mal cada día creciente, he comprendido que el único medio de remediarlo sería robustecer la autoridad maternal como punto de partida... »

—¿Sólo una cuestión parcial, eh? Si no me equivoco, esto figura en *El médico de San Luis*.

—No soy yo quien lo dice, sino el narrador, el doctor Wilson.

—No haga trampas, Eduarda. ¿Acaso no son éstas sus ideas?

—Robustecer la autoridad materna no significa imponer el sufragio femenino.

—Es una manera indirecta de sufragar... cuando no hay otra. La supremacía moral es el mejor medio persuasivo. ¿No es eso lo que hacen las señoras de *La cabaña del tío Tom*?

—Quizá por eso a Molina le parecía tan peligrosa como una bomba...

—¿Así que Molina tiene esa opinión?

—¿Lo conoce?

—Él me puso en contacto con su marido.

—¿No quiso ocuparse él mismo de su propuesta?

—Alegó tener especial confianza en el doctor García, para todo lo que se refiera a educación y leyes.

—Tiene razón. Manuel es un experto.

—O bien... es que no desea hacerse cargo él mismo de asuntos resbaladizos.

—¿Le parece?

—El doctor Molina es un hombre en extremo inteligente, pero se apega a las convenciones, y estimo que por su propio escepticismo.

—¿Qué quiere decir con eso?

—Que para él es inútil cambiar las cosas. Piensa que cualquiera sea el orden del mundo, siempre será malo.

Le sonrío abiertamente, sin reticencias. Estoy dispuesta a conceder, con Miss Clarissa Elstir, que Judith Miller tiene «grandes dotes de observación», e incluso que tal vez no sea tan *fast* como yo la juzgaba.

—¿Y usted cree que vale la pena cambiarlo?

—Soy una mujer. Creo que al menos para mí y para mis congéneres valdrá la pena. Lo deseo. Y vivimos por el deseo. No de seguridades o certezas.

—¿Y qué desea para nosotras, las mujeres?

—Los mismos derechos humanos, civiles y políticos que los varones. Independencia, trabajo, espacio público. No somos propiedades, ni prolongaciones ni apéndices. Somos individuos. Podemos pensar tan bien como ellos pero de manera distinta. Podemos actuar tan bien como ellos.

—O tan mal.

—O tan mal. Sí, también tenemos ese triste derecho.

—Quizás el mundo no sea mejor porque las mujeres compartan oficialmente su gobierno.

—No. Pero el desafío me interesa. ¿A usted no? ¿No quiere salir de la clandestinidad?

Reímos ambas.

—No soy muy clandestina que digamos. Tengo más publicidad de la que me gusta.

—¿Cantando españoladas en los salones de la Legación? ¿O en los tés de las damas de Saratoga? Claro, no creo que esa clase de *réclame* pueda agradarle mucho.

—¿Y a qué otra se refiere?

—¿Por qué no empieza por firmar sus libros con su nombre y apellido?

—Mi apellido ahora es también el de mi marido.

—¿Y firmando sus libros ultrajaría ese preciado bien?

—Creo que esta conversación ha llegado demasiado lejos.

—Sí. A la pregunta que usted misma no quiere hacerse.

—No sé por qué le consiento que me hable de ese modo.

—Porque es usted la que se habla por mi boca, Eduarda.

Callamos. El pie blanco de Judith Miller se desplaza desde la alfombra a los pedales del piano. Las manos, allá arriba, atacan la *Polonesa*, mientras el ruedo del vestido se mueve con ondulaciones rítmicas como golpes de viento. Pongo la mano sobre la gran caja sonora y las vibraciones pasan hasta los huesos de la muñeca.

—¿Quiere que sea una nueva George Sand[54]? —le digo cuando se detiene—. Ella tampoco firmaba con su nombre.

—No le aconsejaría eso. No hace falta vestirse de varón, ni mantener a un pianista distinguido y tísico, aunque sea un genio.

—¿Usted escribe?

—Por ahora, sólo cartas. Y algunos artículos para la prensa: el *English woman journal*, o *La voix des femmes*, por ejemplo. Estudio. Viajo cuanto puedo.

—¿Sola?

—A veces sola, y otras acompañada por alguna amiga –me sonríe con naturalidad mortificante–. Soy viuda.

—El mejor estado civil de las mujeres, según mi hermano Lucio.

—Para las que contamos con algunos bienes de fortuna, desde luego. Por fin podemos administrarlos a gusto sin rendir cuentas a nadie. Y como ya hemos disfrutado los misterios del matrimonio, y a menudo nos hemos desilusionado de ellos, tampoco éstos nos inquietan.

—¿No extraña la compañía masculina?

—No hace falta casarse para tenerla de cuando en cuando.

—¿No teme al juicio de la sociedad?

—Me basta mi propia aprobación. Soy libre, dispongo de mí misma, y no engaño a nadie. Y por otro lado, mi pequeña sociedad no puede seguirme a todas partes para meter la nariz en lo que hago. Si de juicios se habla, sólo me preocupa el de las mujeres, que suele ser inflexible. Los varones, como decía *Madame* de Staël,[55] se hallan mucho más predispuestos a perdonar las que se llaman «faltas a la honestidad», que el delito de poseer cierto talento. Por lo demás, amiga mía, pongo en duda que exista realmente la «compañía masculina»; los hombres tienden a ser dueños, rara vez compañeros. Aunque en nuestra clase logren disimularlo con muy buenos modales.

—¿No tiene hijos?

—No se me ha concedido esa gracia. Quizá es lo único perdurable que nos dejan los placeres del amor... .cuando existen.

—¿Para bien?

—¿Quién lo sabe? Pero sí para siempre. No se divorcia uno de los hijos.

Las manos de Judith Miller vuelven al piano. Ahora levantan del aire una melodía de lentitud cristalina que habla de la desdicha de quien ama, pero que guarda intacta su propia felicidad. Levantan mi voz que acompaña a la

---

54   Nombre que adoptó como escritora Aurora Dupin, baronesa Dudevant (París, 1804-Nohant, 1876). El pianista aludido es Frédéric Chopin (Zelasowa Wolla, 1810-París, 1849).

55   Germaine Necker, baronesa de Staël-Holstein, llamada Madame de Staël (París, 1766-

suya, por fin a solas, sin aplausos, sin público.

> Plaisir d'amour ne dure qu'un moment
> Chagrin d'amour dure toute la vie

El placer del amor dura sólo un momento, las tristezas del amor duran toda la vida. Como los hijos. Acaso los hijos sean también parte de las tristezas del amor.

Seguimos cantando el aria de Schwarzendorf[56], mientras la tarde se disuelve en oscuridad. En la canción hay un hilo de agua que corre, invulnerable y

sin pena, arrastrando pasiones y juramentos. Nadie viene a encender las luces del cuarto y solamente el fuego central arde y se expande, con pequeñas explosiones de madera destruida. Su luz reverbera contra el hilo de agua del paisaje del Hudson, y el hilo del arroyo que se desliza por la pradera del canto y el hilo terso de las voces trenzadas. No sabemos si atardece o si amanece cuando la última nota queda fluyendo bajo el aire.

---

56   Johann Paul Aegidius Schwartzendorf, Freystadt, Alemania (1741-París, 1816). Compositor de ópera, música coral y otras obras de música clásica.

XIII

Los ojos negros pestañean apenas. Son grandes, secos, extáticos. No me apuntan a mí, su fugaz interlocutora, sino a un centro distante e impreciso, tal vez inexistente. Miro de soslayo el brazo derecho que se alarga para estrechar mi mano. Intento discernir, por la presión de los dedos, si se trata de un brazo articulado. Los dedos oprimen los míos con módica eficacia o módico interés. Imposible saberlo. Las manos artificiales tienen fama de ser tan perfectas que pueden tomar un alfiler colocado encima de una mesa.

Por un momento creo estar frente a mi propio personaje: Amancio, el galán joven de *El médico de San Luis*. ¿No tienen el mismo mirar desaforado y melancólico, la cabeza demasiado grande para el tronco en que se apoya, los cabellos largos y renegridos? Pero no es éste mi pobre secretario de juzgado criollo sino el presidente del país más importante de la América: Abraham Lincoln, dispuesto a imponer desde su nombre de patriarca, ante todo y contra todos, los principios de la Unión. A su lado, Mrs. Lincoln hace un contraste tan completo como ingrato. Las muñecas forradas en carne blanda y dijes de oro tiemblan al sacudirlas, junto a los rizos y las cintas de su alto peinado ornamental.

Soy cortésmente despedida y cedo mi espacio al próximo representante extranjero, que tiende otro brazo más hacia La Mano Incansable. ¿Cuánto ha durado ya la ceremonia del *shake hands*?

—No lo mire tanto, Eduarda. Me parece que éste no es el mecánico – susurra Molina, casi a mi espalda.

—¿Pero existe ese brazo realmente?

—Dicen que lo usa cuando está al borde del agotamiento. Tiene todo el aspecto de un hombre frágil.

—Pues no me extrañaría si estuviese extenuado. Deben de haber pasado ya dos mil personas por aquí.

Toda clase de gentes, sin distingo de cargos ni de clases sociales, tienen el derecho a estrechar la mano de su Presidente el primer día del año. Desde la mañana temprano, hasta altas horas de la tarde, miles de ciudadanos desfilan para tocar los dedos que empuñan el cetro de la República y firman los despachos y las órdenes. Quién sabe lo que se espera de ese contacto: acaso consuelo o curación. O tal vez recuperar, por un instante, el poder que allí se delegó.

Afuera, por única vez, una multitud desordena los jardines helados en fervoroso silencio, deja potentes huellas en la nieve: caminos de lodo y hojas, que mañana serán barridos y cubiertos. Ninguna marca humana perturbará entonces los bloques marmóreos de la *White House* y sus contornos de nieve calcinada.

Alcanzo a ver a Manuel cerca de la puerta del salón. Sé que está indescriptiblemente furioso, por la manera de colocar los puños cerrados detrás de la espalda y la rigidez ostensible del cuello erguido, proyectado hacia afuera, aunque por cierto sin la gracia de los cisnes. Supongo que lo mortifica la ausencia de Burgos y de Arana, sus directos subalternos, que han evadido el protocolo presidencial y deben de estar disfrutando anticipadamente del ponche de Año Nuevo en una o varias mansiones de la localidad.

Nos acercamos. Molina le palmea el hombro.

—Hemos terminado, gracias a Dios. Pero, ¿qué le pasa? Hoy es día de fiesta.

—Ya lo creo. Algunos se lo han tomado tan en serio, que ni siquiera se molestan en hacer acto de presencia.

—Si se preocupa por esas cosas, morirá usted joven, amigo mío. Lincoln les estará agradecido: dos manos menos para sacudir. Y ahora los invito a acompañarme en la gira del ponche: tengo armado un itinerario de seis o siete casas, atendidas por damas encantadoras.

—Pues yo francamente preferiría volver a la mía a tomar mate.

—De ninguna manera. Ya que respeta usted tanto las jerarquías, entérese de que esto es una orden. Señores secretarios –concluye tomándonos del brazo– ¡a cumplir la última etapa de nuestra gran misión!

Pronto un ujier vestido de negro, con una cadena de plata al cuello, como un cortesano de Felipe II, nos abre la puerta de un coche de alquiler. Dejamos la avenida de elegantes castaños, ahora desnudos, que parecen un grupo de *dandies* asaltados por una pandilla de bandoleros.

La ciudad está nevada y encendida. Cada farola nos revela una cara que desconocemos. En las casas calladas alguien hace el amor o alguien ha muerto y las vidas resplandecen en secreto, cada una para sí bajo la tiniebla.

Los ojos de Molina brillan en franjas oblicuas, alucinados de golpe por el fantasma de una luz de gas. El golpe de los cascos nos llega como si viniera de lejos, diferido tras las capas concéntricas de niebla. Oímos tenues quebraduras de hielo bajo las patas de los caballos. Avanzamos por el trizado espejo de la luna donde juegan nuestras sombras humanas, donde corren las sombras de anhelos imprevistos.

Contra su costumbre, Molina da directivas inapelables que nadie, ni yo misma, contradice hoy. Bajamos del carruaje y volvemos a subir, temblando bajo las capas y las pieles. Unos salones se parecen a los otros y sus mujeres tienen rostros bellos e indiscernibles. Los ojos azules o verdes ruedan por mi cara, se me cuelgan del cuello como cuentas de collar, mientras bebemos, una y otra vez, copas minúsculas de un ponche humeante donde arden los malos sueños y las pasiones inútiles y la envidia que los hombres sienten unos hacia los otros.

Molina conoce todos los caminos: desplaza al cochero vacilante y toma las riendas. Miro sus dedos largos, de fuerte osatura, levemente cuadrados en las puntas, sin guantes a pesar del frío. Nunca los he visto empuñar una espada, ni disparar un arma ni tocar el piano. Una cicatriz vieja, irregular, parecida a un mordisco, saja la mano derecha. Ignoro contra qué o contra quién ha luchado alguna vez. O qué piel amada ha querido tener bajo las yemas pálidas.

Frena bruscamente ante una casa de piedra ocre, tan igual a las otras pero que yo reconocería entre muchas porque la clarividencia del temor y del deseo es la que me ha mostrado sus mínimos detalles, sus peculiaridades sutiles y casi imperceptibles. Mi marido se incomoda.

—¿Por qué paramos aquí? ¿No le basta a usted con todas las casas que visitamos? No podremos salir de pie si tomamos una copa más.

—Pues yo estoy perfectamente. Usted no tome si no quiere, doctor García; no seré yo quien lo obligue. Y no me importa si salgo acostado. Nunca faltará un cochero para llevarme.

La risa de Molina pulveriza con alegría el hielo claro de la noche, como las ruedas de un coche navideño adornado de campanitas. Baja de un salto.

—Vamos, vengan, que nos espera una querida amiga.

Manuel masculla palabras imprecisas. Le tiemblan las aletas de la nariz. Podría ordenar al cochero que diese la vuelta; sin embargo, obedece. Quizá no le preocupa mucho nuestro achispado decano, que mañana no dará mayor importancia a una actitud semejante. Pero sí respeta, más allá de sí mismo, las formas del protocolo. ¿O es que teme entrar conmigo a la casa de Judith Miller, donde acaso, Dios mío, ha estado ya... ?

Desde abajo me ofrece las manos, en las que me apoyo con fuerza para descender.

—Este hombre se ha vuelto loco. O el *eggnog* se le ha subido a la cabeza. Pensar que ni siquiera hemos podido comer hoy con los chicos.

—No te preocupes. Están con Maggie. Habrán almorzado pavo y dulces, habrán leído cuentos. Era sabido que llegaríamos tarde.

La anfitriona nos recibe en la sala del piano, vestida de un lila diáfano, como la primera vez que la vi. Manuel la saluda con una inclinación de cabeza. Molina le roza la mano con los labios y sonríe. Ella se acerca y me besa en ambas mejillas.

—¡Qué gusto volver a tenerla en casa, Eduardita!

Mi marido nos mira, con asombro contrariado. Me pedirá explicaciones, aunque no ahora. También yo tengo preguntas para hacerle.

Cumplimos el rito del *eggnog*. Judith hunde el cucharón de plata en la ponchera para servirnos una ardiente mixtura de alcohol, huevo y nuez moscada. Manuel apenas la toca, yo bebo hasta el fondo. Las luces del techo se acercan a mi cara y me coronan con chispas de luciérnaga. Los zapatitos de raso golpean el piso de madera de roble, al ritmo de las cuadrillas que suenan en las calles y también dentro del cuarto, bajo las manos de Judith Miller.

Los ojos de Manuel ya no luchan conmigo ni con Molina.

—Estás hermosa –dice–. ¿Me concederías esta pieza?

Nos rodean los danzantes, nos aturden. Volamos sobre el ritmo a la velocidad de una llama. Dentro de poco mi cabeza caerá y me nacerá una piel nueva. Me brotan en los nudillos yemas de árbol y por mi sexo sube un vello de lianas. Seré una selva y una casa de pájaros, en mi corazón crecerán torres mudas, sueños de catedral bajo las aguas.

Giro tras giro veo a Molina inclinado sobre el piano –del otro lado del tiempo, del otro lado del mundo–, hablando al oído de las manos que tocan. ¿Es el mismo que ha viajado con nosotros por las ciudades del Norte, imperturbable bajo todas las formas del verano, sujeto a sobrias normas de gestos y palabras?

Cuando Judith Miller lo mira, Molina tiene brazos que pueden acomodarse a un cuerpo de mujer, tiene músculos suaves para el amor, tiene el nombre de pila (¿Carlos? ¿Enrique?) que nosotros ni siquiera recordamos y por el cual no lo nombramos nunca. Ya no se pasa la mano por el pelo lacio y lo deja caer sobre la frente y sobre el ojo izquierdo mientras la cara angulosa se suaviza y se relaja como si la estuvieran acariciando. Tal vez Molina, sereno y escueto, es el *latin lover* «decididamente intenso» que la ha encadenado con discreción durante unos meses a las paredes de esta casa ocre y a las inútiles conversaciones con funcionarios renuentes.

Cuando Manuel me mira tengo un cuerpo que anticipa su paso con balanceo de azahares y rasguidos de abanico, y ojos de dieciocho años que se asoman buscándolo a la sombra de una reja. Tengo una piel absoluta que colma cuanto sus manos ambicionan, tengo una voz que llena todos sus silencios. Soy el hueco irradiante de su recuerdo y la imagen previsible de su porvenir. La felicidad de lo que permanece, inmóvil, tal como fue deseado y concebido.

Cuando Judith Miller me mira, no tengo nada. Soy la gran interrogación de una boca todavía muda, que dirá palabras esperadas pero aún desconocidas. Soy la forma imprecisa de las rebeliones, el viento que levantará todos los médanos para reconstruirlos en otro lugar, de otra manera. Soy la promesa de mí misma, la mano que escribe a ciegas sobre un papel futuro.

Cuando Judith Miller me mira, ya no puedo ser la que fui. Quedo entre los que bailan, armados con sus rostros, y una desolada felicidad me arrasa los ojos mientras las llamas queman las máscaras que giran.

1880

«Tom nunca supo cuántos sufrimientos, cuántas angustias, costó aquel hijo a la risueña Kate. (...) Si Tom Crammer hubiera asistido a aquella larga y dolorosa crisis que hace a las madres doblemente dueñas de sus hijos, mientras que el padre se siente en tan crítico momento como pequeño, y aun humillado, casi culpable, es muy posible que el enternecimiento inspirado por la madre se hubiera sobrepuesto a todo escrúpulo de estrecha devoción.»

Eduarda Mansilla,
«Kate», *Creaciones.*

I

El grito corta las fundas de lino, desgarra las puntillas de encaje, destripa los almohadones, lanza las plumas de ganso por los aires, sofoca a los durmientes. El grito viene sobre un caballo desbocado, se enreda en los flecos de las alfombras, destroza los laberintos del tejido, mezcla en un ovillo de desgarraduras la policromía preciosa. El grito retumba sobre mi propio pecho. El grito me pega, me abofetea, me toma por las trenzas sueltas, me despierta como una loca en medio de la noche, sólo para escucharlo. Cuando abro los ojos yo también estoy gritando, perdida en el acantilado. Busco a mi madre que me ha dejado para siempre tras las paredes de niebla.

La casa late, monótona, tranquila. Laten los enormes relojes de pie con las cajas retumbantes donde podría esconderse un niño. Laten los relojes de pared, laten las miniaturas de las repisas, globos del tiempo sostenidos por ángeles de porcelana, burbujas abiertas en las manos de un hada o de una ninfa. Me late el corazón como una máquina que borra los años hacia atrás y me empuja hacia el despeñadero del pasado, y me arrincona en ese lugar oscuro donde estoy sola.

Me mojo las manos y la frente en el agua tibia de la jofaina, me despejo el pelo sudoroso, hasta que comprendo. No es mi grito sino el de la mujer que está del otro lado de la pared. No es mi dolor ya enmudecido, viejo, sino el suyo, cercano, intolerable. La tijera de un llanto irregular avanza sobre el silencio, se mezcla con un hipo indecoroso y un sollozo animal: una gata encerrada bajo las sábanas.

Madame Eduarda elige una cueva en el revés del día para ponerse a llorar, como si nadie pudiese oírla. Quizá no le importa saberme del otro lado de la pared, porque casi soy nadie y cuenta con mi silencio. La casa es demasiado grande y sus paredes demasiado gruesas para que la violencia de su desatino llegue más lejos. Llora sólo para ella y para mí, neutra como el agua, que vengo de la tierra de donde ella ha venido, pero que aquí soy una extranjera.

El animal encerrado deja de oírse, se aquieta. Ahora sólo hay un hilo de llanto humano, compatible con ciertos atardeceres, y con las melodías que *Madame* improvisa sobre el piano cuando toda otra manera de hablar ha concluido.

La cama cruje. Un cuerpo se levanta. Un golpe de vidrios trizados dice que ha querido servirse un vaso de agua, pero que las manos inseguras no han sabido sostenerlo. Yo también me levanto, como si ella me llamara, y mi propia mano, que no tiembla, vacila sobre el pomo de la puerta. Pero vuelvo a acostarme, porque ninguna voz me ha requerido, y el cuerpo de la otra permanece de pie, da unos pasos, abre los postigos, deja que el aire nocturno le devuelva la sensatez.

No tengo ningún derecho –tampoco ningún deber– de consolar a esa mujer que no es mi madre, aunque por su edad podría serlo. ¿Por qué ha de querer ella que la vea deshecha, en vez de altiva y dueña de sí –como si el destino de todos sus días fuera una orden para el almuerzo o una cita que se decide?– ¿Por qué ha de querer ella que otra mujer más joven atestigüe los desarreglos del sueño, la piel que se crispa bajo el maquillaje borrado, el pelo que cae como un desorden más, sobre las espaldas y la frente?

¿Por qué *Madame* Eduarda ha de quererme? ¿Y por qué he de sentir por ella algo más que gratitud o curiosidad?

Apoyo otra vez la cabeza sobre la almohada, busco un latido que olvidé cuando aún no se había hecho la memoria, cuando el tiempo no se distribuía en los relojes. Busco la mariposa de noche que titila, y se lleva mis ojos para cerrarlos.

II

Madame mira a la calle, y levanta con cuidado el *crochet* color hueso de las cortinitas bajas. Suspira. Cuando se vuelve hacia mí, el sol de afuera se estrella contra la cabellera gruesa, armada en una corona suntuosa. Suspira otra vez, como si no pudiera tolerar el peso iluminado, reverberante. Se lleva las manos al pecho y pregunta, igual que todos los días.

—¿Ha llegado ya la correspondencia?

—*Oui, Madame*. Aquí la tiene usted.

Le alcanzo las cartas sobre una bandeja. La señora las abre con una espadita de juguete, un cortapapeles toledano. Los dedos son rotundos, rápidos, ansiosos. Toman bruscamente las hojas internas, alguna de ellas con textura de seda que casi se rompe al arrancarla de su envoltorio. Los ojos trepan, bajan, desechan y devoran. *Madame* dobla las cartas, las arroja dentro de una carpeta de cuero negro. Me mira ahora, con los ojos vacíos. No ha llegado aún el mensaje que busca.

—Las leeré después. ¿Se ha levantado ya mi madre, Alice?

—*Oui, Madame*. Está en el patio de las flores.

—Si no fuera por ese patio...

Madame Eduarda se pone de pie con un centelleo de satén. Irá al jardín de la señora mayor donde conviven rosales y jacintos, fresias y trepadoras, opulentas damas de noche que absorben el aliento de los que duermen.

Si no fuera por ese patio acaso no podríamos respirar en esta ciudad húmeda, y todavía sin cloacas, que se ahoga bajo los hedores del río, y a veces bajo las aguas mismas, cuando los vientos del Sur soplan demasiado fuerte.

—¡Alice!

—¿*Madame*?

—Hay que contestar varias tarjetas de visita y devolver estas pruebas a la imprenta. Ya las he corregido.

—Me encargaré.

Madame Eduarda entorna la puerta. El escritorio ahora es casi mío. Me siento en la dura silla española (nada como esas sillas de convento para mantener la espalda derecha, dice doña Agustina), y mojo la pluma en la tinta fresca. *Madame* prefiere mi caligrafía, aprendida en los claustros del *Sacré Coeur*. Es tan rígida y firme como esa silla que me sostiene, heredada quizá de algún conquistador.

Un espejo pequeño sobre la mesa preside proyectos y papeles. ¿A *Madame* le gustará mirarse cuando escribe? A mí no. No soy, como ella, alta ni majestuosa. Ni tengo sus ojos de azul tormenta, oscurecidos a veces por los malos sueños o por las furias del día. Mis ojos transparentan todo lo que tocan, huyen de las miradas adversarias, se cierran ante el golpe de la claridad.

Escribo y agradezco atenciones y saludos. Al señor don Eduardo Wilde[57], escritor, médico y amigo. Al señor poeta don Carlos Guido y Spano[58], al señor general don Bartolomé Mitre[59]. Al señor doctor don Nicolás Avellaneda[60], un hombre pequeño y delicado que es el Presidente de este país.

El calor me desprende los dos primeros botones del cuello. Los cabellos se me pegan a la nuca, en esa zona donde la piel de las mujeres es más dulce –dicen– y enloquece a los hombres. Ningún varón me ha besado todavía en ese hueco que ahora cubre una trenza.

Cada movimiento de mi ropa deja en el aire memorias de lavanda y agua de azahares. La señora mayor me ha regalado bolsitas perfumadas para colocar entre los pliegues de las enaguas, y en la intimidad de los corsés. En todas las habitaciones de la casa flota un cielorraso de esencias aromáticas que difumina las luces de las arañas y baja hasta envolver las cabezas con destellos de incienso y vetiver[61]. La madre de *Madame* Eduarda aprecia mi conocimiento de las flores. También cultivábamos rosas, y hasta tulipanes, en la huerta de la casa de Bretaña, y más tarde, cuando lo perdí todo, en el jardín del convento de Amiens.

Levanto apenas, con la punta de un dedo, el cartapacio donde ella ha deslizado el correo. Abro un poco más, ya decidida. Después de todo, los secretos no se guardan tan al descuido, dentro de una carpeta que cualquiera podría revisar. Hoy no ha habido, al menos, esas cartas de Londres o de Bretaña– que perturban el día de *Madame* y la ponen cavilosa, y por momentos desesperada, hasta que el pecho le palpita y le falta el aire, y parece –de pie frente

---

57   (Tupiza, Bolivia, 1844-Madrid, 1913). Médico, escritor, político y diplomático, perteneció a la generación de los años ochenta que consolidó las bases del liberalismo argentino. Autor de estilo sobrio, empleó la ironía y el humor con excepcional habilidad en obras didácticas y científicas, autobiográficas y de narrativa breve.

58   (Buenos Aires, 1827-1916). Destacado hombre de letras, con obra poética y prosa. Ocupó cargos públicos durante los gobiernos de Derqui y Avellaneda.

59   (Buenos Aires, 1821-1906). Militar, político e historiador, fue presidente de la Argentina (1862-68) y fundador del diario *La Nación* (1870).

60   (Tucumán, 1837-en altamar, 1885). Abogado y político. Presidente de la Argentina (1874-80).

a la ventana semiabierta– una diva de ópera a punto de cantar un aria. Esta vez le escriben un *yankee* al que no ha aceptado como su traductor, y doña Agustina Andrade[62], una joven poetisa de salvajes florestas y ríos desmedidos que hubiera encantado a Chateaubriand[63].

Antes de cerrar la carpeta las yemas de los dedos tropiezan con una rugosidad, un relieve. Hay un doble fondo. Paso los dedos índice y mayor bajo la seda color habano, y estiro hacia afuera un retrato. Es un varón joven aún, de belleza brillante pero impasible, con la nariz recta de una estatua griega, y unos ojos clarísimos que miran al mundo sin curiosidad, como si ya lo supieran todo. Que miran al mundo para juzgarlo. El pelo de un rubio oscuro, muy corto, se riza hacia las sienes. ¿Un antiguo novio de *Madame*, algún amante? Ya he visto en alguna parte y hace poco esa cara difícil de olvidar. Doy vuelta la imagen. Dice detrás *In Memoriam*, Southampton, 1877. Es la misma cara que vigila desde la mesa de noche de la señora mayor, velada por un crespón negro, custodiada por una rosa roja. La del tío de *Madame*, don Juan Manuel, que ha muerto sin gobierno y sin dinero, después de haber reinado en las tierras del Plata y de haber puesto en jaque al orgullo de la Francia.

Escarbo un poco más. Quedan otros cartones bajo el retrato. Un hombre y una mujer posan juntos, quizás en la cubierta de un barco. *Madame* misma, favorecida por unos cuantos años menos y un quitasol de encaje, junto a un caballero alto, de pelo encanecido, que sonríe al mirarla. En el dorso del cartón no hay nada escrito, ni siquiera una fecha. Tal vez se trata de un momento indeleble, que no necesita ser recordado de otro modo.

También en la cubierta de un barco yo conocí a *Madame*, aunque no tomamos ninguna fotografía para conmemorarlo. Para ella al menos, no podía ser más que un encuentro casual con alguien más o menos insignificante, indigno de ser grabado fuera de los caprichos de la memoria. Pero para mí fue muy otra cosa.

Tombez, larmes silencieuses
Sur une terre sans pitié...

La voz de *Madame* llega desde la sala de las plantas, a donde ha hecho trasladar el piano. Canta unos versos de Lamartine[64] acompañándolos por una música suya, fresca y serena como el rocío del alba que las brujas de Bretaña emplean para curar. *Madame* Eduarda quiere curarse. Se conoce su salud frágil, que alarma a la señora mayor y convoca a los médicos a horas insólitas. Pero no es esa clase de alivio el que ella busca con los ojos cerrados, desde la punta de unos dedos ciegos, sensitivos.

Mientras *Madame* cante no volveré por aquí. Tengo tiempo para mirar los otros cartones que aguardan. Hay una fotografía de un niño pequeño –no

---

62   (Gualeguaychú, 1858-Buenos Aires, 1891). Poeta entrerriana, hija del poeta Olegario Victor Andrade (Alegrete, Río Grande del Sur, Brasil, 1839-Buenos Aires, 1882). Autora de *Lágrimas: ensayos poéticos*.

63   Francois-René de Chateaubriand: (Saint-Malo, 1768-París, 1848). Escritor, político y diplomático, es considerado el fundador del romanticismo en la literatura francesa.

64   Alphonse de Lamartine: (Mâcon, 1790-París, 1869). Poeta y político, uno de los máximos representantes del romanticismo francés. Puso su talento al servicio de las ideas liberales

más de dos años– delgado en exceso, probablemente enfermo. Una luz ávida y un poco triste agranda los ojos oscuros. Hay también un retrato de mujer. Una dama, toda ella clara, de facciones agudas pero sonrisa incierta. La boca no decide qué sentir –o no declara qué siente– mientras los ojos quieren espacios, lejanía.

Madame ha dejado de cantar. Espero, de un momento a otro, los pasos por el corredor, y el rumor de una respiración que el esfuerzo de la voz habrá agitado. Devuelvo las fotos al revés de la seda.

III

Hoy no habrá correspondencia, tampoco trabajo matutino. El hermano de *Madame*, el coronel Lucio Victorio Mansilla, almorzará con nosotras. Llega temprano, como de costumbre. Sus días de visita son un raro espectáculo, un fuego de artificio que habría que aplaudir, como en los teatros. Quizá el coronel no es actor simplemente porque en su momento no le han dejado serlo, como suele ocurrir con los jóvenes de buena familia. Quizá *Madame* no ha sido cantante de ópera por los mismos motivos.

Doña Agustina espera a su hijo mayor en el cuarto de costura. A su lado aguarda una muchachita traída hace poco de las tolderías pampas, de piel aceitada y oscura que brilla como si le hubiesen sacado lustre. Acaso lo han hecho, en efecto. La señora mayor odia la suciedad. Todos los viernes la casa es un guante de seda que se vuelve del revés para sumirlo en agua jabonosa. Al anochecer los vasos de plata donde siempre hay flores nuevas son luces que orientan en la sombra de los cuartos, y los bronces de las escaleras se recortan, autónomos, como una red dorada.

—La bendición, Mamita.

—Dios te haga bueno, hijo mío.

Pero no es un niño el que la pide según la vieja usanza de esta tierra, sino el mismo coronel que peina canas crespas, y que pronto cumplirá cincuenta años.

Madame Eduarda entra en seguida, y se besan en ambas mejillas, casi ruidosamente, con alegría. Cuando los miro, un hueco de soledad furiosa crece bajo mi silla, me aísla de los demás seres vivientes con su círculo helado. Vuelvo a ser la niña a la que nadie va a buscar o a visitar los días francos. Escucho otra vez la voz de *Mère* Benedicta, la monja española, que me recita al oído a Santa Teresa de Ávila[65]. «Ánimo, criatura, repórtese usted. ¿Qué cara es ésa? Quien a Dios tiene, nada le falta. Sólo Dios basta.» Y me tomo de su mano dura pero bondadosa, y callo, porque no sé ver a Dios sino en el amor negado de los otros.

El coronel me saluda con deferencia. Se inclina levemente y besa la punta de los dedos que tiendo. El roce de la barba me dejará sobre la piel, por un buen rato, un aliento de resina y de cigarro puro, una bocanada de colonia inglesa.

A una seña de doña Agustina la muchacha india desaparece y reaparece trayendo la bandeja con el servicio de mate. Pronto el cuenco de plata pasa de mano en mano. Viene dulce, con un poco de miel y de canela —y es atención, para mí, de la dueña de casa—. Todavía no logro acostumbrarme a la aspereza de la yerba amarga.

—No hay como el mate para combatir el hambre y el frío, ni como un buen fogón para alejar las penas, *Mademoiselle* Alice. ¿Qué sería sin mate la vida del soldado?

—Ya no estás muy soldado que digamos —sonríe Eduarda.

—Ni hace falta que vuelvas a serlo, hijo mío. Hay demasiados burros en el Congreso como para dejarlos solos.

—Me parece que a esos burros ya les ha dado Lucio alfalfa durante mucho tiempo, Mamita. ¿Qué hay de tu ministerio?

Roca[66] me lo ha prometido, si gana las próximas elecciones.

—Ganará tal vez los votos del interior, pero aquí en Buenos Aires no lo quieren— apunta *Madame*.

—Típico de nuestro pueblo, que es veleidoso y desagradecido. Y muy hipócrita. ¿No les ha hecho el general todo el trabajo sucio, no les ha desinfectado el sur argentino de los ranqueles y los pampas que tanto les molestaban? Sin embargo, ahora les gustaría que se encerrase en el cuartel.

—Sería mucho mejor que te mandara en misión a Europa, en vez de nombrarte ministro— advierte doña Agustina con un golpe de abanico—. Es hora de que vivas con tu familia.

Lucio Victorio, me han dicho, tiene hace años a su mujer y sus hijas instaladas en Francia, donde estudian las jóvenes.

—Europa es grande, por fortuna, Mamita —apunta Lucio, casi en voz baja, mientras Eduarda le da un codazo certero que la señora mayor no advierte, ocupada en dar las órdenes para la comida.

—¿Estás con ganas de disgustarla? —susurra—. Ya se ha afligido bastante por tu ridícula disputa en los diarios con Pantaleón Gómez[67], que va a ter-

---

65   (Avila, 1515-Alba, 1582). Religiosa y escritora, una de las grandes figuras del misticismo español.

66   Julio A. Roca: (San Miguel de Tucumán, 1843-Buenos Aires, 1914). Militar y político, realizó la "Campaña del Desierto" con la que conquistó la Patagonia venciendo a los indios mapuches, sus pobladores originarios. Roca fue presidente de la Argentina (1880-86).

67   Militar y político, fue Gobernador del Chaco (1877-78), siguiéndole en este cargo Mansilla (1878-80). La disputa política entre ellos, a la que alude la novela, terminó en un duelo en el que Mansilla mató a Gómez (1880).

minar muy mal. ¿Cómo pueden ustedes insultarse de esa manera por culpa del estilo del doctor del Valle?[68]

—No es sólo el doctor del Valle. Criticándolo a él he puesto al mismo diario.

El Nacional en la picota[69]. Además, la Inquisición ha mandado a la hoguera a mucha gente por cuestiones gramaticales. No tendría nada de raro un duelo por los mismos motivos. Y en cuanto a lo otro, no sé quién de los dos en estos momentos preocupa más a Mamá. Europa podrá ser grande, pero más ancho es el Océano.

La comida no acaba nunca. Hay varios platos criollos, sustanciosos y casi picantes, pese al calor de enero que culmina.

—Comer aquí se ha vuelto la única manera de creer que el tiempo no pasa.

—¿Por qué, hijo mío?

—En las casas de buen tono sirven ahora otras cosas.

—Cocina inglesa o francesa, claro, que engaña los ojos y no llena el estómago. Ya lo hacía en mis tiempos Mariquita Sánchez[70]. Pero yo no salgo sino alguna vez, al teatro. No voy a las casas de buen tono. Si alguien quiere verme, que venga aquí. Será amablemente recibido y no perderá el día. Me he convertido en una meritoria pieza de museo.

Las copas se llenan y se vacían de vino tinto mendocino, borgoña o cabernet, que acompaña con rectitud, sin lujos ni dulzuras, las carnes sazonadas. Doña Agustina apenas lo prueba. Lucio y *Madame* Eduarda brindan varias veces. El coronel, con obsesiva cortesía, se ocupa de que no me falte el color en la copa tallada, ni en las mejillas, tan propensas a enrojecer.

—*Mademoiselle* Alice, parece usted una rosa bretona.

—Soy de Bretaña, pero nunca he sido rosa, señor coronel.

—Eso cree porque no se habrá mirado bien en el espejo. ¿Y qué? ¿Ha conocido ya nuestras pampas? ¿Ha comido huevos de avestruz y tortillas de maíz?

—Alice ha estado en el campo conmigo varias veces. Pero no se me ha ocurrido ofrecerle huevos de avestruz.

—Es que hace muchos años que faltas de estas tierras. Ya te has olvidado de los manjares más exquisitos. Usted necesita un guía idóneo, como yo, *Mademoiselle* Alice.

—Seguramente estarás muy ocupado lanzando proyectiles desde la prensa –interrumpe doña Agustina–. *Mademoiselle*, ¿por qué no pasan usted y Eduarda a mi cuarto de costura? Pediré que nos sirvan el café allí.

---

68   Aristóbulo del Valle: (Dolores, Pcia. de Buenos Aires,1845-Buenos Aires, 1896). Abogado y periodista, fue uno de los primeros dirigentes radicales y contribuyó a organizar la Unión Cívica Radical. Orador elocuente en el Congreso, como senador de su provincia, ocupó puestos de gobierno y fue profesor en la Facultad de Derecho de Buenos Aires.

69   Modismo que significa señalar públicamente los defectos o faltas de alguien.

70   Mariquita Sánchez de Thompson: (Buenos Aires, 1786-Montevideo, 1868). Dama de la alta sociedad criolla, abrazó la causa de la independencia y fue una gran colaboradora en todas las empresas patrióticas. En su casa acogió a las personalidades políticas y literarias de la época. Allí se cantó por primera vez el Himno Nacional Argentino. Tuvo que exiliarse en Montevideo durante el gobierno de Rosas.

Madame y yo nos adelantamos, mientras la señora mayor avanza despacio, del brazo de Lucio.

—Veo que no hay manera de corregirte. Te advierto que esta niña no es como la otra francesa, sino una joven bien educada, y te prohibo que la eches a perder —va reprochando la madre, con voz que se asordina.

—De mi fuga con la francesa han pasado ya más de treinta años, Mamita. Y además tampoco la eché a perder. Cuando nos prendieron ignominiosamente, estaba tan pura como al salir de Buenos Aires.

—Porque ya se habría perdido con otro antes, entonces...

—¡Mamita!

—En fin, Dios me perdone, pero tal como han salido las cosas, hasta he llegado a arrepentirme de que no te casaras con ella. A lo mejor hubieras sido más feliz que con tu pobre prima.

Lucio suspira y dice, como para que podamos oírlo claramente.

—Mamita, el hombre nunca es feliz. Sólo espera serlo.

—¿Y las mujeres cuándo son felices? – pregunta *Madame* Eduarda, girando el rostro.

—Cuando hacen infelices a los varones, naturalmente.

El café nos llega apenas tibio a la mesa pequeña del costurero. Pero lo enciende un anís servido en copitas minúsculas. El coronel pasea frente a la estufa apagada. Parecería un maniquí firmado por el correctísimo Poole,[71] si no fuese por algunos toques escandalosos, casi orientales: las manos llenas de anillos, hasta el dedo meñique, el chaleco de brocato malva, con grandes flores de corazón dorado. Mira el licor cristalino detrás de su monóculo.

—He aquí como todo en la vida es cuestión de perseverancia. Al cabo se llega al Paraíso. Quién iba a decirnos cuando teníamos diez años, después de haber pasado por un purgatorio de ciento cincuenta laxantes y vomitivos, que ahora estaríamos bebiendo anís en el sagrado costurero.

—Los purgantes y vomitivos estaban destinados sólo para el bien de ustedes, que vivían indigestándose. Y de ninguna manera habrán sido ciento cincuenta.

—Pues serían ciento cuarenta y ocho. Por mi parte ya los he agradecido y perdonado. Experiencias como ésas enseñan a sobrevivir en las trincheras.

El coronel se da vuelta con una pirueta ornamental. El monóculo se fija en la cara devastada de *Madame*, color de ausencia, que ha bajado la guardia.

—¿Qué estás haciendo ahora, Eduardita? Ya sé que el señor Sarmiento les ha dado la bendición a tus cuentos para niños

—No puedo ser bendecida siempre sólo por mi hermano. Sería nepotismo.

---

71   Se refiere a la legendaria firma inglesa de moda masculina Henry Poole, de Savile Row, Londres, que aún existe, y es paradigma de ortodoxia en la materia. Se trata de una empresa familiar que al presente suma cinco generaciones de sastres. Entre sus clientes se contaron reyes y príncipes europeos. Henry Poole, que murió en 1876, fue sastre de Eduardo, Príncipe de Gales (el hijo mayor de la reina Victoria, que aparece en la tercera parte de esta novela), y fue también el creador del *Dinner jacket* conocido en Estados Unidos como *tuxedo*, debido a que lo llevó de Londres a Nueva York el Sr. James Potter, de Tuxedo Park.

—Pero si ya te ha consagrado Victor Hugo. ¿No te respondió con una carta elogiosísima luego de leer tu *Pablo, ou la vie dans les Pampas*?

—Fue muy amable, pero es una carta de circunstancias, después de todo.

—¡Qué escéptica estás! ¡Como si el magno vate fuese a desperdiciar elogios en cada literato que le manda un librito! Yo diría que vale su peso en oro si no fuera porque el papel pesa muy poco. En fin, no discutiré más tu falsa modestia. Qué estás haciendo ahora, es lo que me gustaría saber.

—No me faltan proyectos. Demasiados, quizá. Estoy terminando unos recuerdos de viaje, de cuando conocimos los Estados Unidos. Algunos ya han aparecido en *La Gaceta Musical*.

—También Don Yo, quiero decir, tu amigo don Domingo Faustino Sarmiento, ha dicho lo suyo sobre el tema.

—Más razón para no opinar lo mismo. Por otra parte, quisiera reeditar aquí los libros anteriores, que no han sido leídos, o han sido olvidados, lo que es casi peor. Y además tengo pensadas algunas obras de teatro, y varios cuentos.

—¿Sobre qué?

—Sobre mujeres que se vuelven locas.

—¿Pero no es ése su estado natural?

—Sólo después que los cuerdos varones las enloquecen.

—Todo eso te va a llevar bastante tiempo.

—Creo que sí.

—Me alegra tenerte entre nosotros. Pero ¿qué dice tu familia?

—¿Y la tuya?

—Bueno, son cosas diferentes.

—La diferencia está en quien la quiera ver. ¿No puedo tener yo tus mismas necesidades? ¿O veleidades?

—*Mademoiselle* Alice, ¿por qué no nos canta usted algo en bretón?

Doña Agustina vuelve hacia mí un perfil idéntico al de su hermano mayor. Los ojos, de un azul tan profundo que gira hacia el negro, son helados y clarividentes bajo la sonrisa, como los del retrato.

—No tengo tan buena voz como para cantar *a capella*, *Madame*.

—Pues yo me pongo a sus órdenes para acompañarla, *Mademoiselle*. Mamita, ¿por qué no manda buscar la guitarra?

—Hijo ¿se te han despertado instintos musicales? Ni siquiera cuando eras joven llegabas a tocar la mitad de un triste.

—Nunca es tarde para aprender. *Mademoiselle* y yo podríamos ensayar hasta que nos saliera bien.

—Vamos a la sala de las plantas, Alice. Yo la acompañaré al piano con gusto —ofrece *Madame* Eduarda.

Enfilamos hacia el cuarto vidriado que concentra la luz y el aire de la casa. El coronel queda atrás por unos minutos. Está diciéndole algo a la muchacha pampa, en una lengua dura y resonante, que parece hecha para hablar a la distancia, en el desmesurado anfiteatro de los llanos. Es tan extraña a estas paredes como las voces de Bretaña –piedra y torrente– que urdirán otro mundo desde mi boca.

IV

Madame Eduarda está en pie desde temprano. Los pasos dan vuelta, una y otra vez, al pequeño mundo del cuarto. La voz trama fragmentos de canciones viejas, músicas olvidadas, memorias de esta tierra que llegan en ramalazos y se interrumpen, quizá, cuando *Madame* toma una horquilla entre los dientes y levanta la trenza espesa en torno de la nuca.

Pronto los nudillos –corteses, pero insistentes– se hacen oír en mi habitación.

—¡Alice! ¿Podrá estar usted abajo en una media hora? Tengo que salir y quisiera que me acompañara.

Algo sigue cantando en la voz de *Madame*. Cuando abrimos la puerta de la mañana diáfana los pies ensayan pasos de un baile incipiente y el ruedo de la falda barre los adoquines con alegría. Vamos cargadas de preciosos manuscritos y de obras que ya han visto la luz, pero no el gran anfiteatro del renovado aprecio público: las primeras ediciones de *Lucía Miranda,* de *Pablo, ou la vie dans les Pampas. Madame* aferra, por su parte, un paquete de creaciones inéditas.

Vamos a la Imprenta de la República, que ya editara los *Cuentos* celebrados por el Señor Sarmiento. El entusiasmo íntimo y la dulzura del aire exterior nos aligeran el camino.

El aldabón vuelve a sonar hasta tres veces sobre la puerta. Es difícil advertir la mano del visitante tras el repiqueteo de los talleres. Sólo en el piso de arriba las oficinas guardan secretos de reposo y de sombra.

No hay antesalas. Doña Eduarda Mansilla de García es una de esas damas a las que no se debe hacer esperar. El dueño la saluda sin fervor, pero con atención cuidadosa.

—Dichosos los ojos, doña Eduarda. ¿A qué debo el honor de su visita?

Madame lo escruta, indecisa, mientras sorbe el refresco que han mandado buscar para nosotras.

—Bueno, ya lo imaginará usted. Le traigo mis otros libros, como habíamos acordado. Y algunas cosas no impresas todavía.

El editor tose y se mueve en el asiento. Mira con extraordinaria fijeza el anillo de casamiento que luce en el dedo mayor de su mano izquierda y que la gordura ya no le permite deslizar.

—Mi estimado amigo, noto que algo le pasa, y no sé por qué da tantos rodeos. No soy una jovencita que va a desmayarse por una mala noticia. Casi me ofende que no se atreva usted a dármela, si de eso se trata.

—Bueno, señora... la verdad es que los *Cuentos* no se venden tanto como su calidad parecía prometer.

—Si es por eso, estoy dispuesta a ayudarlo con sus pérdidas. Lamento que no haya hecho un buen negocio con el libro. Le diré que aunque todos queremos tener muchos lectores, por el momento lo que más me importa es la buena acogida de los expertos, el *succès d'estime*. Y ya ha visto usted el artículo del señor Sarmiento.

—Si todos fueran como él...

—¿Y quiénes no lo son?

—Circulan por algunos salones otras especies que no se han publicado aún. Y no muy benévolas, por cierto. Ni con usted... ni conmigo.

—¿Qué dicen?

—Que se ha hecho una edición lujosa de mal gusto, con viñetas y angelitos de libro de misa. Y que la autora, si bien es meritoria, no alcanza las excelencias de Dumas ni de Andersen, según el criterio de sus pequeños lectores.

—¿Y bien, cuál es el problema?

—¿No lo ve usted?

—Veo sólo las discutibles opiniones de alguien que se considera dueño del buen gusto, y que además necesita escudarse detrás del supuesto juicio de unos niños.

El imprentero de la República se revuelve sobre su asiento mientras da vueltas también a sus propias ideas. Habla, por fin.

—Vea, querida señora. Es que usted se ha propuesto algo muy difícil.

—Ya lo sé. No es fácil entrar en competencia con los maestros de la vieja Europa. Pero mis cuentos son los primeros que una autora argentina escribe para niños argentinos, y les habla de cosas que ni Andersen ni Dumas conocen, seguramente.

—No se trata sólo de eso. Usted aspira a imponer su nombre en el público y la prensa.

—Por supuesto. ¿Qué otra cosa desean todos los escritores?

—Usted no es un escritor, sino una escritora.

—¿Y?

—Buena parte del público y de los críticos dudan, todavía hoy, de que las escritoras existan.

—Pues aquí estoy yo para demostrarles lo contrario. Como estuvo mi pobre tía Mercedes, y está todavía la Gorriti.

El imprentero suspira, mirándose otra vez las manos que ya no se ensucian con la tinta de los operarios.

—Señora mía, usted goza de una envidiable posición familiar y social. Tiene un marido eminente, seis hijos hermosos, e imagino que su propia belleza no le será desconocida. Ya se lo habrán hecho saber sus admiradores en todos los salones que ha pisado, aquí o en el extranjero. Colma usted el *desideratum* de cualquier mujer. ¿Por qué agobiarse con preocupaciones innecesarias? ¿Con ambiciones –fuerza es decirlo– tan poco naturales?

Madame empalidece primero. Luego un latido rojo le golpea las mejillas. Respira y domina la voz para que no sea como su sangre violenta.

—Señor, no he cruzado el océano ni he dejado a seis hermosos hijos, como los califica, para dejarme abatir a la primera contrariedad. Si quiere disuadirme de publicar el resto de mis obras para no verse ante indeseables compromisos, despreocúpese. Buscaré otro editor menos temeroso de las antinaturales ambiciones de las señoras.

—Como usted guste, doña Eduarda.

No cruzamos una palabra más. El dueño en persona nos acompaña hasta la puerta.

Madame se apoya en mi brazo al trasponer el umbral. Mira al frente con el mentón en alto. Un músculo desbocado comienza a palpitar en la mejilla izquierda, donde se le forma, cuando sonríe, un hoyuelo encantador.

La voz le sale del pecho con naturalidad, aunque levemente ronca.

—He pensado que podríamos ir al campo los próximos días, Alice. Necesito un cambio de aires. El puerto es agobiante en estos meses. Tengo que escribir varios artículos para *La Gaceta Musical*, donde todavía me piden colaboraciones. Y tengo que pensar en un nuevo editor. Buscaré referencias.

—Estoy segura de que encontrará la persona justa, *Madame*.

La presión de los dedos sobre mi brazo consiente y agradece.

El sol de la mañana se ha espesado y endurecido. Coloca un peso de plomo ardiente encima de los sombreros con flores. Empasta el aire donde ahora avanzan con laborioso desaliento nuestros pies.

V

Criaturas sonámbulas y prisioneras, parias del pensamiento, privadas de todas las salidas necesarias para que el alma pueda liberarse y cumplir con su misión humana.

Criaturas encadenadas a la luz de la luna.

Criaturas que suben en vano por la escala de la música, perdidas en los ecos infinitos de un balcón que no mira hacia ninguna parte.

Criaturas cautivas en el jardín de la llanura, que no tiene centro, ni techo, ni paredes, que es pura superficie derramada.

Un escalofrío me dobla el cuerpo en dos, me estira la mano hacia el abrigo de la manta, me arranca de esa cama donde no termino de dar vueltas sin despertarme por entero. Sus caras imaginadas me miran aún desde el otro lado del sueño. Son las mujeres de *Pablo, ou la vie dans les Pampas,* los personajes de *Madame* Eduarda: Dolores, que sólo sabe tocar una guitarra para expandir su alma prisionera en la soledad de la tierra, donde todas las voces se desarman y terminan por extinguirse. Micaela, la loca, que sigue leyendo a quien tolere oírla la carta ya inútil de perdón para su hijo, muerto por la injusticia de los hombres.

Ayer hemos llegado a estos lugares donde ellas bien pudieran haber vivido. Los campos de don Prudencio Rosas[72] son un sitio propicio para dar cita a fantasmas. También para reunir a los vivos bajo la luz provocativa de la memoria. Todo es nuevo para mí, todo es desgarradoramente antiguo para quien lleva años intentando el regreso.

Separo las hojas de la ventana estrecha, respiro hasta que el aire me duele tras de las rejas, abro los ojos hasta que los consume la noche. Veo la camisa de dormir de *Madame* Eduarda, semicubierta con un poncho pampa, que va

---

72   Hermano de Juan Manuel Rosas.

arrastrando por la hierba a pasos lentos y deja en cada uno la estela blanca de un quejido incipiente, apenas perceptible.

Dicen que la hija de doña Agustina Rosas se está volviendo loca. Dicen que todos los Rosas lo han sido en algún grado, desde el Restaurador hasta su sobrino el coronel, que ha ido de visita a los indios ranqueles como quien va a tomar el té en la confitería del Águila. Dicen que ella no está donde debiera estar, donde están todas las mujeres, junto a su marido y sus hijos.

Madame mira hacia mi ventana, aunque no puede verme. Quizá porque soy la única interlocutora posible en este castillo rústico, de paredes enjalbegadas[73] y techo de juncos que llaman casco de estancia. Cierro con cuidado la puerta de mi cuarto y bajo por las escaleras con la manta de viaje sobre los hombros. Las noches pampeanas son rigurosas aun en verano, si las trae enlazadas desde los grandes hielos el viento del Sur.

Madame oye en seguida mis pasos, aunque apenas me he calzado con unas medias. Se da vuelta sin alarma, como si me esperase.

—Venga, hija mía, camine a mi lado, déme su brazo.

Madame me pregunta con dulzura, mientras los ojos se le deshacen, brillantes como espejos de mercurio.

—¿Quién es usted, Alice?

Le hablo como si siguiera soñando.

—Un alma prisionera, naturalmente.

Escucho el eco de mi voz y me da miedo. ¿Por qué he contestado eso? Ella mira hacia la luna.

—Todas lo somos.

El brazo que sostengo le tiembla. Los labios parecen morados por el frío bajo la luz de ceniza. Respira con avidez trabajosa, pero seguimos a buen paso, hasta que trastabilla y cae.

Los ojos se le dan vuelta, giran sobre sus órbitas. Un ser extraño perfora la piel helada y suave, se escapa por las aberturas de la nariz, suelta la boca firme y contenida.

—¡No! –grita– ¡He dicho que no! – Me mira y me toma por los hombros, pero seguramente está mirando sobre mi cara a alguien situado mucho más allá, a miles de kilómetros de distancia.

—Mi justicia no es la tuya –insiste–. Mis deseos te son ajenos. ¿Qué nos queda en común? Yo soy otra –murmura– siempre seré otra persona.

Las manos se le aflojan, los ojos se ajustan a su cauce preciso, la respiración se le acomoda al pecho.

Intenta sonreír.

—¿Qué he dicho, Alice? ¿Qué he hecho? Ayúdeme a levantarme, por favor.

Se pone en pie. Ensaya cómo retomar el sendero que conduce campo afuera. La persuado de cambiar el rumbo.

---

73   Blanqueadas, especialmente con cal.

—Vámonos, *Madame*. No son horas para dar paseos. ¿Por qué no sube conmigo?

Volvemos lentamente hacia la casa. La ayudo a recostarse en la cama y le acomodo las cobijas. Aunque todavía es joven, padece de una fatiga que los disgustos empeoran. Cuando me despido los dedos suben hasta mi pelo y lo acarician con gratitud, casi al descuido.

—Ha sido una imprudencia venir hasta aquí solas, *Madame*. Hubiera convenido que nos acompañase su hermano Lucio, después de todo. ¿No quiere que mande a buscar un médico, donde sea?

—No encontrará un médico tan fácilmente Alice, y menos a estas horas. Mañana estaré mejor. Y en cuanto a Lucio, bastantes problemas tiene él mismo. Su embrollo con Gómez está a punto de concluir en duelo, si es que no se ha batido ya por estos días. Tengo miedo hasta de mandar pedir los diarios.

—Trate de dormir ahora. ¿No tomaría un té de tilo?

—No se moleste, Alice. De todas maneras no podré dormir. Pienso en Carlitos.

—¿Qué le ocurre?

—Estaba enfermo hace un mes, cuando me escribió Eda. No sé por qué no he recibido nada todavía.

—*No news is good news*, dicen los ingleses. Si no tiene noticias es porque son buenas. Ya le hubieran telegrafiado si algo grave pasara.

Madame suspira.

—¿Y si consideran que no merezco ser informada?

Presiento el estilo de la familia de *Madame*. Atacan con la reticencia y el silencio.

—¿Por qué no hace mandar un cable a Londres, a las oficinas de su marido?

Los dedos se contraen sobre mi manga. ¿Es una prueba muy dura para su orgullo?

—Tiene razón, Alice.

Dejo su puerta apenas entornada, y la mía abierta de par en par. La mano de *Madame* se alza entre las blondas y las puntillas de la manga de seda. Se mueve apenas, saludándome a la distancia. Esa misma mano saludaba también desde el puente del buque donde ambas nos embarcamos hace casi dos años, ella para volver a casa, yo dispuesta a alejarme para siempre de los acantilados de Vannes. Allí sólo existen ahora una granja que fue nuestra, en poder de extraños, y la sombra de mi madre que me abandona en la niebla, me condena a buscar su cuerpo despeñado entre las olas.

Mère Benedicta me ofrece una bolsita con dinero suficiente para un buen pasaje, un avío decente, y una estadía razonable. «¿De dónde ha sacado usted esto hermana?», «El convento tiene sus ahorros para las mejores alumnas, niña. Y a esta servidora no le faltan recursos» «Puedo arreglarme con menos».

«Usted no conoce el mundo, criatura. Si va en primera clase, se encontrará con gente acomodada que pueda proporcionarle una buena colocación. Si se presenta dignamente vestida la tendrán en más estima y le darán mejor sueldo que si fuera una zaparrastrosa.» «No me parece muy cristiano» «¿Y quién le ha dicho que el mundo es cristiano? Pero ya que lo prefiere a la paz de estos muros, es mejor que sepa cómo conducirse en él.»

Madame Eduarda viaja en primera clase, claro está. Es hermosa y refinada, lleva un sombrero de una elegancia insolente, sin cintas ni lazos al cuello, sin duda fabricado en París. Pero la suerte nos reúne con un golpe de música. Ella canta y toca el piano por las tardes, agasajada por oficiales y pasajeros. Una tarde le piden una canción española que requiere dos voces. Conozco la melodía y hablo bien el español, que he aprendido con *Mère* Benedicta. Cantamos juntas. La señora Eduarda me toma bajo su protección. No sólo es una dama. Es una escritora que necesita una amanuense.

«Seguramente volveré pronto, Alice. Pero si usted sabe trabajar la dejaré bien colocada. Tengo muchas relaciones en Buenos Aires.»

Madame falta de su país hace dieciocho años. En todo ese tiempo no ha visto la cara de su madre sino por ocasionales fotografías. La señora mayor no conoce tampoco a sus cuatro últimos nietos.

«Media vida fuera de mi tierra, Alice. ¿Se da cuenta?»

Cuando me habla de esa tierra las mejillas se le iluminan por dentro con una llama que sobrevive al viento y a la nieve, a la dispersión caudalosa de los caminos. *Madame* no ha dejado nunca de recordar. Y sin embargo su vida está llena de sucesos nuevos: un tropel de acontecimientos resplandecientes, salones palaciegos, vestidos que cambian en las capitales del mundo, lenguas que se entremezclan.

«¿Conoce usted mi novela, *Pablo, ou la vie dans les pampas*? Apareció en la revista *L'Artiste,* y luego en la Casa Lachaud. Está escrito en francés, claro.» Vacila. «Eso me ha perjudicado, en cierto modo. La obra se publicó por entregas en Buenos Aires. Mi hermano mayor la tradujo para un diario argentino. Pero no es lo mismo. Hay que estar presente para que de verdad se acuerden de uno.»

La señora me regala un ejemplar del libro. Lo leo en una sola vigilia. ¿Existirá en el mundo un paisaje semejante? ¿Habrá tales pasiones en el otro extremo del planeta? Sufro con Dolores, que espera inútilmente a Pablo en las noches de luna, con la guitarra entre las manos. Viajo con Micaela en la tropa de carretas, por caminos interminables, para suplicar la clemencia del Gobernador.

«¿Veremos estas cosas en la Argentina, *Madame*? ¿Es así su país todavía?»

«Dicen que no. Así era poco antes de que yo lo dejara por primera vez. Todavía disputan unitarios y federales, pero con otros nombres y no como en aquellos tiempos. Y los indios están a punto de ser reducidos.»

Suspiro con alivio. No me gustaría ser arrastrada por los cabellos y llevada a la grupa de un caballo de combate para convertirme en la esposa número quince de un gran cacique. Yo no tendría, como la pobre Dolores, una nodriza extrañamente misericordiosa capaz de darme un hachazo para ahorrarme ese destino.

«Me alegro mucho de que los exterminen por fin, *Madame*. ¿Estaremos entonces a salvo en Buenos Aires?»

«Sí, claro que sí, niña. Las invasiones no llegan hasta la Capital. Aunque yo no celebraría tanto lo del exterminio.»

«¿Por qué, señora?

«He cambiado bastante de perspectiva desde que escribí *Pablo*. Mi hermano es militar. Ha estado en la frontera y ha tratado con los caciques en persona, en las tolderías de lo que llamamos "Tierra Adentro". Él no tiene mal concepto de estos pueblos. Cree que son inteligentes y con nobles cualidades, y que se hubieran civilizado ya si los cristianos los hubiesen persuadido desde el comienzo con el Evangelio y los buenos ejemplos, en vez de traer matanzas, traiciones y aguardiente.»

Mère Benedicta me ha puesto las manos sobre los hombros, y me ha mirado a los ojos. «Va usted a un lugar muy lejano, donde, según dicen, hay tribus de infieles. Trate de obtener una posición ventajosa en las luchas del mundo. Pero recuerde también, hija mía, que ha sido alumna del *Sacré Coeur*, y que dos eran y son las preocupaciones de Madeleine Sophie, nuestra madre fundadora: educar a los pobres, y llevar la luz de Cristo a los que no la tienen. Actúe en consecuencia.»

He defraudado, sin duda, a *Mère* Benedicta, No he hecho otra cosa sino trabajos ligeros para *Madame* Eduarda, que no es pobre ni necesita educación, y aún no he visto de cerca ningún indígena pagano, salvo las muchachas de la casa de doña Agustina –ya bautizadas, voluntariamente o no– que bajan la cabeza o se esconden cuando intento hablarles. Me he defraudado a mí misma. Creo saber de qué huyo, ignoro lo que busco. No soy la única. Otras me aventajan acaso en la incertidumbre. ¿Conoce en verdad *Madame* Eduarda de qué ha venido escapando, o qué metas persigue?

Me levanto otra vez, inquieta, tomo el candil y me arrimo a su puerta. Duerme por fin, de costado, curvada sobre sí misma como un chico. No puedo verle la cara. Pero oigo la respiración irregular, arrítmica, que se acelera todavía.

VI

La cabeza de *Madame* Eduarda brilla entre las almohadas. Doña Agustina le ha trenzado el pelo caoba oscuro, ha distribuido sabiamente varias peinetas con marquesitas,[74] y ha coronado su obra con una cinta de raso color té. Nos hemos ingeniado hasta ahora para ocultarle malas impresiones que podrían haber sido mucho peores. Si bien el duelo ya ha tenido lugar, no es Lucio el muerto, sino su enemigo.

La miro desde la puerta. A la distancia desaparecen las arrugas que se insinúan a los costados de los ojos, los párpados se relajan con melancolía. Un libro abierto y un manojo de papeles han resbalado sobre la colcha.

—¿Duerme, *Madame*?

—No, descansaba un momento. Pase, Alice, por favor. ¿Qué tiene ahí?

—Llegó respuesta, por fin. Es un cable de Londres.

Madame abre los ojos de par en par. Las manos se crispan, el cuerpo se endereza.

—Léamelo, por favor.

Rasgo la cobertura. Espero no ser portadora de desdichas.

—«Carlitos recuperado completamente. Eda te ha escrito. Espero estés bien de salud. Con el afecto de tu marido. Manuel».

—¡Gracias a Dios! Tenemos que festejarlo, Alice. Pero el médico me ha prohibido salir hoy. Ande, traiga dos copitas y una botella de oporto. Brindaremos por el niño.

—¿Eso está incluido en sus medicamentos?

—Claro que no. Los medicamentos no pueden incluir nada agradable. No se preocupe, nuestro buen amigo Wilde no se enterará.

Chocan las copas de licor, y bebemos a la buena salud del hijo pequeño de *Madame*.

---

74 *Marquesita*: o marcasita: pieza de pirita o de acero bruñido tallada en forma de pequeño diamante.

—Vea, hija mía, necesito que vaya usted a la casa de Guido y Spano. Ya le hecho enviar una tarjeta excusándome de no asistir a la reunión de hoy, pero quiero que retire un cuadernillo de poesías y que le alcance esto –me tiende un manuscrito–. Dígale que confío en su opinión.

Vuelvo a mi cuarto, a vestirme *comme il faut*. Abro el armario para revisar mi guardarropas, que ha crecido considerablemente desde que trabajo para *Madame*, no sólo a causa de mis modestos ingresos, sino gracias a algunos regalos, que a veces son nuevos, y otras, vestidos con muy poco uso que ella ha dejado de ponerse por una u otra razón. Elijo, entre éstos, un traje color verde hoja, cuya sobrefalda anterior hubo que remover. Soy más baja y más menuda que doña Eduarda; me beneficia la merma de la tela. Con el modelo remozado y bien ceñido al cuerpo, parezco un figurín no menos *chic* que las paseantes ociosas de la calle Florida, muchas de las cuales, a decir verdad, tampoco tienen donde caerse muertas. Tomo el quitasol de rigor y me pongo el sombrerito con plumas, obsequio de doña Agustina.

El espejo me aprueba. Siempre he sufrido a causa de una cabellera cobriza poco discreta que oculto cuanto puedo bajo la gorra, pero carezco de pecas. Los ojos se me ajustan exactamente al color del traje. Antes de salir, la señora mayor me llama y me sahuma de arriba abajo con un pebetero de lavanda. Luego me pone unas gotas de un extracto de su invención –mezcla de jazmín y fresias– detrás de las orejas, y sobre las venillas azules de las muñecas, que tapan los guantes.

—Señora –me río—, nadie va a poder sentarse a mi lado. Voy a marear a cualquiera a fuerza de oler bien.

—Mejor así, niña. Una dama debe mantener a los hombres a distancia sólo con su perfume.

No soy una dama. Apenas una empleada de cierta jerarquía o casi parienta pobre en la casa señorial ya *demodée* de esta ciudad de barro con tantas ansias de emular a París. Cada vez que intento pintar mi futuro, el cuadro se empasta o se deshace en colores borrosos. *Mère* Benedicta me reprendería. «¿No le da a usted vergüenza? ¡Pensar en eso a los veinte años! ¡Vuelva a los Evangelios, criatura! ¿O no ha dicho el Señor que cada día lleva consigo su propio cuidado?»

La caminata me quita el aliento, me empieza a desollar los pies encarcelados por unos zapatos flamantes. Son peores, con todo, los coches de alquiler que saltan sobre los adoquines desparejos. Hago sonar la enorme aldaba de bronce en la puerta de Guido y Spano.

Mi atuendo esmerado surte efecto, al menos para conquistar al portero andaluz, que es ceceoso y mirón, pero no atrevido, y se limita a decirme con empalagosa sonrisa: .

—El zeñor ha tenido que zalir, y volverá en un momentito. Zi quiere uzté zentarze en el vestíbulo, mandaré que le traigan un refrezco.

Los «momentitos» del andaluz suelen ser de una hora, por lo menos. Me siento en una silla alta, al lado de la puerta con vidrio de esmeril, donde empieza el salón de recibo, y me quito disimuladamente el calzado.

Oigo voces. La señora de Guido tiene una interlocutora. Su timbre me es familiar, aunque no podría identificarla con una cara o con un nombre.

—¿No esperaba usted a Eduarda?

—Iba a venir a casa, pero por la mañana temprano mandó una tarjeta. Está otra vez enferma.

—O alterada por los lances caballerescos de su hermano. Dicen que la pobre doña Agustina ha envejecido diez años. ¡Estos Mansilla!

—Son muy cultos y muy amigos de Carlos. Lucio y también Eduarda. Siempre han consultado con él por cuestiones de libros.

—Es curioso, ¿no le parece?

—¿Por qué? Mi suegro ya era amigo de Mansilla padre, y tanto los dos hermanos como mi marido han sido aficionados a las letras desde jovencitos.

—No pensaba en eso. Lo raro es que ella no dé siquiera señas de querer volverse a Europa. Cualquier visita tiene un límite.

—Llevaba tantos años sin estar en el país, sin ver a su madre...

—Pues ahora va para uno sin ver a su marido ni a sus hijos.

—Su hija mayor está casada, y Eduarda tiene ya nietos de ella.

—A la mayor le ha dejado todos los otros. Pero el *petit*, estoy segura, no pasa de los cinco años.

—Qué bien enterada está usted.

—Si es la comidilla de todo Buenos Aires. Dónde se ha visto.

—Muchos maridos hacen lo mismo.

—Maridos, *chérie*, maridos. No madres.

—¿Qué pretende decir con eso? ¿Que no le preocupan sus hijos?

—Ahí está el punto. Para una madre, sus hijos son siempre lo primero. Y cuando se llega a una situación así, ha de ser... por otro motivo.

—¿Cuál, señora?

—Algo habrá hecho.

—¡Por Dios, Elena, es muy serio lo que usted dice!

—No lo digo yo. Se corren rumores. *La voix du peuple*. Es una linda mujer, y lo ha sido mucho más. Y con su voz, y su gracia, y sus modales, imagínese si no tendría admiradores.

—También los tuvo doña Agustina y nadie encontró nunca fundamentos serios para criticarla.

—Bien se cuidaba. En Buenos Aires se conoce todo el mundo. Pero en el extranjero...

Un aldabonazo me sobresalta. Pronto llega al vestíbulo otro visitante, esta vez masculino. Nos estudiamos –yo con prudencia, él con cierta osadía–, nos saludamos brevemente con la mirada.

No quiero perderme palabra de la conversación vecina. Pero los ojos de mi compañero no se apartan de mis pies. Vuelvo a ponerme los zapatos mientras un golpe de sangre me avergüenza. Los hermosos ojos oscuros se ríen de mí.

—¿No supo usted lo de Molina?

—¿Qué Molina?

—El que era jefe del cuerpo diplomático la primera vez que Eduarda viajó a los Estados Unidos. Se fue con él a recorrer el Norte.

—Y con los dos hijos que tenía entonces y con la niñera. Si la mandó su propio marido, que no podía dejar la Legación. Ya verán ustedes cuando termine de publicar sus *Recuerdos de Viaje*. Algunos han empezado a salir por entregas en *La Gaceta Musical*.

—Donde pondrá lo que le parezca, por supuesto.

—¿Y por qué ha de tener ella la culpa, vamos a ver? ¿Y si es García?

—¿García? No creo. Un hombre bien parecido, pero más frío que un pescado.

—¿Cómo lo sabe usted?

—No hay más que verlo. Es amable y correcto, desde luego, aunque siempre a una distancia de cinco metros.

—Eso no quiere decir nada. Se es frío o se es afectuoso con quien uno desea. Y más aún cuando de intimidades se trata.

—Yo sólo sé que ella ha sido siempre muy desenvuelta. Demasiado para una señora. Mi marido la encontró en la corte de la emperatriz Eugenia. Iba muy escotada.

—Como todas las damas a la moda.

—Se perdía por mezclarse con artistas. Acompañaba a la Alboni al piano.

—Claro. No cualquiera puede. Para actuar con una cantante de tal envergadura hay que tener talento.

—Veo, *ma chérie*, que usted está empeñada en hacer la ingenua. Está bien, comprendo que defienda a sus amigos.

—No es eso, Elena. Es que no veo motivo alguno para calumniarla.

—¿Y cómo se explica entonces que no vuelva con los suyos? No querrán recibirla, y Dios y ella sabrán por qué.

Otro aldabonazo anuncia ahora al dueño de casa. Guido en persona me saluda primero.

—*Mademoiselle* Frinet, qué gusto verla. ¿Trae noticias de Eduarda? ¿Cómo sigue?

—Mejor, gracias. Me manda este manuscrito para que lo lea. Ya sabe cuánto confía en su buen juicio. Y me reclama en cambio las poesías que le prometió.

—Todo se hará con el mayor gusto, señorita. ¿Y a usted, joven, qué lo trae por aquí?

Miguel Rojas González, señor —se presenta mi compañero de espera—. Traigo una carta de recomendación para usted del doctor Eduardo Wilde.

—Ah, muy bien, muy bien. ¿Estudiante de Medicina?

—No señor, de Derecho, y ya avanzado.

—¿Provinciano, verdad?

—Del Tucumán.

—Soplan buenos vientos para los tucumanos —sonríe Guido—. Hará usted fortuna.

—No pretendo ser presidente de la Nación como el general Roca. Sólo ganarme la vida con dignidad.

—Hoy hay que pretenderlo todo, amigo mío. Después se verá. *Mademoiselle* Frinet, no quiero demorarla más. Déjeme el manuscrito, que yo le haré mandar las poesías; ahora adelántese y acompañe a Eduarda. Y usted, joven, espéreme unos minutos. Enseguida lo atiendo en mi despacho.

Cuando me dispongo a salir tengo la mala fortuna de pisar al señor Rojas González.

—*Excusez—moi, s'il vous plait.*

—Claro que me complace disculparla. Pero cuídese los pies. Le están dando problemas.

—No son los pies sino los zapatos nuevos.

—Me gusta su sinceridad. Puede hacerlo de nuevo cuando le parezca, si eso le sirve para ablandar el calzado.

Los ojos oscuros me miran desde arriba con un guiño amistoso. Después de todo somos colegas, ambos peticionantes y secretarios. Aunque yo estoy un tanto más encumbrada. Ya he conseguido el puesto.

—Despreocúpese, señor Rojas. No buscaré la ocasión de volver a pisarlo.

Cuando salgo a la calle ha refrescado y una brisa irritante trae los malos olores del río. La inesperada nostalgia de mi mar me cierra la garganta y una tristeza recién nacida, más dulce que las otras, me sigue hasta la casa donde vivo ahora.

VII

Oʀᴏ ʏ ᴘʟᴀᴛᴀ ᴠɪᴇᴊᴏs, óxɪᴅᴏ ʏ ᴍᴀʀꜰɪʟ ᴀɴᴛɪɢᴜᴏs: capas finas de brillo y suavidad van cubriendo la mesa como cubrirán los cuerpos blancos. *Madame* Émeraude levanta una por una las telas, las acaricia y las hace ondear ante mis ojos.

—¿Qué le parecen, *Mademoiselle*? Son los colores de última moda. Nada de rosa bobo, nada de celeste cielo. He aquí la sugestión de lo que madura en plenitud, un minuto antes de envejecer. El encanto indeciso del matiz.

—¿La dorada medianía?

Madame Émeraude ríe.

—Puede ser, *ma petite*, pero no lo diga. Aquí todas son reinas, no burguesas. ¿Y usted, no quiere parecer una reina? ¿No le gustaría hacerse un modelito?

—Me basta con lo que tengo, por ahora. Estoy ahorrando y no quiero meterme en gastos.

—¿Ahorrando? Pero niña, ¿qué ganará usted con guardar las moneditas de su sueldo? La operación es a la inversa. Invierta en ropas como un capitalista invierte en la Bolsa, preséntese en todas las fiestas y reuniones de punta en blanco: ése será su negocio.

—¿Cuál?

—El matrimonio, claro. Usted tiene grandes posibilidades de encontrar un viudo rico. Quizá con dos o tres hijos caprichosos, pero eso es lo de menos. Ya sabe lo que es la educación, ¿o no?

—*Madame*, es triste pensar que he venido de Francia para casarme con un viejo.

—Caramba, caramba. No son todos tan viejos. Claro que a los veinte años, uno de cuarenta parece Matusalén. Además, jovencita, en Francia no hubiera alcanzado usted ni siquiera esa oportunidad. Ahora todas las parisienses pasan por distinguidas aunque no tengan un centavo.

—No soy parisiense, soy bretona.

—Ya lo sé, pero no se le ocurra decirlo. Usted *tiene* que ser parisiense, y además hija de un conde, si es posible, aunque sea hija natural.

—*Madame*, por favor...

—Por favor nada. Vamos, ¿qué espera? ¿Terminar sus días como una institutriz apolillada, o como la dama de compañía de una señora mayor? En Buenos Aires hay dos clases de francesas: las de vida galante y las honestas. Para lo primero, no tiene usted condiciones. Para lo segundo, es la candidata ideal: piel fresca, cara de ingenua, educada en el *Sacré Coeur*, canto y piano, buenos modales y tres idiomas ¿habla usted el inglés también, verdad? No desaproveche esas magníficas aptitudes y véndase cara, al mejor postulante para su blanca mano.

—En el fondo, me parece otra forma de vida galante. Pero legal y un tanto más aburrida.

—*Ma chérie*, a usted no hay cosa que le venga bien. ¿Por qué no se quedó en el convento? En fin, si cambia de opinión venga a verme, que yo le haré un modelo *ravissante*. Por el dinero no se preocupe, le doy crédito, y usted me lo paga cuando encuentre a su Romeo. Ahora, vayamos a otro asunto.

Madame Émeraude se sienta frente a mí. Cruza las piernas y aparece, bajo la espuma de la enagua, un zapatito labrado en terciopelo, del mismo azul alerta que su traje y que sus ojos irónicos.

—Tengo el mayor interés en que su patrona sea mi clienta.

—¿Pero no lo es ya?

—Oh, para tonterías. Arreglos de ropa, como la que me trae usted hoy. Algún retoque de sombreros, nada más. Yo quiero vestirla, que me encargue trajes.

—Pero ella...

—Ya sé que no sale de Worth o de Laferrière. Eso era explicable estando en Europa. Pero aquí... ¿a qué esperar tanto para que lleguen los modelos de temporada? Yo le prepararía un ajuar completo, con toques absolutamente personales, para que lo estrene el primer día de la *season*. Puedo decirle sin soberbia que a esta altura la única diferencia entre la Casa Laferrière, y esta servidora, es el lugar, un tanto desfavorecido. París contra Buenos Aires, nada más.

Madame Émeraude se levanta con una suave flexión de caderas y extrae un cigarrillo con boquilla de un estuche perfumado.

—No me mire así, querida mía, no es opio.

Nubecitas azules rodean pronto la cabeza rubia, el pelo ajustado al cráneo con hebillas de nácar.

—En fin, Alice, si usted pudiera persuadir a *Madame* Eduarda de que confíe en mi capacidad... le quedaría muy agradecida. Ya sabe que no olvido las atenciones de los amigos.

—No creo que la señora Eduarda resulte muy fácil de persuadir, y menos por mí, que no soy precisamente un árbitro de modas. Pero como sus diseños me gustan mucho de verdad, le hablaré bien.

—Me alegro. Dígame, ¿desde cuándo conoce a Eduarda?

—Trabamos relación durante el viaje a Buenos Aires que hicimos juntas. Aunque yo la había visto antes en Vannes. De allí era mi familia y todavía me queda un tío que es el cura de la parroquia.

—¿En Vannes? ¿Estaba ella viviendo allí?

—Sí. Y era muy visible. Su hija se casó con el barón de Lagatinerie. Se construyeron un castillo en el Nédo y tenían coche particular, uno de los muy pocos que circulaban por el pueblo.

—Pagado con la fortuna de los García seguramente. Comprar un marido noble cuesta muy caro, hija mía. ¡Ah, si conoceré yo a los hidalgos franceses!...

—Se habló de una gran dote. Pero creo que estaban muy enamorados.

—¿Y por qué no? Una cosa no quita la otra. Claro que el amor aderezado con buen dinero sienta mucho mejor. Además, todo es tan efímero... También Eduarda y su marido estaban enamoradísimos hace veinticinco años, cuando se casaron. Todo el mundo decía que era un enlace de Capuletos y Montescos.[75] Imagínese. Ella, la sobrina preferida de Rosas. Él, hijo de un empedernido unitario, que fue ministro de Rivadavia[76]. Y ahora...

—¿Ahora qué?

—¡Hija mía! Hace ya muchos meses que los separa un océano.

—*Madame* no ha dejado de pensar en su marido.

—Como no va a pensar en él, si es quien le paga sus cuentas.

—Usted todo lo reduce a metálico, *Madame* Émeraude. No me parece tan simple.

—A cierta altura de la vida, hay muy pocas cosas que no se hayan convertido en billetes de banco.

—¿Trató usted a Eduarda de joven?

—Tanto como tratarla... Ellos estaban en otra esfera, y más bien se preocupaban de evitarme. Para colmo, yo era compañera de Pepita. Trabajábamos juntas en la misma casa de alta costura.

—¿Qué Pepita?

—¿No ha oído usted la historia? Una preciosa muchacha, también francesa. Tendría entonces unos dieciséis años y fabricaba sombreros con mucha habilidad. Lucio, el hermano de Eduarda, se enamoró de ella como un loco. Estaban por fugarse juntos a Montevideo, pero antes de embarcar lograron detenerlos. Y por supuesto, doña Agustina les prohibió casarse. Imagínese usted qué *mésalliance*. El sobrino del Gobernador, el hijo del general Mansilla, con una pobre costurera de tres al cuarto, por bonita que fuese.

---

75   Dos familias enemigas una de la otra, como las de *Romeo y Julieta*.

76   Bernardino Rivadavia (Buenos Aires, 1780-Cádiz, 1845). Político de ideología unitaria e ideas progresistas. Elegido presidente de la Argentina en 1826, una insurrección fede-

—Así que era eso...

—¿Qué?

—Algo que le estaba diciendo el coronel a su madre el otro día. Ahora me lo explico. ¿Y qué fue de la pobre Pepita?

—No tan pobre. Ahora es toda una burguesa, dueña de un gran restaurante. La casaron por la fuerza con un pinche de cocina.

—¿Y cómo llegó tan alto entonces?

—Es que su marido era pinche del *chef* de la Legación inglesa. Él mismo se convirtió con el tiempo en un *chef* afamado y han puesto casa de comidas en Londres, con una clientela selecta, desde banqueros hasta los miembros de la Cámara de los Lores. Son muy felices.

—¿Pero no la habían casado a la fuerza?

—Pues el pinche inglés no era tan feo, y ya se sabe que no hay nada como un nuevo amor para borrar uno viejo. Lucio también se volvió a enamorar en seguida, de su prima hermana, que todavía no habrá dejado de arrepentirse por haber hecho ese desdichado matrimonio.

—Y él parece tan simpático.

—Lo es. Y como todos los hombres tan simpáticos –para las otras– un pésimo marido.

—¿Y usted siguió el ejemplo de Pepita?

—De ningún modo, niña. Siempre tuve la cabeza más en su sitio. Nada de hermosos pisaverdes controlados por su mamá. Esperé el momento adecuado, e hice lo que le aconsejo a usted. Me casé con un viudo.

—¿Y ahora?

—Ahora la viuda soy yo. Y disfruto de mi trabajo, y de las rentas de mi marido, que a decir verdad dejó a tiempo este valle de lágrimas sin haberme dado nunca un disgusto.

—¿A tiempo? ¡*Madame* Émeraude!

—Antes de convertirse en una momia llena de achaques. Sea realista. ¿Cree que eso hubiera sido agradable para él y para mí? He tenido buena suerte. No me quejo de mi vida. En cambio Eduarda, que entonces no se daba siquiera cuenta de mi existencia, fíjese cómo está.

—¿Cómo?

—Inexplicablemente insatisfecha. No le bastó con pescar a un hombre de dinero y encima guapo, ni con viajar por todo el mundo, ni con tener seis hijos sanos y buenos (salvo el cuarto, que según dicen salió algo enclenque), ni tampoco con ser suegra de un barón de Francia. ¿Qué hace aquí dando vueltas?

—Escribe. Quiere publicar sus libros y sus composiciones musicales.

—¿Libros? ¿Música? ¿Desde cuándo las mujeres cabales se quiebran la cabeza y se rompen el corazón por esas cosas? Como dicen los españoles, hija mía, no me haga comulgar con ruedas de molino. Eso estará bien para poetas tísicos o para solteronas desilusionadas sin otra cosa mejor en qué entretenerse. Habrá algo más de por medio, tal vez inconfesable, para que una señora como ella deje del otro lado del planeta a toda su familia.

—Con ese criterio nos limitaríamos a comer y dormir; nadie saldría de su casa en lo posible, ni haría otra cosa que procurarse la inmediata subsistencia. A ver, ¿para qué diseña usted vestidos, si puede vivir de rentas?

—Alice, lo que más le divierte a una mujer en el mundo es encandilar y aturdir a los hombres, ilusionarlos y encantarlos. Que vivan pendientes de un sí o un no, de un giro de faldas, de un pañuelo que se desliza, de un guiño de ojos, de una media de seda. Mis vestidos contribuyen a ese noble fin, y me evitan los males del tedio, además de engrosar agradablemente mis rentas, por supuesto. Es verdad que los varones se ocupan de música y de libros. Pero eso es puro efecto de su impotencia.

—¿Impotencia?

—Por supuesto. No han podido ni podrán dominarnos. No nos entienden. Como no entienden al mundo. Y siguen esforzándose en vano por meter la luna y el sol en una caja de zapatos, por seducirnos con ramilletes de versos y encarcelarnos en una jaula de violines. Nosotras los dejamos hacer para que no se desalienten. Pero somos las que parimos los hijos, y marcamos el sentido y el ritmo de todo lo que vive.

—Por ahora parimos hijos para ellos, *Madame* Émeraude. Y somos el trofeo de sus guerras y la palma de sus rivalidades. Sus objetos de lujo, tal vez. No sus compañeras.

—Usted es una incauta, querida Alice. ¿Quién le ha puesto esas ideas en la cabeza? ¿*Madame* de Staël? ¿La Dupin? Lea menos novelas y pise la tierra. ¿A quién puede interesarle ser una compañera? ¿Qué ganaría usted con querer emularlos pintando cuadros o escribiendo libros? Nunca logrará que les den la menor importancia. Déjelos que jueguen con eso mientras nosotras jugamos con ellos. Fínjase esclava para ser el ama. ¿No ha dicho el Evangelio que los últimos serán los primeros?

—Temo que no en ese sentido precisamente. Y creo que muchas mujeres han sido y son aún esclavas de verdad, más allá de cualquier fingimiento.

—Solamente los tontos son esclavos, ya sean varones o mujeres.

—Usted se contará entre las felices poseedoras de inteligencia.

—Así parece, niña, por los resultados. No seré yo quien me alabe.

Madame Émeraude me coloca en el bolso su catálogo nuevo: bocetos a la pluma de los trajes y sombreros para otoño e invierno.

—Ya sabe Alice. No deje usted de mostrar este librito a Eduarda. También hay algunas prendas en seda negra y encaje que podrían gustarle a doña Agustina.

Madame insiste en regalarme un par de guantes y varios pañuelos de hilo bordado.

Cuando salgo a la calle el sol todavía está alto. Aunque la *Maison Éme-raude* queda muy cerca de los jardines de Palermo, el aire no alivia los resplandores. Se espesa, antes bien, con un perfume cálido de flores maceradas. Una estela de bosta fresca y cigarros a medio fumar señala el camino de los coches que van hacia el centro.

Uno de ellos se detiene tras de mí, y alguien me saluda, llamándome.

—¡*Mademoiselle* Frinet! ¿Va usted a casa de doña Agustina? Venga, la llevo. Precisamente me dirijo allí.

A contraluz vislumbro la cara escueta y morena del señor Rojas González. Me acerco y pongo un pie en el estribo. Las manos del hombre que he pisado la otra tarde me alzan hasta el asiento.

—Traigo el cuaderno de poesías para la señora Eduarda. Me manda el doctor Guido.

—¡Vaya! Consiguió rápido el puesto.

—No se crea. Estoy a prueba por un mes.

—¿Y de qué se ocupa?

—De lo mismo que hará usted, supongo. Pasar en limpio borradores, ordenar papeles, cumplir encargos, contestar correspondencia.

—¿En varios idiomas?

—En eso creo que me lleva ventaja. Sé algo de francés, pero mucho más de quechua –sonríe.

—¿Quechua?

—La lengua de los antiguos incas, que se habla todavía en nuestras provincias, en Santiago del Estero y el Tucumán.

—¿Cómo me reconoció?

—Si yo fuera galante y usted tonta, le diría que por su hermosura única e inolvidable. Pero en realidad se debe a otra razón –los ojos oscuros se detienen sobre mi nuca – No se ven tantas cabezas así por Buenos Aires.

—Bueno, no es muy halagador destacarse solamente por el color del pelo. Espero que haya otras razones en el futuro.

—¿Aspira usted a destacarse?

—No lo sé. Ahora que me lo ha preguntado, creo que sí. Pero no había parado antes a pensarlo.

—¿Por qué?

—Estaba demasiado ocupada en otras cosas: sobrevivir, y escapar.

—¿De qué?

—De la Bretaña.

—¿No es su tierra? ¿Cómo se puede escapar de la propia tierra?

—¿No hace usted lo mismo?

—No. Vengo a buscarme la vida en Buenos Aires, y sólo por un tiempo. Cuando tenga mi título pienso volver.

—Yo no. No puedo estudiar en la Universidad. Y tampoco puedo volver.

—Me alegro.

—¿De que no estudie?

—De que no vuelva.

—¿Por qué?

—Necesitamos mujeres como usted. ¿No ha oído hablar del señor Sarmiento?

—Claro que sí. Y no siempre muy bien.

—No me extraña. Si no tuviera ya bastantes enemigos, se los buscaría para no aburrirse. Pero en fin, Sarmiento no sólo cree que las mujeres pueden educarse, sino también educar a otros. Y como aquí no las había preparadas, ha traído maestras extranjeras a la Argentina.

—¿Me ve ilustrando párvulos?

—Si no le gustan los párvulos, puede empezar con los adultos –sugiere el señor Rojas–. Yo me ofrezco como su primer alumno.

Lo miro de hito en hito, indecisa entre la complacencia y la ofensa, hasta que los dos nos sonreímos.

—¿Y qué cree que podría yo enseñarle?

—Buen francés, por lo menos, ¿no le parece?

El cochero se detiene ásperamente, con un golpe de látigo y un grito. Estamos en el barrio de San Juan, frente a los amplios portales de doña Agustina.

—Gracias por el viaje y la compañía. Le entregaré en seguida el cuaderno a *Madame* Eduarda.

Nos damos la mano. Rojas se queda esperando hasta que desaparezco tras de la puerta cancel. Ingreso, parpadeante, en el ritmo oscuro de las vegetaciones y los follajes, en la humedad aromática de los cuartos, y llego hasta la sala de las plantas, guiada por un hilo de música en el laberinto.

VIII

Caras en negro y sepia sobre la felpa verde del escritorio. Desde lejos podría confundírselas con naipes jugados a la suerte. De cerca podrían pasar casi por acuarelas, pero son cartones de fotos que pretenden una fidelidad mayor. Varios marcos de plata, otros de madera blanda y dorada, se preparan a rodear los rostros con la aureola de nostálgico cuidado que conviene a los ausentes para recordarlos con deseo y con alegría.

Una repisa pequeña al lado del espejo está ya dispuesta para recibir esta fila de amores lejanos. Me acerco discretamente. Hay cuatro caras de niños. Reconozco, entre las demás, la imagen de la carpeta de correspondencia, pero la criatura de pecho ya ha crecido, y ahora es un muchachito que sigue siendo delgado, con los mismos ojos intensos y melancólicos.

—¿Le gusta, Alice? Éste es mi hijo Daniel. Estuvo grave de niño, y temíamos por su vida. Lo saqué a flote dándole el pecho, y tratándolo con la homeopatía. Quizá no es tan guapo como sus hermanos, pero a mí me parece el más expresivo.

—Estoy de acuerdo, *Madame*.

Me muestra los otros. Carlitos, el pequeño, es una mirada plácida de mejillas redondas. Eduardo, el que le sigue, tiene la nariz perfecta de doña Agustina y el aire de quien ha nacido para estar siempre en otra parte. Rafael, el mayor de los cuatro, lleva corto el pelo rubio que se riza en las sienes, mira hacia adelante y contempla las cosas del mundo con fácil entendimiento.

—¿Y sus hijos mayores?

Madame suspira.

—No tengo los retratos aquí.

Queda una fotografía sobre la felpa. La imagen más joven de Eduarda, probablemente en la cubierta de un barco, junto al caballero que encanece. *Madame* apoya un dedo suave sobre las siluetas que empiezan a desvanecerse.

Rehuyo la tentación de las preguntas. Pero ella desea hablarme.

—Éste era Carlos Molina, el decano del cuerpo diplomático al que mi marido pertenecía en los Estados Unidos. Un gran amigo mío.

—¿Murió ya?

—Sí.

—¿No era amigo de su marido también?

—Sí claro. Hasta el punto en que un colega y superior jerárquico puede llegar a ser amigo de Manuel.

—¿No es afecto a las amistades el señor García?

Madame me mira, buscando las palabras justas.

—No he conocido un corazón más reservado, ni más capaz de lealtad escrupulosa.

—Entonces debe de ser un gran amigo.

—¿Puede ser amigo el que no sabe entregarse, *Mademoiselle* Alice? Lo dudo.

—¿Su lealtad y su reserva no lo acreditan como tal?

—Ésas son cualidades de un caballero y de un funcionario honrado.

¿Podrán ser también las cualidades de un marido? ¿O las de un amante? *Madame* desliza la foto en su marco, pero no la coloca en la repisa, sino junto a ella, en el escritorio.

—Estoy pensando en reunir en un libro mis *Recuerdos de viaje*. No sólo por mí, sino por mis dos hijos mayores, que entonces me acompañaron y eran demasiado pequeños para acordarse de algo.

—¿Los llevó el señor Molina?

—Sí por cierto. ¿Cómo lo sabe?

—No sé, *Madame*. Como hablábamos de él... .me pareció.

—Es usted muy intuitiva.

No puedo ver la cara de *Madame* Eduarda, vuelta hacia la ventana. En el matiz de la voz no llego a precisar si se burla de mí. Imposible confesarle, por otra parte, las habladurías que se tejen a sus espaldas.

—Volvimos a los Estados Unidos ocho años más tarde, mi esposo iba en calidad de ministro plenipotenciario. Casi naufragamos en el viaje. De modo que es un azar gracioso el que estemos hablando hoy usted y yo. Fue el momento en que me sentí más cerca de la muerte, a no ser por el parto de mi último hijo, en el setenta y cinco. Desde entonces he tenido otra visión de los deberes de la vida.

—¿Cuál?

—Que los deberes son tan precarios como estas vidas nuestras. Que esa precariedad nos quita la ilusión de ser imprescindibles, pero también, en cierto modo, nos libera. Si yo hubiera muerto al dar a la luz a Carlitos, otra mujer lo hubiera criado en sus primeros años –su hermana mayor seguramente– y todos los demás habrían hecho lo que tenían que hacer, con pena, desde luego, pero que se dulcifica y se borra.

—Hay penas que no se borran nunca, *Madame*.

—¿Le parece, Alice? Todo lo remedia el tiempo.

Detesto la voz de *Madame* cuando pronuncia como al descuido esas palabras. La odio a ella porque veo una cara desvaída de mujer loca bajo sus rasgos afirmados y unos ojos renunciantes, en fuga, bajo la placa de sus ojos fijos.

—No todo. Nunca se remedia lo que no podemos entender.

—¿Qué es lo que no se puede entender?

—Mi madre se suicidó cuando yo tenía ocho años. Me dejaba sola en el mundo, con excepción de un tío sacerdote.

—Eso no le ha impedido convertirse en una señorita educada y de bellas condiciones. Eso no le impedirá vivir bien su propia vida.

—Crecí sin madre, *Madame*.

—Otras mujeres habrán llenado ese lugar.

—Nunca es lo mismo.

—¿Y si su madre hubiese muerto en un accidente?

—Ella decidió dejarme.

—Ella decidió dejarse, Alice. No pudo cargar con su propio destino, no pudo hacer de su destino una libertad más feliz.

—Ella eligió eso.

—¿Lo eligió de verdad?

—No necesito que usted me diga qué quiso mi madre, *Madame*, perdóneme.

—No hace falta que me pida disculpas, Alice. Pero usted sí necesita perdonarla a ella.

—¿Quién le ha dicho que la culpo? No la entiendo, ni la entenderé, eso es todo. Además, no hay culpa en no querer. El amor es un don gratuito, aun el de madres a hijos.

—¿Entonces?

—No comprendo por qué mi madre no me quiso lo suficiente para quedarse.

—¿Quién le dice que no la ha querido? Más bien no se ha querido ella misma.

—Es muy fácil ponerse de ese lado. Usted tiene madre todavía. Una madre capaz de esperarla dieciocho años.

—También tengo hijos que me están esperando ahora. Quiera Dios que no piensen de esa manera.

—¿Por qué han de hacerlo? Razonarán, lógicamente, que si usted hubiera muerto al tener a Carlitos, o ahogada en el océano, de todas maneras no estaría con ellos, y se conformarán con ese precioso silogismo. No se les pasará por la cabeza el pensar que si no se encuentra ahora en Francia es porque no quiere.

Empiezo a oír mi voz –violenta, increíblemente audaz– como si fuera la voz de otra que todavía desconozco. Hemos quedado de pie, frente a frente, tan cerca que podríamos tocarnos. *Madame* Eduarda se apoya sobre el escritorio. Los nudillos se han vuelto blancos y rígidos, y cuando la miro a los ojos, en la cara sin sangre como un espejo helado reverbera la mía. Extiendo los brazos para sostenerla, temo que caiga. Pero *Madame* respira profundamente y los rechaza. Mis manos se inmovilizan en el aire.

—Si no estoy ahora en Francia es porque entre los precarios deberes de la vida, hay uno que es preciso cumplir alguna vez para afrontar los otros: el deber que todo ser humano tiene consigo mismo, *Mademoiselle* Alice. El que su madre no logró satisfacer.

Madame se sienta frente al escritorio y desvía la mirada. Se pliega al respaldo de la silla española con labios apretados. Cuando cierro la puerta hay un golpe seco y un estallido. Caen al suelo los marcos de las fotografías y los vidrios que las protegen. Una cabeza que solloza se desliza sobre la felpa.

IX

No hemos vuelto a hablar de la tarde en que los retratos se rompieron. Las caras están ya compuestas y ordenadas sobre la repisa, salvo la fotografía de *Madame* junto al caballero canoso que ha retornado al doble fondo de la carpeta.

Pero bajo la superficie quieta de las cosas, afuera y adentro de las paredes domésticas, laten futuros acontecimientos sombríos.

Doña Agustina se asoma a la puerta de mi cuarto de trabajo.

—Alice, ¿no ha llegado todavía carta de Lucio?

—Hoy no, *Madame*.

La señora abanica su pesadumbre.

—Todavía me cuesta creer lo que ha pasado. En mis tiempos los hombres se lanceaban o se degollaban por tierras, por amores, por ocupar el gobierno. Pero que dos caballeros quieran batirse a pistoletazos porque el doctor Aristóbulo del Valle escriba o no escriba con giros floridos y correcta sintaxis, es algo que no me cabe en el entendimiento.

Una criada nos trae la tarjeta de Guido y Spano. Miguel Rojas viene de su parte. Lo recibo en el costurero, con la anuencia de doña Agustina que se retira de inmediato. Ahora prefiere pasar recostada la mayor parte de las mañanas.

—¿Qué tiene la señora?

—Así está desde que don Lucio tuvo que marcharse a Montevideo, después de haber matado a Pantaleón Gómez. ¿Cómo se explica usted que pueda llegarse a tanto por tan poco?

—Viejas rivalidades seguramente, celos que encontraron su cauce en una tontería. Y en las leyes absurdas del honor varonil que amparan esa clase de dislates.

—Me alegra que usted no crea en esas normas.

—Como creer, claro que no creo. Pero pasa con eso como con muchas leyes de los códigos escritos. Por mal hechas que estén a veces no queda otro remedio que obedecerlas. En cuanto a don Lucio, volverá pronto, seguramente a principios de abril, para cuando se hagan los comicios nacionales, a ver si su candidato Roca logra los electores que necesita. Después tendrá que apoyarlo. Tejedor y Mitre no se van a dejar quitar así nomás el cetro de Buenos Aires.

—Es bastante laborioso seguir los vericuetos de la política argentina. Los íntimos amigos de ayer son los encarnizados adversarios de mañana. Lo único claro para mí es que buena parte de los porteños se oponen a que esta ciudad sea capital de la República, y también a que el general Roca sea presidente. Pero en fin, ¿por qué quería usted hablar conmigo? ¿Algún encargo de don Guido y Spano? Doña Eduarda ha salido.

—Sí, hay un pequeño encargo: aquí están las señas y referencias completas del imprentero don Juan Alsina. Guido lo recomienda sin ambages para las próximas ediciones que haga la señora de García. Pero no he venido solamente por eso. Vine para verla a usted.

—Caramba, no anda con muchas vueltas.

—Ni falta que hace.

Miro a la cara de Miguel Rojas. Me gusta esa cara fina y fuerte. Me gustan los ojos que desean quizá muy pocas cosas, pero todas ellas de un modo nítido e intenso.

—¿Y si a mí no me es grata su presencia?

—Pues me lo dice y no volveré a molestarla.

—No me está molestando.

—¿Podemos encontrarnos mañana? La invito a pasear por la ciudad.

—Pase a buscarme a eso de las cinco. A esa hora ya habré terminado mi trabajo.

—Y yo el mío.

—Ahora, si me permite, voy a seguir con algunas tareas pendientes.

Me despido con un gesto de rápida cortesía, y busco la distancia del escritorio. Respiro pausadamente para calmar, como puedo, los descompasados latidos del pecho. Me asusta mi precipitación irreflexiva. ¿Qué otra cosa sé del señor Rojas González, fuera de sus estudios y su actividad como secretario de Guido? Arruinaré sin duda mi buen crédito si empiezan a verme dando vueltas con él por la ciudad. ¿Creerá acaso que todas las francesas somos mujeres livianas, como las cantantes o las *demi mondaines* que importan de París?

Siento que para mí también llega la fecha de unas elecciones generales.

X

Un giro azul corta la luna del espejo. Aparezco y desaparezco.

Logro moverme con bastante gracia, a pesar del polisón[77] cubierto de frunces, con el ruedo de pieles que ya aconseja la moda del otoño.

El peso del cuerpo se multiplica con el peso de la ropa. Caminar llevando esas cargas delicadas, sobre tacos y entre vuelos, sin exhibir el pie ni tropezar con las puertas, ni derrumbar con un golpe de faldas los adornos de las mesitas: he ahí, quizá, la mayor empresa confiada al talento de las mujeres que insume buena parte de nuestro día.

Miguel Rojas es puntual, como siempre. Oigo los golpes en la cancel, la voz que saluda en esta casa criolla, según los usos más antiguos de la tierra: «Ave María Purísima», «Sin pecado concebida». Otra voz ofrece asiento a quien espera.

Cuando llego a la sala de recibo, la señora Agustina ya está hablando con el visitante. Se ha vestido esta vez como para salir a la calle y casi lujosamente: un sombrero negro sembrado de minúsculas rosas blancas, velillo de encaje, guantes puestos, blancos también, que se abotonan con perlas.

Con Lucio ha vuelto su alegría y hasta la reverberación de su remota belleza, por más que el regreso de su hijo mayor no haya sido con fines pacíficos.

—¿Qué opina el coronel Mansilla? –está preguntando Miguel– ¿Festeja ya la futura presidencia del general Roca?

—Pues Lucio dice que aunque Roca haya ganado la mayoría de los electores, la oposición porteña es capaz de llevar las armas al mismo recinto del Congreso para impedirles que lo voten.

—Nos esperan entonces meses tormentosos.

---

77 Armazón o almohadilla que las mujeres se ajustaban en la cintura para aumentar por detrás el volumen de la falda, utilizado en el siglo XIX.

—Así parece, joven. Por desgracia a mi hijo le agrada colocarse en el mismo centro de las tormentas. ¡Ah, ya ha bajado usted, Alice! Como el señor Rojas González ha venido con coche, le acabo de pedir que me deje en lo de *Madame* Émeraude. Espero no distraer a ustedes de su camino.

—De ninguna manera, doña Agustina. Precisamente pensaba llevar a *Mademoiselle* Frinet a dar un paseo por los jardines de Palermo.

—Pues ya los conoce. Han ido con Eduarda varias veces.

—Siempre es grato volver. Es un hermoso lugar.

—Mucho más hermoso era antes, hija mía.

Palermo ignora la mansión, hoy arrumbada, de su hermano el Restaurador.

Madame Eduarda me ha señalado en cada paseo la luz ausente de los balcones enrejados, la sala de Manuelita donde las hormigas han construido túneles laboriosos con los escombros de conversaciones y de danzas, el gran estanque abandonado y roto.

Doña Agustina llama a la muchacha india, que le trae su bolso, la ayuda a subir al coche y luego se sienta a su lado, mientras Miguel y yo nos colocamos frente a ellas.

—Así que ya cuenta usted con trabajo para cuando vuelva a su provincia, señor Rojas.

—Eso espero, señora. Mis tíos maternos tienen escribanía y bufete. Algo haré con ellos.

—¿Pensará formar una familia?

—Claro, si es que alguna señorita quiere formarla conmigo.

—¿No tiene usted novia, entonces?

Miguel sonríe sin disimulo.

—Bueno, en realidad, cortejo a una joven dama y espero con ansiedad su consentimiento definitivo.

—Muy bien, muy bien. Ya vendrá eso, si no me equivoco con la damita,

Un coche descapotado se cruza con la austera berlina de Guido y Spano. Dentro hay una mujer suntuosa, envuelta en un chal de *surah* que no llega a cubrir el escote imprudente. Hace un amplio gesto de saludo que Miguel Rojas contesta con sobriedad y que doña Agustina ignora. Pronto se la llevan los caballos casi circenses, adornados con cabezales de plata y penachos rojos.

Dejamos a doña Agustina y a su doncella a la puerta de *Madame* Émeraude.

—¿Podré servirle a usted en alguna otra cosa?

—Pues sí señor, ya que lo dice. Si vienen a buscarme con *Mademoiselle* Frinet cuando vuelvan del paseo, con gusto me iré a casa en compañía de ustedes.

Miguel inclina la cabeza.

—A sus órdenes, doña Agustina.

Madame Émeraude en persona sale a recibir a su inesperada clienta, a pesar de la tarde fría. La hace entrar con mil consideraciones y luego se acerca fugazmente al coche. Me habla casi al oído en un francés atropellado y fervoroso.

—Querida, ha estado usted espléndida. Ya le mostraré mi reconocimiento. Pero esto no es lo que yo le había recomendado –añade mirando de reojo a Miguel–, aunque la comprendo, por cierto. La carne es débil.

El cochero golpea la fusta. Seguimos hacia los bosques de Palermo.

—¿Qué le ha dicho *Madame* Émeraude?

—Cree que yo he convencido a doña Agustina para que visite su *Maison*, y me está agradecida.

—Parece mentira cómo pueden engañar los propios intereses. Está claro que no vino hasta aquí por ese motivo.

—¿Sabe por qué motivo, entonces?

—Por supuesto. Para vigilar su reputación y su porvenir, para comprobar si soy un candidato decente y con buenas intenciones. Y sobre todo para demostrarme que una familia la respalda. Se ve que se ha hecho usted querer.

—Me alegra haberme hecho querer.

Miguel Rojas me sonríe y yo callo. Me aturde una ansiedad desconocida que quiero tapar, cuanto antes, con palabras.

—¿Por qué no ha saludado doña Agustina a la señora que iba en una victoria?

—Es que no es una señora precisamente.

—¿Se trata de una cómica?

—Digamos que algo peor. Una mujer de... ciertos negocios.

—¿Lo que llaman ustedes una Madama? ¿La dueña de una casa de tolerancia?

—Sabe usted bastante para haber salido del convento.

—Soy mayor de edad, leo los diarios, y también he leído *Naná*.

—¿La última novela de Zola? ¿Usted? No creí que hubiese pasado de las historias de *Madame* Bourdon.

—¿Y por qué no? ¿Acaso no soy la secretaria de una escritora? ¿O le gusto porque me considera una boba?

—Un poco de bobería tranquiliza a los varones, no voy a negarlo. Pero no es mi caso.

—Pues usted sí que conocía a la Madama. No es el más indicado para reprocharme por haber leído a Zola.

—Si no se lo reprocho.

—¿No le da asco?

—¿Qué?

—Frecuentar esas compañías.

—Ya he dejado de frecuentarlas. Pero todos hemos ido al menos alguna vez.

Naná es una gran boca lujuriosa, pura cavidad, cuerpo vacío abierto para devorar. Los hombres van entrando en ella uno por uno, arrogantes y muertos de un miedo que cubren con el humo de sus habanos. Hablan entre sí con voces metálicas de guerreros, pero en las sábanas de Naná maúllan como gatos, frotan los bigotes contra los muslos húmedos mientras ella les acaricia el lomo que se eriza.

—¿Por qué está tan callada, qué le pasa? ¿Se enojó conmigo?

—No con usted.

Naná es un mueble con un espejo cóncavo que muestra después del placer la imagen de su futuro deterioro. Los varones saciados se miran allí pero no ven sus propias caras de animales nocturnos. Ven un cuerpo de mujer trabajado por invasores microscópicos que abren pústulas debajo de la piel. Ven la calavera de la Muerte y las falanges descarnadas que apuntan al sexo para llevar la cuenta de sus pecados.

—¿Con quién entonces? ¿Con todos los hombres?

—También con las mujeres.

Cobramos la entrega en especies: nos pagan con dinero o con honra matrimonial, a veces con ambas cosas. Necesitamos ser compradas. Pero Naná no sólo recibe: expulsa. También ella usa y descarta, por eso es fascinante y aterradora. Provoca un codicioso desprecio, una avidez sumisa. Ella puede dejar a cualquier amante en cinco minutos: la paga que le dan no obliga a más. Las esposas quedan presas de las cadenas que hila su propia rueca. Es un tejido inextricable aunque sutil y de bella apariencia: nadie en su sano juicio podría desear romperlo, ni siquiera jugar a estirarlo hasta donde lo toleren sus acotados límites. Salvo algunas hembras que dudan de la razón doméstica.

—¿En qué piensa usted?

—En la libertad.

—Qué cosa más abstracta. La especie humana lleva siglos dando vueltas a lo mismo y con muy poco resultado.

—A algunos les va mejor que a otros. O que a otras. No soy tan abstracta como cree. Pienso en *mi* libertad.

—Espero que la encuentre.

—¿Usted no la ha encontrado?

—Apenas la libertad de elegir mis ataduras, entre aquellas que me propone la sociedad.

—¿Y si usted imagina otras alternativas?

—No es tan fácil. Nadie inventa sus propios deseos. Codiciamos lo que desean los demás. Y quizá sólo porque los demás lo desean. ¿A qué engañarse?

—¿Nunca seremos libres entonces?

—Creo que sólo cuando aceptamos la libertad como una ilusión. Cuando sabemos que somos esclavos incluso de nuestro propio afán de ser libres.

Miguel Rojas corre suavemente las cortinitas del coche. Los árboles y las flores se entretejen en una perspectiva distante, filtrada por la luz roja de la tela. Algo va a ocurrir. Somos la llama interna de un farol encendido que lleva a la ciudad indiferente los secretos del fuego.

Cierro los ojos, respiro con pasión y dificultad. Una mano se apoya en la mía. Los otros dedos, finos y secos, desabotonan con paciencia el puño de mi guante, lo estiran hacia afuera. Cuando la mano está desnuda, comienzan a acariciar la palma llena, retraída sobre sí misma, que cede y se acomoda al tacto persuasivo. Hasta que mis dedos se abren del todo y reaccionan a su vez. Se cierran sobre la mano mayor, alta y huesuda, que empieza a humedecerse. Se entrelazan con los otros dedos, aprietan, se afirman, exigen.

No puedo abrir los ojos para mirar. Recorro con las yemas la curvatura de esa palma ajena que se deja acariciar como un animal hermoso bajo el sol. Nos amansamos el uno al otro, domesticándonos, haciéndonos aliados, familiares. Qué pasará cuando esa mano se retire de mí, cuando las apoyaturas del camino sean sólo el puño de una sombrilla, el pomo de una baranda, el bronce frío y antiguo, el mueble que se toca al pasar: rígidas materias del mundo, que sustentan pero no envuelven, que no se ablandan ni se expanden ni crecen, vivas como capullos.

Mi mano sube hasta la boca de Miguel. La palma se ajusta sobre la mejilla donde la barba despunta. Apoyo la cabeza en su hombro mientras mi mano y su cara encuentran el mejor lugar para vivir. Laten, autónomas. Descubren la plenitud de sus contornos, su peso específico, la textura y el espesor de sus respiraciones. Son el todo en las partes. No nos atrevemos a movernos, para que el mundo de los ojos abiertos no vuelva a ser lo que es casi todos los días: un paisaje usado como una moneda, un telón de fondo, pura superficie intercambiable.

La sangre que late bajo las venas de la cara se acompasa con el ritmo de mi pulso. Mi cuerpo entero, de músculos a sexo, de labios a cerebro, se enajena voluntariamente en esa mano que roza.

XI

El gran espejo del probador de *Madame* me refleja de cuerpo entero. Intento dar un paso hacia el costado, huir de la imagen, desviar la mirada. Pero la irradiación seductora me devuelve al impulso de contemplarme. Alice Frinet, en bata de mañana, todavía sin corsé y con el pelo suelto, eligiendo el vestido más adecuado para el cuerpo de otra. Algún modelo lleva la firma de *Madame* Émeraude, que ha logrado venderle a Eduarda las primicias de su colección de primavera.

Medio Buenos Aires pasará la semana próxima por la casa que se abre al aire y a la luz para una fiesta inusual. La señora mayor quiere homenajear a su hija con una reunión donde ella misma podrá hacer los anuncios de futuros libros a sus amigos (aunque no sean necesariamente sus lectores), y donde los varones triunfantes festejarán la asunción presidencial de Roca, tras un áspero invierno de dilatadas rebeliones.

Madame Eduarda, sin embargo, no tiene ganas de verse en el espejo que ahora me reclama, ni se esfuerza —ella, tan escrupulosa— por estudiar personalmente el ajuste de los colores al contorno de la ocasión y de su figura. Me está cediendo el privilegio o el deber de diseñarla, de fabricarle una *toilette* a mi arbitrio, de dibujar el movimiento de sus pasiones y los impulsos obstinados y fuertes de su voluntad. Prefiere acaso mirarse desde mis ojos.

Busco entre sus vestidos uno que me gusta particularmente. Tiene un matiz de plata y un movimiento cambiante, como la curva de un oleaje bajo la luna. Requiere unas medias de seda perlada, unos guantes de Bruselas, ropa interior de satén con ligerísimos bordados blancos. Hundo las manos en el cajón, oloroso a alhucema, donde se acumulan prendas tan finas como las telarañas. Sólo la dureza de las ballenas y los botoncitos íntimos recuerdan que también éstas son armaduras de otra guerra.

Estiro la mano hacia unas medias de un gris irisado. Debajo de ellas, que se enrollan cuidadosamente sobre sí mismas, hay un bolso de baile. Cuando rozo la tela de raso las yemas de los dedos tocan una espesura con salientes: papeles doblados o cruzados, envoltorio de otra cosa, tal vez mensajes en sí mismos. Aflojo las cintas del bolso y me apodero de un fajo de manuscritos cubiertos de arriba abajo con la inequívoca letra inclinada, desbordante y enérgica, de *Madame* Eduarda.

París, mayo de 1863.

Pienso en usted.

Tendría que pensar, acaso, en la tierra que nuevamente acabo de dejar y que quizá no vuelva a ver en mucho tiempo o nunca (¿no es ése el temor de todos los obligados a convertirse en nómades?). Pero pienso en usted, aun cuando el mayor afecto del corazón me ligue a esa casa con varios patios y un jardín excesivo donde mi madre trama sus estrategias de aromas como si decidiera los movimientos de un ejército impalpable. ¿Envidio su vida que imagino libre, fuera de toda sujeción? ¿No sé ya, acaso, que toda vida es sujeción, y muchas veces a cosas o a seres delezn-ables, a ridículas creencias, a memorias inútiles y también a vocaciones desatinadas?

París es un inmenso anonimato y el apellido García un comodín español donde se refugian personas desconocidas. Cuentas de servicios que no hemos contratado, notas de crédito de ignotos proveedores a los que algún otro García solicitó alguna vez las mercaderías impagas, nos llegan a la puerta y hay que devolverlas y desmentirlas, demostrando que no somos nosotros los deudores. Puesto que yo me ocupo de las compras, he convencido a Manuel de que debo agregar mi apellido original al «Madame García» que me imponen los usos del matrimonio. Una manera de no ser confundida con nuestros tocayos insolventes o pícaros, como dicen que son los buenos criollos. Una manera de recobrar mi identidad borrada.

Pero París también es una fiesta. ¿Cómo no ha de serlo, en estos días del Nuevo Imperio que tan distantes parecen de las luchas de la Rev-olución? En esa fiesta no soy la anónima señora de García, sino Eduarda, la hija del general Mansilla, el antiguo amigo de la emperatriz Eugenia. Gracias a mi padre, el general de los bárbaros, somos invitados de pref-erencia a los bailes de las Tuilleries,[78] o al castillo de Fontainebleau,[79] o a los jardines de Compiègne.[80] Eugenia se sienta en el césped, rodeada de sus damas, como si posara para un cuadro. Toda ella se vuelve un ser para la vista: una pura imagen, que existe sólo en el reflejo de las mi-

---

78   *Palacio de las Tullerías*, residencia imperial durante el Segundo Imperio (1852-1870) de Napoleón III, quien lo hizo unir al Palacio del Louvre, actual Museo del Louvre.

79   Palacio real de origen medieval, reconstruido en el siglo 16. Introdujo en Francia el estilo manierista italiano en su decoración interior y obras de arte. Ha sido escenario de im-portantes hechos históricos.

80   El castillo de Campiègne, construido en los grandes bosques al norte de París para ser habitado durante la temporada de caza, tuvo su apogeo durante el reinado de Napoleón III y la emperatriz Eugenia.

radas. Cuando las faldas de seda y gasa, infladas por una enorme crinolina,[81] se despliegan sobre la hierba y su perfil se inclina hacia la canastilla de claveles y narcisos, su belleza es a la vez irreal y necesaria. Nadie imagina que una emperatriz pueda tener otro rostro, actuar de otra manera. Eugenia es el ideal de la realeza, el ideal de la parisina –por más español que sea su origen– y está en camino de convertirse también en el ideal de todas las mujeres, hasta de las democráticas yankees. Dicen que cuarenta costureras están trabajando desde hace tres años en un vestido de encajes de Alençon que la reina quiere lucir, si llegan a terminarlo, en la Exposición Universal proyectada para el año 67.

Una respiración liviana pero audible se instala a mis espaldas. No he oído el crujir de los goznes de la puerta, ni el golpe de los tacos contra la madera de los pisos. Atino apenas a ocultar los papeles entre las medias antes de darme vuelta.

La muchacha india está mirándome, con ojos suspendidos, quietos. No me mira a mí, sino a mi pelo, que cae más abajo de la cintura. Estira una mano hasta tocar apenas uno de los largos mechones. Cuando voy a hablarle desaparece como ha venido, secreta y descalza.

Me deslizo hasta el corredor, sin aliento. No hay nadie en el pasillo, ningún sonido llega desde la sala de música. Doy vuelta la llave y retomo los manuscritos.

¿Eugenia de Montijo puede constituirse en ideal de todas las mujeres, incluso de las *dentellières*[82] que labran para ella como arañas sin nombre y que nunca serán emperatrices? No hubiera representado ella un paradigma para Concepción Arenal, su compatriota, que se sometió a la humillación de dos corsés no para afinar su talle, sino para anular los senos y adquirir la apariencia de los únicos seres a quienes se les permite el ingreso en las Facultades de Derecho. Sin embargo, Eugenia en persona ha intervenido para que una mujer, Julie Daubié, pueda presentarse al examen de bachillerato. No es tan hueca como sus adversarios la describen, y acaso utiliza sus maravillosos vestidos como otras herramientas políticas, más brillantes que los discursos de su esposo.

Tampoco la emperatriz es el *summum* para mi cocinera, una *Madame* Lapomme, cuyo apellido me hace reír sinceramente, tanto se parece a una manzana su cara colorada y todavía fresca. Converso a menudo con ella, no por falta de otra sociedad –la tengo en demasía, y no de la que más que agrada– sino cuando lo permiten o lo exigen las obligaciones de nuestro cargo: recepciones continuas, por una parte, y soledad las más de las veces. Manuel viaja constantemente entre Londres, Roma, Madrid y París. Como la Argentina no puede darse el lujo de sostener cuatro ministros en cuatro legaciones extranjeras, uno solo ha de multiplicarse para cubrir los cuatro cargos. Nos vemos poco, y hablamos aun menos.

---

81   *Miriñaque*: Prenda interior femenina de tela rígida o muy almidonada, y a veces con arcos de metal, con que las mujeres se ahuecaban las faldas.

82   *Encajeras* : que hacen encajes.

Pero *Madame* Lapomme siempre tiene algo que decir, mientras discutimos la comida del día. «¿Hoy va usted a la Corte? Es bonita la española. ¿Y qué? A mí nada me ha dado esa muñeca. Ni ella, ni ninguno de los Napoleones, ni cuantos quisieron gobernarnos. Hemos peleado para su provecho, eso sí. Como peleamos por la Revolución. Mi abuelo murió por la Montaña[83], mi padre por el primero de los Bonaparte[84] como tantos otros franceses, y mi marido y mi hijo mayor en las barricadas del cuarenta y ocho[85]. Ni a mi abuela, ni a mi madre ni a mí nos pagó alguien esas muertes. Nosotras a luchar, siempre solas, y a mantener los hijos con nuestro trabajo. ¿Qué puede saber la española, nacida en cuna de oro, de esos dolores?»

Mientras habla, *Madame* Lapomme adquiere bríos crecientes, hasta que llega casi a sacudirme el cucharón ante la punta de nariz. Temo que vaya a acusarme de las mismas facilidades que a la reina de Francia. Sin embargo menea la cabeza, resignada, y torna a revolver el caldo. «No piense que la critico por ir a hacer la corte a los Napoleones. Si su marido no está, repartido siempre en cuatro capitales, qué otro remedio le queda. Es su trabajo, *Madame*, como el mío es la cocina. Y más vale que lo haga bien, y que se acicale lo mejor posible, para que su país empiece a figurar un poco, y no juzguen aquí que en su patria son todos salvajes y hotentotes[86]. La verdad sea dicha, eso es lo que yo creía hasta que los he conocido a ustedes. Y hay que ver cómo incluso sus hijitos hablan el francés y hasta rezan como cristianos.»

He renunciado a argumentar, en este tópico, con *Madame* Lapomme. También para mi cocinera nuestra *République Argentine* es una república de pacotilla, como lo era para los *yankees*. Prefiero descansar en su compasión amistosa y disfrutar de sus insuperables *bouillabaisses*. Cuando los niños se acuestan y no hay acontecimientos sociales que me reclamen, suelo ir a la biblioteca. Pero estoy demasiado fatigada para leer a esa hora del día, y quizá triste. A veces escribo –le escribo–, como ahora, y otras –las más– pienso que todas las diferencias de lenguas y de culturas son nada, al lado de las comunes desdichas que nos vinculan. ¿En qué se distingue *Madame* Lapomme, después de todo, de una *china*[87] a la que le han llevado su hombre a la frontera? ¿O de una madre de buena familia, federal o unitaria, a la que han dejado sin hijos las luchas de facciones? En esos sufrimientos, sobre todo, nos parecemos.

---

83   *Montaña*: se refiere al grupo de los diputados que se sentaban en los bancos más altos en la Asamblea Legislativa de 1791, durante la Revolución Francesa, y a los que se llamaba *montagnards*. Fueron contrarios a la monarquía, se apoyaron en los *sans-culottes* (estratos populares) y combatieron a los Girondinos, representantes de la alta burguesía, a los que consiguieron desbancar del poder el 2 de junio de 1793.

84   Napoleón Bonaparte (1769-1821): general republicano de la Revolución Francesa que se convirtió en Primer Cónsul de Francia por el golpe de estado del 18 Brumario (1799), y luego (1804) se entronizó como emperador de los franceses, fundando una dinastía. Adquirió el control de toda Europa hasta su derrota en la batalla de Waterloo en 1815.

85   La revolución de febrero de 1848 en que se depuso al rey Luis Felipe I (tercero de los monarcas que sucedieron a Napoleón I) y se estableció la Segunda República Francesa.

86   Individuos de una nación indígena que habita cerca del cabo de Buena Esperanza. Se los describe también como nómades y de raza negra.

La luz del gas se enciende en todas las calles, sin olores ni vacilaciones, limpia, liviana, segura. No se asemeja mucho a la luz titilante de los faroles de mi infancia, que alumbraban en ráfagas inciertas, con chisporroteos de sebo. Ningún sereno repite aquí la invocación feroz y tranquilizadora, a fuerza de monotonía, «¡Viva la Santa Federación!», «Mueran los salvajes unitarios!». Pero este mundo mejor no ha impedido que *Madame* Lapomme perdiera a los que quiso, y que tema por los que conserva aún. Tampoco me impide sentarme a la ventana como lo hizo mi madre, esperando a un varón que nunca llega.

Golpes de aldabón sobresaltan las letras silenciosas. La puerta cancel comienza a abrirse. Robo al bolso de raso los papeles ocultos: páginas sueltas de un diario íntimo o borradores de cartas sin destinatario confeso.

XII

Una cabeza revuelta, de un rubio ceniciento, se inclina hasta tocar los dedos de *Madame* Eduarda.

—Toda la felicidad y el éxito literario para mi amiga y enferma favorita – dice la boca, que se curva en sonrisa.

—Qué cosas tiene usted, Wilde. En todo caso, quisiera ser sólo su amiga favorita, no su enferma, precisamente.

—Las enfermedades hacen más interesantes a las señoras, y nos dan pretextos para visitarlas. Por otra parte, ¿de qué viviríamos los médicos sin pacientes?

La cabeza revuelta se detiene ante mí, que no le ofrezco la mano.

—La noto muy esquiva, *Mademoiselle* Frinet. ¿La ha prevenido doña Agustina acerca de mi peligrosa persona? ¿O es usted, Eduarda?

—Ninguna de las dos, doctor Wilde. ¿No le parece que a esta altura puedo juzgar libremente por mí misma?

—¿Y tan mal me juzga?

—No sé qué pensar, señor. La voz pública opina que usted utiliza a las señoritas como conejillos de Indias para sus experimentos magnéticos e hipnóticos.

—¿Quién le ha contado semejante disparate? Mi amigo el coronel Mansilla, seguramente, que no pierde ocasión para hacer bromas a mi costa.

—Si fuese el coronel no le creería tampoco. Es peor que usted. ¿No hemos leído el otro día en el diario que se desayunó con un par de orejas de vigilante?

Wilde se ríe a carcajadas y yo también. Le extiendo por fin la mano, que él estrecha como si fuera la de un muchacho.

—Me gustan las mujeres con sentido del humor. Sería usted una buena camarada. En cualquier momento se la robo a Eduarda.

—Yo tendría que dejarme robar, ¿no le parece?

Oigo mi respuesta desenvuelta sin creerla del todo. ¿Qué diría Miguel si me escuchara, si no estuviera acompañando a Guido fuera de Buenos Aires? La niña del convento ya está más lejos que el tiempo y el océano. La distancia me libera y me serena, me quita amarras, marcas, sellos adquiridos en el pasado, cadenas que me atan a muebles viejos y a personas desaparecidas. Aquí nadie puede susurrar, cuando paso por las calles de una ciudad donde no se conoce mi historia: «Ahí va la pobre hija de Berthe. Dios haya perdonado a la infeliz». O: «Ésa es la huérfana bretona, la discípula de *Mère* Benedicta», «Consiguió la beca del *Sacré Coeur* gracias a un tío párroco».

Mientras yo me despojo de lastres *Madame* Eduarda se hunde cada vez más en un mar de plomo espeso, las faldas se inflan primero como anchas corolas para luego plegarse y arrastrarla hacia el fondo, cargadas de murmuraciones y de insidias. *Madame* está vigilada por cientos de ojos que quisieran contemplarla desde el espejo de su tocador, leer en las entrelíneas de su correspondencia, hurgar bajo la trama de sus cuentos para descubrir el misterio de su conducta impropia, y exhibir a la luz las pruebas de su ligereza.

Pero hoy los ojos sólo llegan en número contado. Se detienen forzosamente en las paredes del salón de recibo, o en las ventanas del costurero, sin rozar las entrañas de su *secrétaire* ni de su escritura, sin abrir la puerta vedada de los cuartos íntimos.

Los ojos corresponden a voces que se enlazan unas con otras, como letanías perversas. Las oigo de soslayo, cuando paso por en medio de las conversaciones, haciendo los honores de la casa con una bandeja de licores o de bizcochos.

—¿No fue su antiguo enamorado, el conde Didelot,[88] quien le prestó el dinero para la dote de su hija?

—¿Cómo habrá conseguido la carta de Víctor Hugo?[89]

—Dicen que ha soportado toda clase de insolencias del compositor Rossini, con tal de conservar su amistad.

Las voces levantan un censo prolijo de la memoria común. Recuerdan, susurrantes, que una Eduarda de siete u ocho años fue absurdamente llamada por su tío el Restaurador para hablar en su idioma con el conde Walewski, enviado de la Francia durante los años del bloqueo. Recuerdan que siempre hizo observaciones audaces, inoportunas, ignorando la máxima consagrada por las buenas costumbres: que el silencio es en las mujeres el adorno más bello. Las señoras mayores juran que nunca terminó de bordar un pañuelo porque abandonaba las labores de su sexo a causa del vicio de la lectura: esa adicción que comienza con las novelas francesas forradas en licencioso tafilete rojo y que descarría el alma de las doncellas hacia ensueños insensatos y jamás honorables.

---

88   En *Visto, oído y recordado*, Daniel García Mansilla, el hijo menor de Eduarda, cuenta cómo sus padres hicieron sacrificios económicos para dar esa dote a su única hija. En cuanto a Didelot, lo describe como el "almirante barón Didelot, prestigiosa figura marina de alcurnia" (145). Enamorado de Eduarda cuando ella era soltera, luego del matrimonio de ésta, fue un excelente amigo de la familia.

89   (Besançon, 1802-París, 1885). Poeta, novelista y dramaturgo, entre sus obras se destacan *Nuestra Señora de París* y *Los miserables*.

Acaba de anunciarse el nuevo ministro de Guerra, general don Benjamín Victorica[90], que viene con uno de sus hijos. Wilde toma al muchacho del brazo:

—Eduarda, le presento a Gabriel Victorica,[91] una gloria futura de la medicina nacional.

El joven se ríe y sacude la cabeza.

—No se deje engañar por el doctor Wilde, doña Eduarda.

—Por supuesto que no. Si es un famoso mistificador. Le preguntaré a su propio padre, que ha de ser un juez más exigente.

El aludido se cuadra para saludar.

—Doña Eduarda, mis respetos, y todos los buenos augurios para usted en este día.

—Gracias, señor ministro. Y que esos buenos deseos le vuelvan para su futura gestión de gobierno.

—¿Qué le parecen los cambios del país, doña Eduarda? –tercia Victorica padre.

—Que han hecho falta casi treinta años después de Caseros para lograr cierta unidad de los argentinos. Después de todo mi tío no erraba tanto cuando sostenía que este pueblo no estaba preparado para darse una Constitución.

—Según como se lo mire, Eduardita –apunta Wilde– Cuando el poder se retiene por la fuerza, los problemas se congelan, no se resuelven.

—No llegaremos a mucho discutiendo lo que pudo ser o no ser –corta Victorica–. Miremos al porvenir. Ya no hay insurrectos. Buenos Aires ha dejado sus rencillas con el interior, y es capital de toda la República. Hemos vencido a los bárbaros, hemos incorporado inmensas extensiones de tierra productiva. Pronto el ferrocarril abarcará la república entera, exportaremos granos y carnes en cantidades inimaginables tan sólo diez años atrás, y el país se poblará de inmigrantes industriosos, como lo ha propuesto Alberdi[92]. Dentro de poco no reconoceremos a nuestra vieja ciudad, gracias a los planes edilicios de Alvear. Y mejor ni hablo de las ideas de nuestro amigo Wilde sobre la educación y el sistema sanitario...

—Mejor no hablar tampoco de las ideas que todos nuestros buenos burgueses aldeanos han aplicado a la decoración de mansiones y palacetes gracias al oro que les aportan sus vacas y sus créditos.

Lucio López[93] se ha metido en la conversación bruscamente, como acostumbra, sin trámites de saludos.

---

90   (1831-1913). Militar y abogado, alcanzó el grado de general y fue ministro de guerra, diputado y miembro de la Corte Suprema de Justicia.

91   Este personaje, que también aparece en *La princesa federal* (1998), es inventado, aunque los Victorica fueron, en verdad, una familia de reconocida actuación en la vida pública argentina.

92   Juan Bautista Alberdi (Tucumán, 1810-París, 1884). Jurista y político. Redactó las *Bases para la organización política de la confederación argentina* (1852) que inspiraron la Constitución del país de 1853.

93   Lucio V. López: (Montevideo, 1848-Buenos Aires, 1894). Escritor, periodista e investigador de temas históricos y jurídicos. Autor de *La gran aldea* (1884), una novela sobre la

—¿Y usted no pertenece a esa cofradía de los buenos burgueses, doctor López? –lo provoca *Madame* Eduarda.

—Si mi padre no hubiese formado parte de los exiliados en tiempos de Rosas, sería uno de ellos tal vez. Pero todos nosotros nos hemos dedicado a los papeles, y no a las vacas.

—Según qué papeles maneje y cómo lo haga, pueden transformarse en buenas cabezas de ganado. No le faltan a usted las necesarias relaciones ¿Y cuáles son sus planes, señor Victorica? ¿O debo ya decirle «doctor»? –sigue *Madame*, dirigiéndose al hijo del Ministro.

—En rigor, todavía no he presentado mi tesis. Estoy trabajando en ella.

—¿Y sobre qué trata?

—Sobre la memoria humana y los afectos que la conforman.

—Mi hijo prefiere el laberinto sinuoso de los afectos a las rutas despejadas de la razón.

—No se trata de preferencia. Es que las rutas despejadas no existirían sin esos laberintos que las sustentan.

—Los escritores pensamos lo mismo. Hasta Wilde, que posa de positivista. ¿No escribe usted también, Gabriel?

—Bien quisiera, señora. Pero todavía no me ha visitado ninguna Musa.

—A la Musa en estos tiempos hay que ir a buscarla personalmente, hijo mío –sonríe Wilde–. Esas revelaciones gratuitas sólo les ocurrían a los griegos, que vivían tan cómodos al aire libre, con un par de sandalias y una túnica. En una de nuestras casas modernas llenas de estatuas y de *potiches*,[94] con muebles de tres y cuatro pisos, es imposible que penetre la voz de ninguna Musa. Gracias con que uno pueda oír las voces de sus propios familiares cuando le piden algo a los puros gritos.

—Pues le haré caso e iré a buscar a mi Musa, así tenga que cruzar el océano para ello.

—No se lo aconsejaría del todo, joven. Eso se ha convertido en una costumbre dudosa, cultivada por nuestros más eminentes rastacueros y por todos los aspirantes a literatos que ya se creen genios con sólo haber pisado la *Comédie Française*.

—Por lo menos, amigo López, nuestras mejores plumas no van para allá, sino que están volviendo –concluye Wilde, mirando a *Madame,* que ya gira hacia el otro extremo del salón del brazo de Victorica hijo, reclamada por nuevos visitantes.

López sonríe.

—A todas las señoras se les ha dado últimamente por hacer versitos.

—Eduarda ha hecho algo más que versitos: publicó dos buenas novelas cuado era todavía muy joven. Después, su *Pablo, ou la vie dans les Pampas,* antes que el famoso libro de Lucio sobre los ranqueles, aunque aquí pocos han tomado noticia. En algunos aspectos, casi la prefiero.

---

94   Potes o jarrones de cerámica, a veces de cristal u otro material, productos de artesanía.

—No creo demasiado en la vocación literaria femenina. Las damas se visten con una novela o un poema como podrían ponerse un par de guantes de Suecia o un sombrero de Virot: para llamar la atención, para gustar, para ser diferentes.

—Si es por eso, me parece que tampoco los varones estamos exentos. Sin ir más lejos véalo a Lucio.

El coronel acaba de entrar. Deliberadamente tarde, como para que todas las miradas se fijen en él, envuelto en una capa desvergonzada de terciopelo rojo.

—No sé cuándo Lucio se exhibe más. Si cuando cambia de monóculo o de galera, o cuando publica una *Causerie*[95].

Su tocayo López se acerca a saludarlo.

—¿Y? ¿Podremos o no podremos llamarte ministro?

—Creo que todos los puestos del gabinete ya están ocupados. Y algunos de ellos por mis mejores amigos –añade, mirando a Wilde.

¿Cómo? ¿Roca no te había prometido un ministerio?

—Como prometerlo, lo prometió. Pero yo, con mi ingenuidad proverbial, di en olvidar que las promesas de un político en campaña son más frágiles que las de don Juan Tenorio a una mujer enamorada.

—¿Y entonces?

—¡Ah! Nuestro presidente, que antes, para la buena sociedad, era un tosco provinciano, y ahora se ha convertido en un archiduque austríaco, me ha dado algunos sabios consejos.

—¿Cuáles?

—Enciérrese en su casa durante un año, no hable, no escriba, y vendrán a buscarlo para hacerlo ministro.

—¡Vaya descaro!

—No tanto. Como esos consejos son de aplicación imposible, piensa consolarme con un viaje a Europa. Al menos mi madre se ha puesto contenta.

—¿En calidad de qué?

—Algo así como un «comisionado militar»; estudiaré varios asuntos: la inmigración entre ellos.

—Antes no eras muy partidario de los inmigrantes. Y estudiabas otras cosas.

—Sí. A los gauchos, y a mis amigos, los ranqueles de la Tierra Adentro. Pero eso fue hace diez años: una eternidad, en otro mundo. *Tout passe, tout casse, tout lasse,* ¿por qué había de ser mi vida una excepción? Y ahora me disculparán ustedes, señores. Me debo al resto de la concurrencia.

Un giro insolente de la capa envuelve a Wilde. El médico se alisa el pelo agitado por esa revolución de terciopelo. Sonríe.

—Mansilla podrá no ser nunca ministro, e ignoro cuántas de sus líneas van a sobrevivirlo. Pero sin duda lo sobrevivirá su leyenda.

---

95 Texto escrito como charla para entretener, a veces con anécdotas de viaje o con chismes. No profundiza en ningún tema, más bien salta de un tema a otro con ironía y humor livianos. Lucio V. Mansilla fue un eximio cultor de este género al que aportó puntos de vista sorprendentes, gran ironía y destreza narrativa.

—¿Por qué escribe usted, Wilde? –le pregunta López, abrupto.

—No puedo evitarlo.

—¿Y por qué da sus libros a la imprenta?

—Es un vicio que me envanece. ¿Y usted, López?

—Para criticar a los viciosos. Soy un censor de las costumbres. Aspiro a que la posteridad me recuerde por mi talento satírico.

—No sé si la posteridad lo recordará, pero en cambio es muy probable que lo mate algún contemporáneo.

—Triste privilegio de los varones. Escriba lo que escriba, por lo menos a su amiga Eduarda no la retarán a duelo como a su hermano.

—No. Antes la condenarán sin leerla las malas lenguas, criticándola tan sólo por sus pretensiones intelectuales.

—Es que una señora con pretensiones intelectuales es como un hombre con impulsos de ama de cría. O bien, se trata de una maestra consumada del fingimiento. Es otra cosa lo que se oculta bajo la letra de las mujeres. Me extraña, Wilde. Usted que es médico, ¿no ha tratado con histéricas?

—Floja argumentación, doctor López. No todas las histéricas tienen talento artístico.

López advierte mi presencia a pocos pasos. Cambia de tema.

—¿Ha visto el cargamento recién llegado de Nápoles y de Vigo?

—No. ¿Por qué? ¿Hay productos que interesen?

—Mercadería humana. Fuerza de trabajo. Pero fuerza bruta, no la que recomienda el doctor Alberdi. Voy creyendo que a nuestro amigo Mansilla no le faltaba razón en sus diatribas contra Sarmiento.

—¿Cuál de ellas?

—Cuando decía que era más barato y más sensato quedarse con los gauchos y los indios para reformarlos, antes que importar semejante cantidad de analfabetos famélicos. Si continúan llegando en estas proporciones pronto no tendremos ni dónde colocarlos.

Madame Eduarda nos mira desde lejos. El vestido gris plata ha sido una buena elección. Tal vez no lo ha sido en cambio, para ella, regresar a Buenos Aires. Todos preguntan qué ha hecho y por qué ha vuelto y ninguna explicación, verbal o escrita, resulta satisfactoria. Porque los interrogatorios apuntan, en primera y última instancia, a lo inconfesable, al sexo.

—¿Qué edad tendrá ya la señora?, dice la boca de un caballero breve, con bigotes en punta.

—Cuarenta y cinco o cuarenta y seis, si no me equivoco. Ha de llevarme unos ocho años– contestan otros labios bajo el bigote también puntiagudo del doctor Cambacérès,[96] famoso librepensador y político disidente.

—Dura edad para una belleza. No le resultará fácil comenzar a envejecer Cambacérès sonríe.

—Yo no la veo muy vieja. Ni se lo creerá ella tampoco. Aquí la tiene, to-

---

96   Eugenio Cambacérès: (Buenos Aires, 1843-París, 1888). Escritor y político, introdujo el
      naturalismo en Argentina con sus novelas *Sin rumbo* (1885 - Stockcero ISBN 987-1136-
      35-8) y *En la sangre* (1887 - Stockcero ISBN 978-987-1136-49-0).

mándose unas buenas vacaciones de hijos y de marido. A lo mejor ya se las habrá tomado antes... .García viajaba mucho. Sería interesante saber en qué compañía secreta pasa ella ahora su temporada porteña.

Las voces espían dieciocho años de ausencia en salones lejanos donde se mostraban los cuerpos más caros de la tierra, los apellidos más antiguos y fortunas más visibles que ejecutorias derramadas sobre cuellos y cabelleras. *Madame* Eduarda ha sido la embajadora de una república desconocida que sólo tenía entonces para ofrecer al mundo su fantasioso nombre de plata y un mapa señalado por banderitas de sangre. Jirones flameantes, madurando venganzas a la sombra de los recuerdos.

—Me parece que a usted le sobra malicia y le falta vergüenza, amigo mío.

—¿Por qué? Así es la naturaleza humana. Y la femenina en particular. Más débil aun. Inconstante. Sometida a sus apetitos.

Mi manga de seda roza al pasar el casimir inglés del doctor Cambacérès. Cruzamos la mirada. Él me sonríe, condescendiente.

—Linda la francesita –apunta en un susurro su interlocutor.

—Ahora tiene la piel de porcelana, como todas las campesinas bretonas cuando son jóvenes. Pero ya la verá usted dentro de unos años, ordinaria, gorda, y con los pies tan anchos como ruedas de carreta.

No lo ha dicho tan bajo como para que yo no pueda oírlo. Miro mis pies calzados en cabritilla, largos, delgados, huesudos, como los de toda mi familia de campesinos bretones, por otra parte. La cara me arde pero no puedo darme por aludida. Me siento en una silla al lado de una de las ventanas, maltratada, herida por el prejuicio.

Recurro al servicial abanico mientras pienso en la otra mujer, acusada por todas las voces que no se levantan lo suficiente, pero no callan tampoco, aunque ella no es, por cierto, una hija de campesinos.

¿Qué les ha dado doña Eduarda Mansilla de García a príncipes y reyes, a funcionarios orgullosos del poder que creen portar en las condecoraciones de su *frac*? ¿Les ha dado el sexo perfumado y brillante de las damas bien nacidas, que se mira tan sólo, impenetrable como la piel de las estatuas? ¿Les ha dado una voz clara y recién forjada en los cuatro idiomas que habla como si fueran suyos, a pesar de que llega desde el fondo de las llanuras donde ni siquiera –dicen allí– se ha aprendido a pronunciar la palabra humana? ¿Los ha seducido con bucles enroscados como caracolas que guardan en su interior el eco de los mares y la historia secreta de las mujeres? ¿Los ha adulado prestando su figura para lucir la gloria de la Francia con los diseños de sus mejores modistos? ¿Ha hecho estas cosas o les ha presentado también una versión ingrata de sí mismos que prefieren eludir y que nadie recuerda ni quiere recordar porque está construida con frágiles, volubles vocablos femeninos? Los murmullos de Buenos Aires no prestan demasiada atención a lo que *Madame* Eduarda ha dicho o a lo que dice, quizá porque las mujeres no son nunca su voz. Apenas son su cuerpo.

Redes de ojos que laten sin párpados como un ojo de luna siguen infiltrándose, solapados, en estas viejas paredes de metro y medio. Quieren saber qué varón o qué varones guarda la soledad de doña Eduarda porque sólo un varón, implícito o explícito, ausente o presente, podría explicar las irracionales acciones de nuestro género.

Su deseo sin hombres a la vista se les oculta como se oculta la pasión más profunda de la tierra, en los laberintos remotos de la raíz.

XIII

París, 24 de octubre de 1866

Un latido rojo y furioso crece entre las sábanas bordadas, estalla en la blandura de las colchas sin mancha. Nada puede enmascarar la sangre y la violencia de la vida que llega, ninguna pared alcanza para tapar o silenciar el grito del nacimiento. La madre grita con su hijo. Quién sabe si es un grito de guerra o un grito de victoria, o un grito de miserable padecer porque ha sido condenada como Eva a parir entre dolores. El sudor resbala por el cuello, la garganta, los pechos. El combate concluye pero un hijo no es un trofeo, un botín de la batalla. ¿O es un trofeo de otro que le impone el sello de propiedad de su apellido?

Los lugares adquieren o pierden significados, se alteran, se colorean, se difuminan y se espesan de acuerdo con las densidades y las marcas grávidas de la vida que muta. París ya no es el Bois de Boulogne, ni Notre Dame, ni el Louvre, ni la corte de Eugenia. Es la ciudad donde he tenido dos hijos en menos de veinticuatro meses. Es la habitación donde los he parido, sola. De ninguna otra manera se puede parir. Poco cuentan entonces la comadrona, las mujeres de servicio, el ir y venir de las canastas con ropas de cama, los otros hijos que aguardan en habitaciones distantes, el padre a quien el pudor o el miedo retienen fuera del cuarto. Un varón puede ver a otro varón con el vientre abierto: un soldado, compañero o enemigo. Eso lo entiende. Difícilmente pueda mirar, en cambio, la cabeza de su propio hijo que también está cubierta de sangre como una herida, y que sin embargo avanza como un arma, rasgando o abriendo la piel de su madre y el aire del mundo.

¿Pero alguien comprende realmente, lo que es parir, lo que es un hijo?

¿Cómo lo definiríamos si no nos adormecieran la necesidad y la costumbre, si no nos persuadiesen la santidad del matrimonio o los imperativos de la especie? Un hijo, entonces, podría ser un invasor que devora y doblega el cuerpo donde se aloja, y lo adapta ciegamente a sus usos y apetitos. Un crecimiento anómalo y descontrolado del ser que era uno y se convierte en dos, transformado y monstruoso. Un extraño que asombra, captura, usurpa, ocupa. Fija a la madre en un lugar, la subordina a las obligaciones del cuidado, de ser en ser, de cuerpo a cuerpo, de mezcladas materias. Y luego escapa y abandona, libera y vacía. Si no nos habituaran desde niñas a la idea de que alguna vez concebiremos, ¿podríamos tolerarla?

No es el dolor del parto la entrega más difícil, sino el pertenecer a otro durante meses. Enajenarse en otro, ser para otro que de alguna manera soy yo misma: he ahí la repulsión y la maravilla. Un parásito de mi carne y de mi sangre, hecho por mí de huesos a uñas, labrado en la oscuridad, imprevisible. El más próximo y el más lejano, el íntimo desconocido, el entrañable en la más literal acepción del término.

El otro o *la* otra. La hija. El espejo que se enturbia hasta convertirse en agua de disolución, en la opaca distancia. ¿Cómo me mirará Eda, la mayor, la primogénita, en unos años? ¿Hará cuanto pueda para olvidar que salió de mí, que se hizo de mí? Yo también he olvidado que formé alguna vez parte de mi madre. Sólo después del olvido se logra en verdad querer y compadecer.

Daniel es más pequeño de lo que fueron mis otros hijos. Quizá nunca llegue a ser como ninguno de sus hermanos. Quizá nunca llegue a ser del todo, y se me muera entre los brazos. Por las noches lo coloco del lado vacío de la cama —Manuel ha tenido que viajar otra vez después del bautismo— y dejo el índice sobre la mano pequeñísima. Los deditos se cierran alrededor. Un pacto ata mi vida con la suya. No morirá mientras yo viva.

Daniel rechaza el pecho de la nodriza, los biberones, apenas tolera el agua endulzada. Cuando el llanto empieza lo acerco al pezón y espero, más obstinada que él, a que su negativa se desgaste, a que el cansancio y la sed lo fuercen a succionar, a sorber. Lo obligo a aceptar el mundo, el aire que agrede los pulmones, los olores y los sabores, las luces y las sombras, los cambios del día, los ciclos del tiempo, mi piel exterior —no ya mis entrañas—, el deseo y el miedo.

Lo obligo a vivir.

Es lo que se debe hacer, lo que se ha hecho siempre. No sé si me asiste la razón. ¿Han demostrado la razón o la fe que esta vida es un bien? Sólo quiero, con una avidez animal, indiscutible, que siga viviendo. Cuando se duerme por fin sobre mi pecho pienso que alguna vez se reconciliará con esta tierra. Que inventará un bosque de música para protegerse y convertirá el mundo extranjero en una casa de palabras familiares. Sólo después, quizá, podrá amar el ruido del viento y el olor de la lluvia, la intemperie y el desierto le parecerán piadosos.

Antes de que Daniel se duerma, Eda entra a mi cuarto. Me besa en la mejilla y besa a su hermano en la frente, con un gesto reprimido, pero inevitable, de aprensivo disgusto. Ella prefiere a Rafael, blanco y dorado, que se ajusta muy bien a su nombre de arcángel y resplandece entre puntillas. Eda es fuerte, bonita, decidida. No simpatiza con los débiles, con los caprichosos, con los incomprensibles. Me consuelo pensando que Daniel no es débil. Es rebelde y se rebela ahora, como otros se rebelarán después. Como lo hará mi hija acaso, dentro de muchos años, cuando le estalle en las manos la burbuja de cristal lujoso donde miramos reflejarse la vida como la escena de un baile.

¿Por qué le escribo a usted estas cosas? ¿Por qué le confío sentimientos que no se pueden revelar porque no deben existir? Su retrato está bajo la funda de la almohada, como si fuera un amuleto. Descanso en su imagen mientras el corazón de mi hijo late con el mío, soportando el desconcierto, los ritmos desatados de la tormenta.

XIV

Una mano que llega sin cuerpo y sin sonido me aparta el pelo del hombro bajo la sombra de la pamela,[97] busca el calor en la curva de mi mejilla.

—¿No me dijiste que venías a pintar? Te imaginaba con una marina ya terminada.

—Esto no es el mar, exactamente.

—No. Pero es el río más ancho del mundo. No encontrarás otro igual entre tus montañas.

—Tampoco lo estaría buscando allí. A cada lugar hay que pedirle su propio encanto. Como a las personas.

—Es verdad. ¿Qué encanto me pedirías a mí?

—El de la nuez. Te veo parecido a una fruta de invierno, dura y sobria por fuera, llena de alimento y energía en el interior.

Miguel Rojas se ríe a carcajadas.

—No está mal la comparación. Acepto ser nuez. Y yo te veo como la naranja temprana: tentadora, brillante y un poquito ácida. ¿Qué estás leyendo?

—Papeles de doña Eduarda. Quizá materiales para un futuro libro— añado cubriendo pudorosamente el manuscrito con la palma de la mano.

—No te preocupes, que no voy a develar ninguna primicia. Te dejo terminar con tu trabajo, y mientras tanto yo termino con el diario. Pero después espero que me dediques un tiempo. Te extrañé demasiado cuando Guido me llevó a las tierras del yaguareté[98].

La cara de Miguel se oculta tras las páginas de *La Tribuna*. Vuelvo a mis hojas.

Washington, junio de 1871

¿Por qué en cada retorno siempre hay algo de amargo? Algo que nos

---

97   Sombrero femenino, bajo de copa y con ala amplia y flexible.

98   *Yaguareté*: o *jaguareté*: en Argentina, Paraguay y Uruguay por jaguar. Mamífero carnívoro, parecido al leopardo.

recuerda lo perdido, por sobre aquello que parcialmente recuperamos: el peso de las ausencias que emerge como un imborrable relieve desde todo lo presente y lo previsible.

Ayer, por fin, con tanto temor como deseo, he regresado a la casa. Creo que imaginaba ruinas o cambios atroces; expectativas sin causa que se vieron desmentidas. La piedra ocre seguía en su lugar. Las maderas cuidadas no acusaban la helada erosión de la nieve, ni la ofensa de las tormentas, ni el golpe de la memoria que tantas veces ha vuelto sobre ellas desde lejos, como una ola siempre insuficiente vuelve sobre in-móviles farallones.[99]

No sé por qué quise llevar a Daniel conmigo, aunque visitas de esa clase no sean precisamente una gran diversión para un niño de cuatro años. Judith Miller nos recibió en la misma sala del piano, pero la chimenea ya no estaba encendida, y en la pared el cuadro de Catlin o de Cole había sido reemplazado por otra obra de la novísima escuela francesa: una dama en azul, de matices variables con los reflejos de la luz. Las pince-ladas densas, más allá de la línea y del dibujo, componían una cara re-conocible sólo a cierta distancia. Quizá nuestros espíritus, secretos para nosotros mismos, estén trazados de la misma manera.

Sobre el piano reposaba un solo retrato: la imagen abierta, íntima, cercana, de Carlos Molina.

—¡Querida Eduarda! Qué sorpresa tan esperada. Creí que nunca se de-cidiría a venir.

—Yo hubiera venido antes. Usted nunca está.

—Pero tampoco me ha escrito en todos estos años.

—A menudo he pensado en hacerlo.

—Que no haya reproches, entonces. Siéntense por favor. Ha tenido otro niño, por lo que veo.

—Otros dos varones. Éste es el menor.

—¿Cómo se llama?

—Daniel.

Judith me sonrió.

—Hermoso nombre. Me parece más adecuado para un hijo que para firmar sus libros.

—Molina me decía lo mismo.

Nuestros ojos se encontraron en el retrato.

—No he dejado de llorar su muerte– dijo con suavidad. Y la piel apenas tensa comenzó a desmoronarse en la zona más oblicua de los párpados, en los costados de las mejillas.

Judith Miller ha de tener cuarenta y cinco años. Ha envejecido a la manera *yankee*. Su belleza se ha vuelto enjuta y casi quebradiza. El pelo le forma un nimbo descuidado sobre la frente y varios mechones blancos se entrelazan con el óxido cobre de los rizos.

99   Rocas altas y tajadas que sobresalen en el mar o en la costa.

—Tampoco yo, le contesté.

Ella se detuvo en mi vestido oscuro.

—¿Por quién lleva luto?

—Por mi padre. Murió en abril. Llevábamos más de diez años sin vernos.

—Lo siento mucho. Pero no lamente no haberlo visto. Lo que más duele es antes bien comprobar en qué triste cosa se convierten los que quisimos.

—No era su caso. Falleció repentinamente, durante la epidemia de fiebre amarilla. Dice mi hermano que mantuvo la lucidez hasta el último momento y que él mismo estuvo dando las indicaciones para su entierro.

Judith tomó una caja de una mesita y levantó la tapa de cristal labrado. Le ofreció a Daniel una confitura.

—Hace tanto que soy huérfana que ya he olvidado cómo era tener padres. Me hallé demasiado pronto en la necesidad de vivir por cuenta propia.

Miramos comer a Daniel, que pronto volvió a estirar hacia la caja una mano con los deditos manchados en las puntas. Judith le puso en la palma un bombón de fresa.

—Ya es suficiente, y creo que tu madre estará de acuerdo conmigo. Muchos *candies* estropean los dientes.

Una *maid* robusta llegó al toque de la campanilla.

—Llévese al niño a ver los peces de colores, Katherine. Y las tortugas del invernadero.

Daniel volvió la cabeza, esperando mi asentimiento.

—Puedes ir, hijo. Te va a gustar mucho.

—Tiene los ojos de su marido. Pero la mirada es la suya.

¿Es posible que recuerde los ojos de Manuel? ¿Pensará alguna vez Manuel en Judith Miller? Nunca hemos vuelto a hablar de ella.

—Cuénteme algo de su vida. Qué ha hecho, dónde ha estado, qué ha escrito. No he sabido nada.

—Es que los lugares donde escribo y estoy no son muy frecuentados por las embajadoras criollas. Y menos aún resultan recomendables. Trabajé en Europa con Marie Goegg– Poucholin, con Joséphine Butler; conocí al filósofo Stuart Mill y a su mujer, Harriet. Los dos últimos años los pasé

---

100   Las mujeres aquí nombradas fueron todas figuras representativas de la lucha por la emancipación femenina en el siglo diecinueve. Marie Goegg-Poucholin (Ginebra 1826-99) fundó la primera asociación internacional de mujeres, cuya misión fue promover los derechos de la mujer y abogar por la paz. Josephine Butler (Londres1828-1906) luchó por el acceso de la mujer a la educación y fue nombrada Presidenta del North of England Council for the Higher Education of Women en 1867. Harriet Taylor Mill (London 1807-1858), autora del ensayo "The Enfranchisement of Women". Elizabeth Cady Stanton (Johnstown, NY 1815-New York 1902), considerada la más importante promotora de la Convención realizada en Seneca Falls (1848), donde se aprobó una Declaración de derechos de la mujer, redactada según el modelo de la Declaración de la Independencia de los Estados Unidos; por sus contactos con el feminismo europeo, Stanton fue una figura de relieve internacional. Susan B Anthony (Adams, MA 1820-Rochester, NY 1906), fue sufragista, luchó por la abolición de la esclavitud y por los de-

en Nueva York, con Elizabeth Stanton y Susan Anthony.[100] Colaboré con ellas en la redacción de *The Revolution*, hasta que hubo que cerrarlo.

—¿Está satisfecha de los resultados?

—¿Cómo habría de estarlo? A algunas mujeres –muy pocas– se les empieza a permitir el ingreso en las casas de altos estudios. Sin embargo en mi querida patria, donde todo parece prosperar sobre los cadáveres de la última guerra, les concederán el voto a los esclavos varones liberados antes que a nosotras, las señoras supuestamente libres. Se trabaja mucho y se logra poco. Y a costos altísimos. Marie Goegg cayó en la represión de la Comuna[101] de París. – También, según supe, asesinaron a la cocinera de nuestra Legación, la pobre Madame Lapomme. Ella misma habrá ido a las barricadas, harta de que sus hombres desaparecieran uno tras otro. Pero era una mujer común. No una dama letrada como la que usted menciona.

—Era una mujer. Eso basta. Y si no tenemos en cuenta a todas las de su clase, un puñado de señoras instruidas no podrá lograr nada. Usted lo sabe bien.

—¿Le parece?

—Estoy mejor informada sobre usted que usted sobre mí. He leído *Pablo, ou la vie dans les Pampas*. Son infinitamente más las parias del pensamiento que las que intentan alquilar aunque sea un cuarto modesto en ese coto exclusivo. ¿Qué efecto ha causado ese libro en su país?

Me encogí de hombros.

—¿Efecto? Qué palabra desmesurada. Alguna reseña. Mi hermano mayor se ha ocupado de traducirlo para un diario. Pero de ahí a tener repercusión...

—Temo que se haya hecho más conocida en la Casa Blanca que en su propia tierra. He visto su retrato expuesto en la galería de *ladies* ilustres. Y sé que la señora Grant la invita a cantar en las recepciones oficiales cuantas veces puede, a pesar de la palmaria sordera musical de nuestro presidente.

—¿Le molesta eso?

—A mí no. Pero creo que sí debiera molestarle a usted.

—No sé por qué cada vez que hablamos de ciertos temas, se arroga el derecho de indicarme lo que debo hacer o pensar.

—¿Para qué vuelve a verme entonces, si es así?

—El actual emperador de Alemania me ofreció una posición en su corte después de leer *Pablo*, cuando aún era príncipe heredero.

—Muy halagador. Sería usted un precioso objeto exótico para enriquecer la colección de una gran casa europea. Así la habrán estimado también en la corte de la emperatriz Eugenia.

—No se lo permito.

—Me lo permita o no, está bien que haya rechazado el ofrecimiento. Y

---

101 Gobierno revolucionario popular (marzo 18-mayo 27, 1871) que, con el apoyo de obreros y soldados, se instauró en París al dejar la ciudad el ejército prusiano. Las mujeres tuvieron un papel muy importante en esta insurrrección. Fue derrotada por las tropas de Thiers, jefe del nuevo gobierno francés instalado en Versalles, luego de la caída de Na-

no tanto por García y por sus hijos. Es que más falta hace usted en su país.

—¿Quién cree que me necesita allí?

—Sus parias del pensamiento, en primer lugar. Aunque no puedan leerla, usted hablará por todas ellas.

—No soy misionera ni maestra.

—No, claro. Es una artista. Y por eso debe volver para que los suyos la escuchen. Para cumplir su destino.

—¡Qué grandilocuente suena! Me extraña oírla caer en frases como ésa. ¿No cree que ya tengo un destino hecho, en todo caso?

—Más de uno. Dos por lo menos. Madre de familia, muñeca de salón, y podríamos agregar el de escritora ocasional, como quien labra para entretenerse un bordado bonito. Le bastarían a cualquier otra. Claro que a usted no la satisfacen.

—No la comprendo.

—Algún día me comprenderá.

Daniel vino entusiasmado con las tortugas cansinas y los peces llameantes. Judith y yo nos miramos, casi enemigas. Pero finalmente nos abrazamos junto al retrato, sobre el piano callado.. Esta vez no hubo cantos. Sólo mi hijo intentó seguir, con dos dedos apenas, la ingenua melodía del *Frère Jacques*. Judith le acarició la cabecita oscura con una mano demorada, intensa.

Ella misma, no su doncella, nos acompañó a la puerta.

—¿Es usted feliz?, le pregunté.

—Hace tiempo que he dejado de pensar en eso. Creo que hago lo que quiero hacer, y dentro de lo que quiero, lo que puedo. ¿Y usted, Eduarda?

Esquivo sus preguntas mordientes como desafíos, los ojos claros que me miran bajo los párpados apenas flojos, casi con la misma sorna contenida que alguna vez le dedicaron a Manuel.

No quiero ver mi propio cansancio. Me fatigan mis muertos, los cambios, los países que se acumulan como daguerrotipos[102] en un álbum de familia, los hijos que empiezan a buscar tenazmente sus vidas ya ajenas a la mía.

Nos despedimos sin decirnos siquiera «hasta la vista».

No puedo seguir recorriendo las desazones de un pasado ajeno. Las hojas de *La Tribuna* se lanzan a volar, arrastradas por el descuido de su lector y por el brusco viento del río. Alcanzo a resguardar los papeles de Eduarda antes de que las primeras gotas de la tormenta disuelvan los cuerpos inertes de las palabras.

Aprieto el bolso con una mano, y con la otra, la mano de Miguel. Corremos dichosos, mientras la lluvia borra los límites del paisaje y mezcla nuestras huellas sobre la piedra.

---

102 Imágenes obtenidas por daguerrotipia, procedimiento que permite registrar una imagen sobre una placa.

XV

El doctor Eduardo Wilde me guiña un ojo azul cuando entro, casi al trote, en la sala de recibo.

—Así me gusta, niña. Vivacidad y buena salud. Nada de andar languideciendo al lado de la estufa.

—Ya estamos casi en verano, doctor. No hay estufas encendidas– le respondo con una pequeña reverencia burlona.

—Nuestras pobres damitas tísicas siempre necesitan una. Aunque más no fuere para alimentar sus enfermizas pasiones de flor de invernadero. Me alegra que ése no sea su caso. Y a propósito de estufas, ¿ha quemado ya su corsé?

Madame Eduarda finge horrorizarse.

—¡Vaya prescripciones que le da a esta joven! Estamos en Buenos Aires –suspira– no en una asamblea de sufragistas. ¿Quiere que la crucifiquen?

—Prefiero que la crucifique la necia sociedad antes de que lo hagan sus pulmones oprimidos y sus riñones martirizados. Por cierto, *Mademoiselle* Frinet, usted que no tiene la desgracia de pertenecer a las llamadas «buenas familias criollas» con su decálogo de prejuicios, podría aprovechar el excelente gimnasio para señoritas que han puesto en la calle de la Piedad. Si es que no está demasiado ocupada por otros ejercicios más gratos al corazón –añade con picardía–.

¿Doña Agustina le habrá hablado de Miguel Rojas? ¿Nos habrá visto en la calle? ¿O se lo habrá dicho Miguel mismo, ya que Wilde es, en cierto modo, su protector? Me resisto al sonrojo y lo miro de frente.

—Aunque así fuera, no creo que el amor y la gimnasia resulten incompatibles.

Me vuelvo hacia Eduarda.

—¿Necesita que haga algo para usted, *Madame*?

—Sí, por favor. Le he dejado el manuscrito de un cuento sobre el escritorio. Quisiera que lo revise y empiece a pasarlo en limpio.

—Enseguida me encargo.

Cruzo el umbral y voy hacia la escalera. Pero retrocedo atraída por las voces dispersas: fragmento de un rompecabezas que me interesa reunir.

—Me gusta su secretaria, Eduardita. Si todas fueran como ella, pronto nos veríamos libres de esa plaga de melancólicas, vaporosas e histéricas que nuestra elevada civilización y nuestras magníficas leyes han fabricado. La Madre Naturaleza debe de avergonzarse todos los días al ver en lo que han caído las robustas mujeres que supo echar al mundo sanas y desnudas, allá por los tiempos de nuestros primeros padres.

—¿Por qué la Madre Naturaleza? ¿Por qué no Dios? Siempre anda usted empeñándose en contradecir a los Evangelios.

—No tengo nada en contra de los Evangelios. Es más, creo que Jesús era un señor bien intencionado, aunque un tanto ingenuo. En cuanto a Dios, no existe, por supuesto. Pero si existiera, sería un mal bicho y la Divina Providencia una vieja bruja.

—¿Y cuándo ha llegado a esas conclusiones?

—Desde muy pequeño, después de que la Misericordia del Señor se llevó a mi pobre hermana Vicentita, que era la más lúcida de la familia. Ella sí que sabía hacer la crítica de sus admirados Evangelios y de todas sus omisiones capciosas.

—¿Cuáles, por ejemplo?

—Como que las bienaventuranzas prometen el cielo a los pobres de espíritu y a los limpios de corazón, pero nada dicen de las mujeres. Y también observaba, con mucho tino, que los ángeles y serafines del Cielo son puros hombres.

—El plural del idioma tiene trampas que no pasan inadvertidas a los niños inteligentes.

—No son trampas casuales. ¿O no se edifica nuestra sociedad sobre la reducción de los dos géneros al masculino?

—Quizá para compensarlo veneramos a la Madre de Dios.

—Cuyo hijo es un idiota desagradecido.

—Usted busca escandalizarme con sus blasfemias y no pienso darle el gusto. Además quisiera que me explique en qué supera a Dios la Madre Naturaleza.

—En que no pretende ser, hipócritamente, un árbitro de la moral y de la justicia. La pobre hace lo que puede, sin segundas intenciones. Y por cierto que nosotros ya le hemos estropeado bastante las pocas cosas en las que ha tenido cierto éxito.

—Ahí sí que estoy de acuerdo con usted.

Se abre un silencio dubitante, como el que precede a las revelaciones indeseables.

—Wilde.

—Señora.

—No perdamos el tiempo en juegos de palabras. No dé más vueltas. Ya sabe lo que quiero. Un diagnóstico exacto, con la veracidad de un científico y el cariño de un amigo.

—Bien. No voy a complicar las cosas con pedanterías ni latines, aunque usted es culta y podría lucirme. Se trata decididamente de una enfermedad cardíaca.

—¿Grave?

—Incurable, por lo que hasta ahora sabemos.

—¿Cuánto tiempo me queda?

Wilde tose y se calla. Cuando vuelve a hablar tiene la voz más gruesa, desagradable y casi ronca.

—Querida mía, no me haga decir lo que no sé. No soy Dios... ni la Madre Naturaleza.

—Intente una estimación aproximada.

—Podría durar unos diez años, tal vez más, tal vez menos. Depende de los cuidados. Y de la suerte.

—¿Usted qué haría? No me gusta la idea de sobrevivirme apenas, como una de esas señoritas asténicas,[103] esas flores enfermas de invernáculo, según las ha llamado con gracia cruel.

—¿Qué haría como médico?

—Como Eduardo Wilde. Con sus planes y sus deseos.

—Lo que tuviera que hacer. Lo que realmente me apasionara. Con enfermedad o sin ella, Hasta que me llegase el fin.

—Me alegra. Es lo que haré yo. Pero tengo miedo, Wilde. Tengo pena.

—¿Quién no tiene miedo ni pena? Sólo los bienaventurados idiotas.

Un crujido de faldas proyecta sombras sobre el pasillo encerado. Levanto las mías y huyo casi, hasta refugiarme en el escritorio para que nadie me descubra en la vergonzosa actitud de una espía. Para que nadie vea mis lágrimas que disuelven en ácido furioso las anchas letras del cuento de Eduarda.

---

103 Enfermizas, débiles.

XVI

Las medias cuelgan de la salamandra[104] hospitalaria pero fría, mientras otras estufas arden en la tierra donde esperan a *Papá Noël* los pequeños de *Madame.* Son de todos los tamaños y colores, colmadas de rellenos imprevisibles. Algunas tienen bombones y juguetes, muñecas y *bijouterie*, soldaditos y peinetas. Otras, papas y zanahorias engañosamente envueltas en papeles de seda. Un método educativo que los García parecen haber observado siempre con sus hijos para acostumbrarlos también a los reveses y decepciones de la vida. Esta vez servirá para los sobrinos y otros niños de la familia.

El árbol de Navidad se ha dispuesto según la costumbre que *Madame* adquirió en los Estados Unidos, con globos y moños rojos y velas encendidas a las que no debieran acercarse los chales y los ligeros vestidos de verano. *Madame* coloca el pesebre al pie del árbol: un Jesús de porcelana, con la rosada piel de fantasía, comprado en Francia. Una Virgen parecida a Nuestra Señora de Lourdes extiende las manos admirativas hacia el Hijo Divino, como si no se atreviese a tomarlo entre los brazos.

Termino por fin de copiar el cuento: un largo relato, dedicado escueta y casi brutalmente «a García». En su cuaderno de apuntes *Madame* ha esbozado un resumen prolijo: «Es ésta la triste historia de un matrimonio: Kate, católica irlandesa –en quien dominan la pasión, la vanidad ingenua, el afecto sin medida–; Tom, protestante metodista –que ahoga sus sentimientos bajo la letra de la Ley–. Los esposos, aunque se aman, se alejan cada vez más uno del otro. Su único hijo, sacrificado finalmente al sentido del deber de Tom, los aparta en vez de acercarlos. Tras la muerte del niño, Kate enloquece y Tom abandona sus tallas artísticas. Sobrevive apenas, entregado a un trabajo de autómata que ha matado en él todo impulso creador».

---

104   Ver Nota 10 p. 19.

¿Se trata acaso de una historia en clave de *Madame* y de su marido? ¿De una sensitiva exuberante y un introvertido ensimismado? ¿De unitarios y federales? ¿Del arte poética contra la razón mecánica? *Madame* entra al despacho, donde brillan sobre los retratos familiares ramitas de muérdago[105] cortadas en raso. Le entrego la copia que acabo de secar con papel absorbente y arenilla.

—¿Por qué sus heroínas se vuelven locas cuando se les mueren o les matan los hijos?—

—¿Es que hay alguna otra cosa que justifique sus vidas, ante la sociedad o ante ellas mismas?

—Sin embargo Tom me da aún más pena que Kate.

—También a mí. Él no sólo carga el dolor de la muerte de su chico, sino la culpa de no haberlo salvado por darle prioridad a su deber como guarda ferroviario.

—¿No se hubiera sentido más culpable si prefería salvar a Dicky y dejaba quizá que el tren entero chocara o se cayera al río?

—Tal vez. Pero sin duda hubiera sido más feliz. Tendría a su hijo. No olvide que el deber primario siempre es con nuestra propia sangre y que eso en la mayoría de los casos basta para excusarnos. Sólo muy pocos pueden desoír esa voz sin destruirse.

—¿Pero antes del accidente no fue culpable Kate por consentir tanto a Dicky?

—Claro. También lo fue Tom por su severidad exagerada. Y por no dedicar más tiempo a su mujer, al niño, y a su propio talento como ebanista, que le hubiera dado sin duda más alegrías. Así es el destino al que se condenan muchos varones. Kate tiene la vanidad de su belleza y de su hijo. Tom la de ser único e irreemplazable en su responsabilidad civil. Y ninguno de los dos logra entender la conducta del otro.

—Pero después, ¿por qué no va Tom a buscar a Kate? ¿Por qué no intenta sacarla del asilo? Si hasta el médico de la familia tiene esperanzas de verla recobrar la razón. ¿Por qué no tratan de comenzar de nuevo?

—Querida Alice, Tom está más destruido que Kate. Y usted, con las ilusiones de la primera juventud, cree que un matrimonio roto puede componerse como un muñeco de porcelana. Ya no hay margen para unir esos bordes fracturados y heridos. Ni siquiera los muñecos quedan bien cuando se intenta pegarlos. Siempre se notarán las quebraduras.

—Pero los dos son buenas personas. Ambos tienen razones comprensibles para ser como son, para hacer lo que hicieron. A pesar de todo nunca dejaron de quererse. No hay otros, ni otras.

—En efecto. Y ahí está su tragedia, justamente.

Madame aparta los mechones húmedos que me caen sobre los ojos.

—Ahora refrésquese y trate de dormir. Esta noche nos quedaremos brindando hasta tarde.

---

105   Planta de flores apétalas que vive parásita en las ramas de algunos árboles, como el álamo y el manzano.

Las siestas de verano en Buenos Aires tienen la densidad y el olor turbio del agua estancada, que ni siquiera las flores siempre vivas en las jarras de peltre[106] o plata peruana logran aventar. Como la señora mayor, como *Madame* Eduada, me he aficionado a quemar pastillas aromáticas que llegan de Lima, en

forma de animalitos o de rosas. Incendio una oveja envuelta en una manta de colores que se derriten, mientras mis ropas pesadas van cayendo sobre el sillón del tocador. Me quedo apenas con la camisa de batista y derramo sobre la cara, el cuello y los pechos, el agua de la jarra esmaltada que se entibia sobre la cómoda. Un perfume profundo sale de la piel junto con el vaho de las gotas que se evaporan. Es la colonia de Miguel, adherida a la curva del hombro y al hueco de la nuca.

Coloco las almohadas de lino sobre la cabecera y entorno los postigos, pero no tanto como para que anulen la luz imprescindible. Leo el último pliego de papeles que he tomado del bolso de Eduarda.

París, 7 de agosto de 1875

Querida hija:

¿Me atreveré a ponerte en las manos estas palabras? No son consejos aleccionadores para una joven novia. Menos aún se trata de un manual de «la perfecta casada»: ésos escritos por algunos varones que jamás fueron casadas, y ni siquiera casados, puesto que los protegía de los males del mundo el celibato del sacerdocio.

Sólo trato, en la víspera de tu boda, de pensar cómo he vivido, por qué he vivido, y de verte proyectada en ese espejo, como se vio mi madre en el espejo de la suya, y así hasta que se pierde en el inverso giro de la rueca, la memoria de las antepasadas.

Por lo hecho hasta ahora, hija, casi podrías imitarme. Creo haber cumplido bien el papel que libremente elegí —entre lo que una señorita podía elegir— cuando tenía tus años. Seguí a mi marido por una serie, aún interminable, de ciudades remotas. Les enseñé a mis hijos el recuerdo de la patria que unos jamás habían visto y otros habían olvidado, y las caras desconocidas de sus abuelos. Armé y desarmé hogares provisorios y salones de fiesta como quien prepara los escenarios de una ópera, obediente a las indicaciones del libreto. A veces, fui muy feliz. Esa ópera que yo no había escrito me permitía, sin embargo, ser la imaginaria *prima donna assoluta*, la diva protagonista. Canté mis arias para todos los públicos en el teatro exclusivo de las legaciones y los banquetes. Mis notas más altas no sólo no desentonaron, sino que fueron medidas con decoro. Jamás llegaron al escándalo de quebrar una copa.

Mi destino parece cumplido. He dado herederos a mi esposo, a la sociedad digno y culto entretenimiento, y a mí misma algunos libros que bien podrían no haber existido: exuberancias de lenguaje que se per-

---

106   Aleación de estaño, plomo y cinc.

miten a veces las señoras educadas, y que el mundo no espera de ellas. Sin embargo hay una nota falsa, discordante, que ha sonado y sigue sonando por debajo de la armonía, aunque yo no he querido oírla por demasiado tiempo.

¿Sonará esa nota en tu propia vida? ¿En tu matrimonio de cuento de hadas que incluye un casi príncipe azul de ojos azules y un futuro castillo que se hará realidad gracias al noble entusiasmo de Lagatinerie y al dinero pampeano de los García? He sido la primera en desear que te casaras como una reina. Que fueras una reina o que lo parecieras al menos. Que tuvieras una gran dote por sobre la herencia de tus hermanos, aunque nosotros nos endeudásemos para ofrecértela. Ellos sabrán buscar sus propios recursos. Las mujeres, en cambio, no pueden enriquecerse por su trabajo. No sé si eso te bastará: fortuna, posición, prestigio social, hijos, un marido irreprochable. Me rehúso a pensar en el peligro de un paso más. No te deseo la infelicidad de mi imagen y semejanza, porque a mí, ciertamente, no me bastó. No soy el dinero ni la posición ni el prestigio ni los hijos. Ninguno de esos dones agregados me define o me justifica. Después de todo, en la señora de García hay también un alma prisionera como en las otras, las analfabetas, las mudas, las encarceladas en su inexpresable sentimiento.

Hija mía: soy las cosas que aún no he dicho. Soy la voz que no se escuchó, la partitura no escrita que quizá nunca podrá ser interpretada. Toda mi vida –ahora lo veo con claridad creciente– es un camino sinuoso y desviado hacia la construcción de esa voz que postergo, o que se me niega.

¿Resultan estas cosas comprensibles para el sentido común de los hombres y de las mujeres de bien? Supongo que no. Por eso, cuando llegue el momento, no voy a pedirte que me entiendas, sino solamente que creas en mi necesidad. Cuando mi vida se desvíe, por fin, de lo que el mundo aprueba. Cuando las notas altas empiecen a quebrar todas las copas.

Algo se triza del otro lado de la puerta. Un pesado tintineo de plata maciza reverbera sobre el ladrillo. Cuando abro hay un cuerpo en el suelo. Es la muchacha india, que coloca los fragmentos de un vaso sobre la bandeja caída. La ayudo a recoger los vidrios y a sacudirse el reguero de gotas menudas esparcidas sobre la falda. Guarda algo en la mano.

—¿Qué es eso?

Me muestra una píldora roja y redonda.

—Para curar a doña Eduarda. Gualicho.

Reconozco la medicina recetada por Wilde. La chica me mira, quizá por primera vez, de frente. Se atreve a tomar entre los dedos un mechón del pelo que llevo suelto.

—Arde, pero sin embargo está frío. ¿Quién te lo pintó?

—Nadie. Siempre fue así. Tiene ese color.

Me sonríe.

—Es una marca como las de las machis,[107] que hablan con los espíritus. Te obedecerán los guerreros. Podrás curar.

Muevo la cabeza.

—No hablo con ningún espíritu. Ni siquiera con los de los santos a los que debiera rezarles.

—Pero hay un espíritu que a vos sí te habla, y no lo estás escuchando bien.

—¿Quién es?

—Tu madre –dice tocándome la frente–. Flota en el agua y tiene frío. Quiere que la entierres.

—¿Qué estás diciendo? Ya está enterrada. Hace muchos años.

—No para vos. Vos sabés por qué.

Intento retenerla, seguir preguntando. Pero antes de que pueda reaccionar desaparece con increíble ligereza y silencio, como si ella fuera uno de esos espíritus a los que se refiere con tanta naturalidad.

> ¿Qué es una mujer? Lo que no es un hombre, dicen aquellos que lo saben todo. Un hombre enfermo o defectuoso. Un ser en negativo, hecho de carencias, de privaciones, de vacíos, de huecos. ¿Qué es una madre? –siguen–: tal vez el único estado en que el vacío se llena y una mujer parece transformarse en ser humano completo. O en algo más y algo menos que un individuo humano: en una institución, un símbolo obligado a representar la propia maternidad durante todo el resto de su vida. Un templo en cuyas paredes se alinean, como dioses, las imágenes de los hijos.
>
> Pero una mujer está hecha con los restos mutilados de una niña, con la memoria de un germen de libertad, cuando aún se nos veía llenas y no vacías, cuando existíamos por nosotras mismas. Cuando no estábamos encadenadas al sexo que nos humilla porque no disponemos de él, ni al hijo que nos glorifica.
>
> ¿Qué tendría que ser una mujer? Lo que ella quiera. Solamente eso.

---

107   En la cultura mapuche, curandero de oficio, especialmente cuando es mujer.

XVII

Mi Navidad es ahora una pequeña luz de gas bajo la pantalla de opalina[108], un olor de jazmines que llega de la mesa de noche, una ráfaga en el aire sudoroso que no logra aliviar el peso de las sienes. Antes, muchos años atrás, fue un planeta de invierno, en cuyo centro cálido hervían los frutos del mar y de la tierra, y se congregaban los fugitivos de la tormenta.

Tu madre flota en el agua y tiene frío. Quiere que la entierres.

He condenado a mi madre a ser un fantasma. Un alma en pena, morosa, hinchada, pudriéndose entre fosforescencias de la madera, como un náufrago. Y sin embargo no podría trazar en un papel las líneas de su cara, ni reproducir el sonido de su voz. Estoy colgando encima de un maniquí de rostro desvaído y cuerpo indefinible toda la carga de mis desdichas pasadas y acaso la proyección de las que vendrán. La he privado de su pobre carnadura limitada y singular, me he negado a verla, simplemente, como un ser triste que no pudo tolerar el mal de la vida. Le he robado su identidad para convertirla en símbolo. *Un templo en cuyas paredes se alinean, como dioses, las imágenes de los hijos.*

Quiero liberarla. Quiero salir yo misma de ese lugar sombrío.

Una ráfaga nueva, casi violenta, levanta la tela espesa de las ventanas. Otra vez el imprevisible viento del Sur irrumpe en el verano y corta, sin dejar rastros, las lágrimas que resbalan hasta el cuello.

Unos aldabonazos retumban y se agrandan en el silencio de la casa. Me echo encima un peinador y me asomo al balcón. Abajo aparece la cara de Miguel Rojas, detrás de un ramo de esas flores navideñas que llaman «estrellas federales». Los postigos dejan pasar ahora un latido constante de tambores que llegan del corazón de Montserrat, y no se detendrán hasta la Epifanía de los Reyes.

---

108   Vidrio opalescente, que tiene el color o las irisaciones del ópalo. Opalo: piedra fina, con reflejos irisados, variedad de sílice hidratada

—¡Qué sorpresa! ¿Qué estás haciendo ahí?

—Vine a verte, *Mademoiselle*. ¿No es Navidad, acaso? Fuimos con los Guido y Spano a la casa de don Carlitos, a cumplimentar a doña Agustina y la familia, y me dijeron que te habías quedado descansando.

—No me sentía bien.

—Entro a hacerte compañía un rato, para que te repongas.

—Bueno, pero no hagas más ruido. Las dos criadas mayores ya están durmiendo. Yo misma bajo a abrirte.

Miguel sonríe. Brillan los ojos oscuros y los dientes blancos. A sus espaldas cruzan, bailando, sombras de colores que se transmutan en llama.

¡O yé yé! ¡Yun ban bé! –dicen con voces arrancadas a la respiración de los follajes– *¡Calún gan güel! ¡O yé yé yúmba!* [109]–repiten con el trueno que se demora.

Paso un cepillo urgente sobre el pelo suelto y lo engalano con un lazo de seda. No hay tiempo para el engorroso corsé, ni para los elaborados vestidos de noche. Me aseguro, al menos, de que el peinador cubra cuanto debe aparecer cubierto.

Tomo de manos de Miguel el ramo de estrellas encarnadas. Los dedos se entrelazan y también las bocas, que primero se acercan y de pronto se intrincan como vegetaciones. Me desprendo, buscando un jarrón con agua fresca.

Pongo las estrellas en una mesa del cuarto de costura. Relucen junto a la litografía de doña Manuelita, la Niña, sobrina de la señora mayor, tal como era treinta años atrás.

—Elegiste un buen lugar para colocarlas –dice Miguel. El perfil gira hacia la ventana baja, apenas entornada, que filtra los ecos de la calle–. Casi parecen los tiempos del Restaurador.

—No los habrás conocido.

—No, claro, pero el pueblo se acuerda de ellos como si todo hubiese sido ayer. Basta hablar con un gaucho que pase los cuarenta años, o con cualquiera de los negros y mulatos que todavía bailan el candombe. De todas maneras, no me importan esos tiempos.

—¿Ah no?

—No. Me importan éstos. Tu tiempo. El tiempo en que te conocí.

La mano de Miguel me acaricia el pelo destrenzado. Atrapa y enrosca sobre el índice, una por una, las mechas largas que relampaguean como cintas de fiesta.

—Cuando nos casemos, ¿vas a dejar que te peine?

—¿Por qué? No soy una muñeca.

---

109 Términos de origen *quimbundo,* lengua hablada por los africanos bantú del centro-norte de Angola. Fue introducida por los esclavos en Brasil y de ahí pasó a Uruguay y Argentina a través del candombe. Este baile, popular durante los festejos de carnaval en la época de Rosas, desapareció en el lustro 1885-90. Las palabras citadas eran cantadas por el bastonero (la primera estrofa) y la rueda de bailadores (la segunda). "Calunga" significa mar y, por asociación, héroe, dios y todo lo grandioso. "¡Güé!" y "¡Oyé!" (pronunciada "oié") son exclamaciones de alegría. Los bastoneros renovaban sus juegos de sílabas cantables sin significado ni traducción, juegos onomatopéyicos que coreaba la

—Ya sé que no. Pero podemos jugar un rato. También vos podés jugar conmigo.

—¿Y peinarte?

—Si te gusta...

Mis dedos se detienen en su frente. Palpan la compacta arquitectura de los huesos bajo la piel, entran en el pelo que se distribuye por grandes ondas en la cima de la cabeza, y se ensortija en círculos menudos sobre la nuca. Los dedos no encuentran obstáculo en ese tejido más suave y más fino que las mantas de vicuña, donde mi mano podría abrigarse para siempre. Dejo que las yemas busquen el engarce de las raíces en la tela del cráneo. Acaricio las venas de las sienes con golpes que resuenan como notas de tambor.

La boca de Miguel atrapa en el aire mi mano que baja por el hueso de la nariz y rehace la curvatura de los párpados. Los labios rozan la cara interna de la muñeca, transparencia vulnerable de venas azules por donde pasa la sangre hasta el alma sentada en una red de plata, hasta el sexo cerrado y rojo como la pulpa de un sueño. La boca sigue bajando hacia el hueso del codo, allí donde la articulación es más sensible. Mi brazo enlaza la cabeza que se inclina y la levanta para encontrarla. Quiero mirarme en esos ojos que se han hecho tristes como una calle abandonada.

—¿Qué te da pena, Miguel? ¿Qué te da miedo?

—Nada —susurra— sólo que no me quieras y te vayas. Sólo que desaparezcas como una luz de vela.

Me enlazo a su cuello, me aprieto contra su pecho, busco el hueco expectante del oído.

—No soy una vela —y le sonrío aunque no puede ver mi cara—. No soy blanda como la cera que se derrite. Soy el fuego que permanece.

—No me quemes entonces, mi prenda. Dame luz y calor toda la vida.

—También vos —le contesto.

El viento del Sur termina de abrir furiosamente la ventana entornada. La calle es un coro de pies descalzos, blanca de luces como si la barriera la cola de un cometa. *¡O yé yé! ¡Calún gan güel!* Cantan bajo la lluvia, rezan con el trueno mientras nuestras ropas van desprendiéndose como cortezas, caen como cáscaras vacías. La nuez se abre y la naranja se endulza. Suenan los cascabeles de los danzantes y la sonaja[110] de los pastores, y el bastón del primer bailarín es el cetro del Rey Baltasar que avanza cargado de dones, perfumando de incienso los arrabales del mundo.

Las manos de Miguel tiemblan sobre mis pómulos. Nuestros cuerpos tiemblan también. Queda muy poco, fuera de mi pelo, que pueda cubrirlos.

Por los ojos de Miguel desfilan todas las antorchas de una procesión encantada.

Apoyo el oído sobre su pecho para escuchar los golpes del corazón en su caja de huesos, que brilla como la reja de una salamandra. La piel se nos en-

---

110   Par o pares de chapas de metal que, atravesadas por un alambre, se colocan en algunos juguetes e instrumentos rústicos para hacerlas sonar agitándolas.

ciende, devora con su espejo los fuegos de la calle. Ya no temblamos. Las manos son moldes cálidos que amasan bellas formas innombrables. En el horno de la creación brotan dos senos, un sexo que sale de su propio capullo, una campana minúscula de carne que conmueve las órbitas celestes, una ruta de seda hacia el centro de la Tierra.

Mi dolor seco y veloz marca el paso de un límite prohibido, como un cruce de rápidos que bajan en catarata, un salto de animales por la rueda de llamas. Jadeamos, rendidos y abrazados. Acabamos de correr una distancia de medida imposible.

Un golpe de cascos raya, disonante, la superficie ahora pulida del silencio que nos protege del mundo. El giro moroso de la llave de hierro nos arroja contra la realidad de la hora y de la casa a la que alguien regresa. Logramos apenas envolvernos en ropas, alisar malamente las arrugas de las prendas y de los almohadones.

Madame Eduarda ha cruzado el umbral y está llegando al costurero, alarmada quizá por el rumor de movimientos. Cuando ella entra, ya nos hemos puesto de pie, rígidos como soldados en un desfile, pero sin saber qué hacer con nuestras manos ni nuestros ojos.

Madame nos mira.

La voz de Miguel avanza, valerosa, a enfrentarse con esa mirada.

—¿Cómo está usted, señora? Ya me iba. Vine para acompañar a Alice. Como no se encontraba bien...

—También yo me siento algo enferma. Por eso he vuelto antes. Espero que su visita haya aliviado a *Mademoiselle* Frinet.

Busco, sin hallarla, la ironía posible en ese deseo que sólo parece cortés. Miguel y yo desviamos la vista. Él hace una reverencia, toma el sombrero y marcha hacia la salida.

Eduarda lo detiene, con acento que sigue siendo neutro.

—Creo que se olvida usted de su corbata.

Le alcanzo a Miguel el lazo beige que yo misma he desatado en un momento que me parece corresponder a una vida anterior.

La puerta de calle se ajusta sobre el eje de la cerradura. Quedamos a solas. Espero preguntas, acaso reproches. Pero Eduarda contempla, sin hablar, el sofá de terciopelo carmesí, estudia la ondulación de las cortinas húmedas, marcadas aún por frescas estrías de lluvia y viento.

—El brocato es tan pesado –suspira–. Era mucho más hermosa la muselina cuando flotaba, después...

En los ojos de *Madame* han desaparecido el cuarto de costura, Alice Frinet y Miguel Rojas. Otras caras y otros cuerpos, otros ámbitos secretos en un tiempo que sólo ella conoce, flotan como reflejos inasibles en el fondo de la mirada. Los ojos han tomado la densidad y el color turbio de la pasión perdida.

—Es mejor que cierre las ventanas, Alice –pide–. Probablemente seguirá lloviendo toda la noche.

Vamos a nuestros cuartos. Me siento sobre mi cama sin quitarme el peinador, enlazándome las rodillas con los brazos. No puedo desatar el nudo de mi cuerpo ni de los pensamientos que se cruzan como los hilos de una madeja sobre el huso[111].

En el dormitorio vecino se entrelazan los pasos con restos de gritos y de susurros, tan obstinados como mis pensamientos. No me animo a golpear la puerta, a ofrecer la tranquilidad que no tengo o el consuelo que no me han pedido. Los ruidos oscilan y cesan, se diluyen como la sombra irrepetible de una canción.

---

111 Instrumento cilíndrico para torcer y enrollar el hilo que se va formando en la operación de hilado a mano.

XVIII

La mano me habla. La voz llega en sacudidas, distorsionada por anillos de niebla, deshaciéndose en la distancia. No veo la cara de la voz, ni escucho su mensaje, pero los dedos son firmes, inequívocos, me aprietan el hombro con claridad afectuosa.

—¡Hija! ¡Despiértese! ¿Desde cuándo está trabajando aquí?

No es mi madre, cuyo tacto he olvidado ya. Tampoco *Mère* Benedicta, aunque su tono se le parece. Cuando logro levantar la cabeza con los ojos abiertos, *Madame* Eduarda me está mirando.

—Es que no podía dormir. Me levanté muy temprano y aproveché el tiempo para escribir algunas cartas.

Madame me busca adentro de las pupilas, como si quisiera volverme del revés. Aguardo, en vano, algún comentario sobre los sucesos de la noche.

—Al fin le vino el sueño, por lo que veo. ¿Se siente mejor que ayer?

—Sí, eso sí, claro.

—Necesito hablar con usted.

—Cuando quiera.

—Wilde me ha recomendado una temporada en el campo. Por supuesto, me gustaría que me acompañara, si le parece bien.

—Me parece extraordinariamente bien, *Madame*. Creo que el campo es muy bueno para pensar.

—Eso dicen, Alice –sonríe *Madame*– Allí pensaremos las dos, entonces. Termine sus cartas y luego empiece a ordenar papeles y embalar algunos libros, los que leo más a menudo, ya sabe. La ropa es lo de menos, no vamos a necesitar mucho abrigo, ni tampoco galas para la vida social. A ver si podemos salir en dos o tres días. Le dejo ese encargo.

Madame no volverá hasta la noche. La temporada en el campo exige despedidas, saldar visitas pendientes. Ensobro una carta para *Mère* Benedicta y otra para mi tío. Clasifico y encarpeto manuscritos. Aparto varias obras de Victor Hugo, otras de *Madame* de Staël,[112] algunos poetas ingleses y estadounidenses que Eduarda no ha dejado de frecuentar.

Al mediodía tomo un almuerzo ligero con doña Agustina. Pregunto mecánicamente por su hijo menor don Carlos y escucho, una vez más, la historia de sus celos recíprocos con Lucio que han vuelto a amargar la cena de Navidad. Hago acotaciones estúpidas que la señora disculpa pero registra con extrañeza. La siesta es una tortura y el escritorio una cárcel que recorro mil veces en dos trancos.

Hasta que me siento en la silla española con la pluma en la mano y, como en un ejercicio escolar, estampo los títulos de las carpetas con la habitual y voluntariosa caligrafía del *Sacré Coeur*. Una revelación, completamente obvia, me traspasa entonces como un alegre rayo de certeza.

El mundo sigue igual.

Alice Frinet continúa siendo Alice Frinet.

Me miro en el espejo del escritorio. Tengo la misma cara de veinte años, los mismos ojos que se pliegan, retráctiles, al contacto del sol, la misma boca sonrosada y pequeña. No ha aparecido ninguna señal en mi frente indicando que he dejado de ser virgen. Ninguna carga de oprobio u oneroso remordimiento se asocian, tampoco, con la pérdida de esa membrana delgadísima que la pasión se lleva sin pena por delante. ¿Puede ser esto lo que llaman «el pecado de la carne» a la sombra ominosa de los confesionarios? San Agustín viene en mi ayuda: «ama, y haz lo que quieras».

Me río sola.

No es eso lo que me preocupa. Pero qué es, entonces.

Cuando Miguel Rojas llama a la puerta, ya creo saberlo.

Doña Agustina nos ve salir, después de habernos atragantado de bizcochos que empujamos a medias con unos mates, para no infringir las reglas de la cortesía.

—No vuelvan tarde, que la ciudad se pone peligrosa. No deje de traer a Alice antes de que oscurezca.

Caminamos hacia el río, rápido, sin hablar y sin mirarnos casi. Miguel se siente obligado a tomar la palabra. Lo estudio de reojo. Es gracioso ver a un hombre moreno cuando se ruboriza y la piel se le vuelve de un tono vecino al violeta.

—Quiero que sepas que no soy un sinvergüenza –dice, sin resolverse a enfrentar mis ojos.

—Por supuesto. Nunca he pensado que lo fueras, ni lo pienso ahora.

—Podrías creerlo, dadas las apariencias. Traicioné tu confianza. Jamás tendría que haber hecho lo que hice.

---

112   Ver Nota 55, p. 63.

—No lo hiciste solo.

Ahora sí me mira de frente, aunque perplejo.

—Claro que no. Por eso mismo.

—Quiero decir, que yo participé voluntariamente. No recuerdo que me hayas violado.

—Si te hubiera violado, al menos hubieras querido defenderte. Fue peor. Te seduje, abusé de tu ingenuidad.

—Anoche era virgen, no necesariamente ingenua. Y tampoco te veo cara de Casanova,[113] ni de don Juan Tenorio.

—Los seductores nunca tienen cara de lo que son –me contesta, casi irritado–. Con ese criterio, no sé qué les vas a enseñar a tus hijas, cuando las tengamos. Pero por cierto que yo no soy un seductor profesional, y menos aún me propuse serlo con vos. A eso voy. Lo de anoche no tendría que haber ocurrido y es mi culpa. Me hago responsable de lo que pasó. Quiero tranquilizarte en ese sentido.

—No estoy intranquila.

—Me alegra que tengas fe en mí, a pesar de todo. Sólo voy a pedirte un poco de paciencia, hasta que podamos casarnos.

—Tampoco estoy impaciente.

Miguel vacila. Quisiera saber si hablo en serio o en broma. Pero continúa.

—Sólo me faltan dos exámenes finales para terminar la carrera, que pienso dar en marzo próximo. Al día siguiente ya tengo trabajo seguro en Tucumán. Mis tíos me esperan. Podemos comprometernos ahora y fijar la fecha de la boda, que puede ser aquí o en mi provincia, como más te guste. Seguramente querrás que estén doña Agustina y doña Eduarda. A mí me da lo mismo. Ya sabés que tampoco tengo padres a quienes invitar, y ningún pariente, fuera de mis tíos. A lo mejor ellos prefieren venir a Buenos Aires a darse un paseo.

—¿Y qué voy a hacer en Tucumán?

—¿Cómo qué vas a hacer?

—En qué voy a trabajar.

—Pero si yo te puedo mantener. Me ofrecen un buen puesto, no hace falta que trabajes.

—¿Y si yo tengo ganas de hacer algo por mi cuenta? ¿Negocios, por ejemplo?

—¿Negocios?

—No te asustes. Serían honestos. No como los de tu amiga, la Madama.

La cara de Miguel se vuelve decididamente violácea.

—No es mi amiga. Cómo se te ocurre.

—¿Por qué querés casarte conmigo? ¿Te sentís obligado por lo que pasó anoche?

Los ojos de Miguel vuelven a parecerse a una calle solitaria.

---

113   Giovanni Giacomo Girolano (Venecia, 1725-Dux, Bohemia, 1798), aventurero y escritor italiano. Es famoso por sus hazañas novelescas y galantes que contó en sus *Memorias* (1822).

—Quiero que nos casemos porque te necesito para vivir. Porque das brillo a todas las cosas. Si no existieras, el mundo sería una montaña de expedientes, una sala de audiencias donde nunca pasa nada, con las paredes rotas. Todo estaría sucio y deslucido, gris y mohoso, como una vajilla de plata sin lustrar. ¿O es que vos no me necesitás?

Tomo su mano, grande, maciza, que se entrega completamente a mi mano chica. Que ahora depende de mí. Sé que esa mano se curvará y se ahuecará para darme reposo. Sé que las noches la bruñirán como un espejo donde se refleje mi vida, para que me vea en sueños.

—¿Querés volver a tu tierra? ¿Casarte con un francés? ¿Te parezco un indio, un salvaje? ¿Es eso lo que te molesta? ¿Te sacaste la curiosidad, te diste el gusto, y ahora vas a plantarme, después de haberme querido?

Me río, cuando tendría que ofenderme. Pero todo está al revés, empezando por los argumentos del futuro doctor Rojas, que se ha puesto enojadísimo.

—¿De qué te reís? ¿No te da vergüenza?

—De que sos vos el que está hablando como si fueras una señorita seducida y yo el don Juan que te deshonró y que piensa dejarte en el arroyo.

Miguel se detiene. Me mira de hito en hito, sorprendido en falta, y se ríe también.

Las aguas traen olores mezclados de alquitrán y peces muertos, una resaca de barniz y arena. Nos sentamos en una saliente del muelle. Miguel me abarca los hombros con su brazo.

—¿Qué pasa entonces? ¿Cuál es el problema?

—Yo también te quiero. Pero para casarse no basta con querer. Hay que saber cómo vamos a vivir, qué necesitamos para ser lo que llevamos adentro. Y si es posible hacerlo con la persona que elegimos.

Miguel me mira otra vez, con cuidado y respeto.

—Está bien. Creo que entendí. ¿Qué te hace falta?

—Tiempo. Necesito pensarlo. Para un varón algunas cosas son más fáciles. Ustedes pueden estar adentro y afuera. Tener una casa y un mundo, un trabajo y una familia. Una obra y unos hijos. Nadie les exige que elijan.

—Pero sí se nos exige que ganemos mucho dinero para mantener en la casa con sus hijos a nuestras mujeres.

—No seré yo quien te lo pida. Aunque quizá otros te lo pedirán. Tus amigos, tus rivales. Tu vanidad.

—¿Y cuál es tu vanidad? No tenés una por lo menos?

—Varias, supongo. Pero ninguna que me importe mucho.

—No me asombra. Después de todo, *vanus* quiere decir «vacío», «hueco».

——Por eso quiero jactarme de algo lleno.

—¿No te bastarían tus hijos?

—A lo mejor no puedo tener hijos. O no quiero. Y tengo que ser yo misma con hijos o sin ellos. No voy a cargarles encima mi propia vida.

Miguel me ofrece el brazo para dar la vuelta. El sol se hunde lentamente, como un barco encallado, se disuelve en el río con temblores de cobre.

—Vamos, antes de que doña Agustina se preocupe. No olvides que se ha propuesto cuidar de tu reputación.

—Ya la tengo arruinada.

—No para mí –dice, y me besa los dedos todavía manchados de tinta.

XIX

Sedas grises y esmeraldas, *crêpe*[114] y tafetas[115] de oro viejo, dibujan la enorme cola de un pavo real. Me miran con ojos de abalorios[116] y párpados de pasamanería,[117] junto a los sombreros de paja trenzados con flores secas, y hasta un *ensemble* de túnica y pantalón de playa, previsto para sumergirse en las lagunas pampeanas. Tras este escudo de tornasol liviano *Madame* García esquiva, por ahora, los pasos de la muerte.

Doblo las prendas y las coloco en la valija de la ropa, apenas pesada si se la compara con la de los originales, que se suman hasta alcanzar una densidad insospechable, ajena a cada una de las ligeras páginas en sí misma. Bloques negros de radiante escritura que Eduarda Mansilla apila uno sobre el otro, para que abriguen su nombre en una casa después de que la muerte haya pasado ya.

Tomo del bolsillo de mi delantal los otros escritos de Eduarda. Deben volver al bolso de baile de donde salieron. Cuando lo desato, mis dedos tropiezan con un papel distinto; es un mensaje que se me dirige. Latidos desordenados me suben a la garganta. Abro esa hoja.

> Hubiese querido que mi hija encontrara –o buscara– lo que usted ya encontró: mis textos inconclusos, las cartas que no llegué a enviar, las memorias truncas de un tiempo que no pude retener o comprender. Que escuchase detrás de las puertas, indagando en el revés de mi historia y el secreto de mis deseos. Que se comparase conmigo, para bien y para mal de las dos. Seguramente ha hecho esto último, pero el respeto o acaso la indiferencia han impedido que me enterara de los resultados.
>
> Mi hija pareció aceptarlo todo con relativa facilidad, casi naturalmente.

---

114   Tejido fino de aspecto rugoso que puede confeccionarse con fibras de seda, lana, poliéster u otro material.

115   Tela delgada de seda, muy tupida, de lustre apagado. Ahora también se hacen de rayón.

116   Cuentas o bolas pequeñas de vidrio agujereadas con que se hacen adornos y collares.

117   Adorno consistente en galones, trencillas, etc., que sirve para guarnecer vestidos, cortinas, tapicería, etc.

Por eso, gracias a ella, estoy en Buenos Aires. Nunca sabré, en cambio, si lo ha entendido todo (¿lo entiendo yo?). Nada pregunta, y la comodidad o el temor me eximen de atender a sus posibles interrogaciones silenciosas.

Quiero contarle un sueño que se repite, con variantes, desde hace muchos años. Quiero regalarle este sueño que no he confiado a nadie y que ha corrido como un hilo de agua subterránea bajo toda mi vida, uniendo tiempos y lugares inconexos, limpiando sentimientos manchados por el olvido.

Siempre es el momento del atardecer, y siempre, también, es la llanura. Voy montada en un tordillo de buena alzada,[118] sola, más al paso que al trote. El enorme silencio anuda todas las voluntades, aplaca los movimientos. A lo lejos hay un rancho como cualquier otro: de adobe, techado en paja y con un alero[119] modesto. Me acerco despacio. Tengo sed, quiero pedir un cuenco de agua de lluvia. A medida que la distancia se acorta distingo a una mujer sentada bajo el alero. No puedo reconstruir las facciones de la cara, aunque cada vez estoy más próxima. Pero veo, en cambio, cómo su cuerpo se vuelve transparente al compás de la sombra. Primero surge un mapa encendido de venas y de vísceras. Luego, más abajo, una población de huesos huecos por donde el viento corre como un golpe de música.

La mujer sonríe y levanta un brazo en la noche incipiente. Me apresuro, angustiada. Unos minutos más y se apagará el resplandor del hueso iluminado por canciones remotas. Cuando llego a su lado la cara está cubierta de oscuridad y la piel oculta de nuevo el color de la sangre.

Quiero retenerla, quiero preguntar por ese prodigio que se ha concedido solamente a esa mujer ignota,[120] casi tapada por la altura de los pajonales, perdida en el laberinto vacío del desierto. Pero la voz no me sale de la garganta y los pies no responden a mi deseo. Nunca veré el dibujo interno de mi vida. Nunca oiré la música que corre por el interior de mis huesos.

Ella guarda la silla tras la tela que separa el umbral de la noche exterior, y vuelve a su cocina, llevándose el secreto de la transparencia del mundo.

---

118 Estatura del caballo.

119 Parte inferior y sobresaliente del tejado.

120 No conocida ni descubierta.

1900

«Quiero hablar nuevamente de mi madre. Todo lo sabía. Era bellísima, y a la vez elocuente, alegre y majestuosa; cantaba como una gran artista, hablaba muchos idiomas, escribía libros, componía música, que ejecutaba después con arte consumado.»
Daniel García Mansilla,
Visto, oído y recordado.

I

Es una de esas rosas tempraneras que sólo florecen en París, y que acaso únicamente Ronsard cantó como se debe. Los dedos que se le acercan hacen fuerte contraste con su temblor carnal de nácar rojo. Tiemblan también, pero no a causa de las gotas suspendidas en los pétalos desde el amanecer, ni por el viento frívolo de la mañana, hecho con risas de señoritas y golpes de pelota sobre la grava. La mano tiembla porque es vieja, y porque la conmueven, quizá, memorias desconocidas.

Quiero advertirle a la anciana, tal vez extranjera, que las rosas del *Jardin des Tuileries* no se pueden cortar. Pero ya es tarde. Se acerca un guarda de uniforme para reprenderla con la cara de *bulldog* que acostumbran exhibir, como anticipo del garrote,[121] esos servidores del orden público.

La mujer levanta hacia el intruso un deslumbrante resplandor azul. Es lo único joven, comparable a la rosa, que sobrevive en esa cara seca. Le contesta con extrema cortesía, y un acento donde se adivina, lejano, el duro metal del idioma español.

—Disculpe usted, señor. Éste fue mi jardín, alguna vez. Yo soy la antigua emperatriz Eugenia.

El guarda la mira y me mira. Busca un testigo y me sonríe, posando casi imperceptiblemente un dedo sobre la sien, con gesto significativo de tolerancia desdeñosa.[122]

—Los tiempos han cambiado, Vuestra Majestad. Por favor, no lo haga de nuevo, porque me compromete y voy a perder el puesto.

—No se preocupe, buen hombre. Ya sé que en los nuevos tiempos de la Tercera República tampoco es fácil la vida de los pobres.

La dama abre su bolso y retira de allí el equivalente a una buena propina.

---

121   Palo grueso y fuerte que sirve como bastón o arma.
122   Este hecho lo narra Daniel García Mansilla, *Ob. Cit.* 71.

Insiste en ponérsela en las manos al cuidador que no se atreve a tomarla, desconcertado, indeciso.

—¿No tiene usted hijos? Pues para ellos. Lléveselo de mi parte. A mí ya no me queda hijo al que regalarle nada.

El guarda ha deslizado el dinero en un bolsillo y la saluda con una reverencia vergonzante. Se aleja mientras avanza, en dirección opuesta, un caballero encorvado, tanto o más viejo que la señora.

—Majestad, ¿qué hace usted aquí? ¿Para qué se expone?

—A nada me expongo, querido Pietri. Nadie me molesta. Si resulto sencillamente inverosímil. El infeliz que acaba de irse sin duda me ha creído una señora rica con la cabeza floja. Y en cuanto a esto... –señala, con la punta de su sombrilla, la sombra hueca del palacio real de las Tullerías, quemado y derribado en los días de la Comuna del que restan, apenas, algunos bloques de piedra dispersos.

—Sólo somos dos ruinas que se contemplan.

De pronto, el ríspido humor se diluye en una tristeza donde se demoran la voz y el pensamiento.

—Por aquí... ,por aquí se paseaba mi pobre Lulú.[123]

La punta plateada del quitasol se fija en una distancia infinita, como los ojos azules. Ella se apoya sobre el brazo que le ofrece el secretario, se deja conducir hacia el Hotel Continental, enfrente y a un paso de las Tullerías.

Cuando intento retomar mi camino, veo a mis pies la rosa de la discordia y me la pongo en el ojal del saco. Marcho silbando en sordina un aria de *La Traviata*, brillante y melancólica, como la extraña escena que acabo de presenciar.

Isabelle de Lagatinerie en persona abre la puerta del *petit-hôtel* donde vive con su marido. Le beso la mano, pero ella se ríe y me revuelve el pelo, cariñosa. Creo que seré siempre a sus ojos el niño de Vannes.[124]

—¡*Mon Dieu,* cuánta ceremonia, Daniel! –suspira– Se nota que has vivido en la corte de Sissi, con los austríacos. No me extraña que esa pobre mujer no pudiera soportarlos. Me encontraste de casualidad. Salía para mi paseo de la mañana, un tanto atrasada, por cierto. André ya está en su taller, se alegrará de verte.

Isabelle monta en una enorme bicicleta que ha sacado de un cobertizo. Tiene pantalones bombachos bajo la falda. El rodete deja escapar sobre la nuca los rizos ligeros y presumiblemente tan suaves como un vellón, que desvelaron mis siestas de adolescente.

La odalisca rubia, así la llamaba mi madre, sale disparada hacia el Bois de Boulogne. Las mejillas se colorean, el alto pecho de seda azul inspira y espira. Todavía se reconoce en ella a la espléndida atleta que salvó de ahogarse a su hermano Charles y al profesor del Liceo del Havre que ya no volvió a salu-

---

123   Por Luisito: el príncipe Luis Eugenio, hijo único de Nappoleón III y de Eugenia de Montijo. Fue matado por los zulús, en Africa (1879).

124   Ciudad de Francia, en Bretaña. Allí vivió Daniel, junto con Charles de Lagatinerie y su esposa Eda (Eduarda), hermana mayor del joven, a partir de 1878. Daniel tenía entonces unos 12 años. Isabel, hermana de Charles, se casó, efectivamente con el conde polaco aquí mencionado. Ver Daniel García Mansilla 155-57.

darla, tanta era la ofensa de haber sido rescatado del mar por una muchacha.[125]

El conde André Mniszech, príncipe de Smolensk, me espera en el ático donde se dedica a pintar retratos. Como todos los aficionados, tiene debilidad por la familia, aunque se trate de familia política. Los ojos casi blancos de lobo siberiano desmienten la voz y la curva amable de la boca.

—¿Qué le ha pasado hoy a su puntualidad inglesa? – apunta hacia mi ojal con el pincel mojado–. Alguna bella dama lo ha entretenido, seguramente. Esos obsequios suelen ser más mortíferos que las balas.

—En cuanto a la puntualidad, a esta altura, ya no sé de qué país son mis hábitos. Es lo que pasa por haber nacido entre dos baúles y tres valijas. Y en lo de la dama tiene razón, sólo que llegué a su vida un poco tarde. Su belleza data por lo menos de unos treinta años atrás.

Me acomodo en mi silla de modelo y pongo la cara de circunstancias aconsejada por el conde para que resalte lo que él llama «mi neto tipo español».

—No me diga. ¿Con qué reliquia del Imperio ha tropezado?

—Creo que con la emperatriz en persona. Estaba paseando por las *Tuileries*, y un guarda se acercó a reconvenirla cuando cortó esta rosa.

André Mniszech menea la cabeza.

—*Sic transit gloria mundi*.[126] Han caído torres más altas que esa beldad andaluza. ¿Y qué le dijo ella al guarda?

—Tomó el episodio admirablemente bien. Sólo se entristeció cuando empezó a acordarse del pobre Lulú.

—Pues el pobre Luisito quizá estaría vivo si no se hubiera metido en las más locas aventuras para satisfacer las ambiciones de su madre. Fue una mujer encantadora, pero autoritaria y en algunas cosas, implacable. Le exigió a su hijo mucho más de lo que podía dar. Quería hacer de él un segundo Bonaparte, aunque el chico no tenía esa madera. Lo mismo pidió de su marido, y hasta del austríaco, el archiduque Maximiliano.[127] Ella fue la que lo embarcó en la quimera de México. Si no llegó a enviar allí a su pequeño Luis se debió sólo a que todavía era un niño. Y quizá haya sido también la autora responsable de Orllie Antoine,[128] el rey de la Patagonia que les cayó a ustedes como un presente griego.

—¿No está cargando sobre su persona demasiado poder? ¿O demasiadas culpas?

—¿A quién culparíamos si no culpamos a las madres? Son ellas las que nos hacen. Y son las mujeres, siempre, las que marcan la dimensión de nuestro deseo. Como dice su tío Lucio, hay héroes porque hay mujeres.

---

125 *Ibid.* 139.

126 Frase en latín que significa: Así acaba la gloria de este mundo.

127 Archiduque de Austria Fernando José de Habsburgo (Viena, 1832-Querétaro, 1867). Nombrado emperador de México por Napoleón III, fue sitiado por las tropas de Juárez y fusilado en Querétaro.

128 Aventurero francés que en 1860, con el apoyo de caciques locales, fundó una monarquía constitucional hereditaria, proclamándose rey de la Araucania y la Patagonia. Siempre se sospechó que fue enviado oficiosamente por el gobierno francés. Su reinado duró un año y medio.

El conde André ha logrado el marrón oscuro que responde al tono exacto de mi barba. Comienza a tupir el dibujo de la perilla.

—Claro que pueden apelar en su favor los amantes de la gran puesta en escena. Si alguien representaba en Francia el orgullo del Imperio, era Eugenia, y se jugó por eso, sin términos medios. Creció escuchando las historias del primer Napoleón que les contaba Henri Beyle[129] a ella y a su hermana cuando aún no se había convertido en Stendhal, y las quiso poner en práctica con el sentido trágico y el valor ostentoso que suelen tener los españoles. Al principio de su reinado solamente parecía una muñeca. Pero después se lanzó a la gloria como quien se arroja a un precipicio. Sin medir las consecuencias. O como quien se mete en un convento. Vaya usted a saber...

André sonríe por lo bajo y me guiña un ojo. Luego va hacia el gran samovar[130] de plata que humea siempre en el estudio y prepara, para él y para mí, dos tazas bien cargadas de té de la India.

—No fue muy feliz en su matrimonio, ¿verdad?

—Es que no se casó con un hombre sino con una corona. Y una corona se puede lucir en las fiestas de palacio, pero en otros lugares no sirve para nada. Amigo mío, dos son las condiciones de la felicidad elemental –la única posible en esta tierra, me parece a mí–: buena mesa y buena cama, como decía Brantôme.[131] Téngalo en cuenta en el momento de elegir esposa.

—Hablará usted por experiencia propia.

—Claro que sí. Mis primeras nupcias, demasiado joven, no fueron con una mujer sino con un ideal.

—La princesa Potoska.

—Una heroína romántica a la que sólo le faltaba la tuberculosis. Pobre Marie. Me enamoré de su cutis de camelia y de su silencio misterioso.

—¿Y descubrió el misterio?

—No lo había, querido. Marie simplemente no tenía nada que decir. Y tampoco nada que hacer, salvo tocar romanzas en el piano. En cuanto a las satisfacciones básicas de la vida, apenas comía –era admiradora de la emperatriz Sissi– y siempre estaba postrada con dolor de cabeza. Aún no sé cómo es posible que hayamos tenido un hijo.

—Está bien –me río– Se ha declarado usted un cerdo de la piara de Epicuro.[132]

—A mucha honra. Francamente, me resulta tanto más simpático y menos hipócrita que Sócrates.

—¿Y ahora le va mejor?

—Todo ha cambiado –para bien– radicalmente.

---

129   Llamado Stendhal (Grenoble, 1783-París, 1842). Escritor francés. Militar durante las guerras napoleónicas. Entre sus obras se encuentran un ensayo sobre el romanticismo (*Racine y Shakespeare*, 1823-25), y las novelas *Rojo y negro* (1830) y *La cartuja de Parma* (1839).

130   Utensilio de origen ruso, hecho de metal, con el que se obtiene y preserva el agua hirviendo para preparar el té.

131   Pierre de Bourdeille, señor de Brantôme (Bourdeille, 1540-*Id.* 1614). Memorialista francés, autor de *Vies des hommes illustres et grands capitaines français* y *Vies des dames galantes*.

132   (Samos o Atenas, 341-Atenas, 270 a. C.). Filósofo griego, cuya doctrina se caracteriza por un refinado egoísmo, la voluptuosidad y la búsqueda del placer.

Me sostiene la mirada. En los ojos de lobo pacífico juega una chispa mortificante. Suspiro.

—Pues no sé si yo estoy hecho para el matrimonio. Antes de perder la fe fantaseaba a veces con la idea de profesar.

—¡Ah vamos, Daniel! No me lo imagino hecho un cartujo.[133] Se mueve con demasiada comodidad en el teatro del mundo. A usted le pasa otra cosa.

—¿Qué?

—Todavía no se ha recuperado de la muerte de su madre. No encuentra ninguna mujer que esté a su altura.

—Ella era única.

—Todas lo son, cada una a su manera. Pero nadie puede casarse con su propia madre a menos que se arriesgue a sufrir las desdichas de Edipo. ¿Conoce usted al doctor Freud?

—Algo he oído hablar. Un médico vienés, tengo entendido. ¿No acaba de publicar un libro escandaloso sobre la interpretación de los sueños?

—Pues tiene otras teorías más escandalosas, no divulgadas todavía. En fin, no todos los hijos se asemejan en este sentido. ¿Le ha llegado el último cuento del Príncipe de Gales?

—¿Cuál?

—Ha dicho que si ciertas gentes se permiten dudar de la existencia de un Padre Eterno, él debe resignarse a la irrefutable existencia de una Madre Eterna.

—Me parece tan ingenioso como irreverente.

—Es comprensible. La reina Victoria lleva casi sesenta y cuatro años sobre el caballo exhausto del Imperio sin haberle aflojado las riendas un momento. Si siguen así las cosas, Bertie morirá[134] de un ataque de apoplejía, antes de que su madre muera de vieja.

—¿Tan gordo está?

—Ni los disgustos de la guerra de los bóers[135] ni el atentado contra su vida han logrado que adelgace un centímetro. Para lucir presentable ha tenido que hacerse cortar una levita suelta cerrada apenas por delante con dos enormes botones de oro unidos en forma de gemelos. Y el color azul eléctrico que prefiere no lo favorece mucho, por cierto. Le da a sus mofletes una impresionante tonalidad de carne cruda.

—¿Otro cerdo de la piara de Epicuro?

—Permítame corregirlo. Bertie es un mero glotón. Los epicúreos somos *gourmets*.

El conde André da la última pincelada al marco de la cara. Me encuentro cierto parecido con «El caballero de la mano al pecho», aunque mi óvalo facial no es tan alargado como el del personaje del Greco.[136]

---

133 Religioso de la Cartuja, orden religiosa fundada por San Bruno.

134 Príncipe Albert Edward: (1841-1910), llamado Bertie. Al morir la reina Victoria (1901), Bertie subió al trono de Inglaterra como Edward VII.

135 (1899-1902). Conflicto que enfrentó a las repúblicas bóers de Africa austral con los británicos, quienes vencieron y se anexionaron Orange y el Transvaal.

136 Doménikos Theotokópoulos (Candía, 1541-Toledo, 1614), llamado el Greco.Pintor español de origen cretense. Su cuadro más famoso es *El entierro del conde de Orgaz* (Iglesia de Santo Tomé 1586-88). Hizo magníficos retratos, entre ellos *El caballero de la mano en*

—Bien, con una o dos sesiones más su retrato quedará listo. Le advierto, desde luego, que nuestro parentesco político no lo obliga a colgarlo en las paredes de su departamento. Ni siquiera me ofenderé si lo coloca en el cuarto de baño. No soy un artista, apenas un aprendiz que se divierte. Y ahora, ¡a estirar las piernas! Cuando vuelva Isabelle nos desquitaremos de la pose con un buen pavo trufado.

André Mniszech me abre con gentileza la puerta del ático. Como siempre, su amabilidad me resulta inquietante, impenetrable. Nunca unos ojos más claros han cubierto con mayor eficacia sentimientos profundos.

II

Avanzo torpemente en la oscuridad como por un desván lleno de trastos inútiles. Me ciega una resaca de cielo derrumbado. Cuando me habitúo a las sombras reconozco, para mi sorpresa, el coche de los panoramas de la Exposición Universal:[137] un tren inmóvil donde la magia de la proyección fotográfica inunda las ventanillas con paisajes exóticos. Me encuentro cómodo. Mirar la superficie ajena de las naciones. ¿No es eso lo que he hecho, acaso, toda mi vida? Sin embargo hay señales de alarma, signos que inquietan, semejantes a la rara oscilación del aire antes de los terremotos. Los brazos de mi butaca son de un falso terciopelo raído, como los muebles de un teatro en decadencia. El salón cosmopolita de las novedades tiene un olor insólito a hongos, humedad y silencio que me hace toser como si estuviera entrando en una casa vieja, largo tiempo cerrada.

Me vienen a la memoria algunas líneas escritas en la adolescencia, sin duda con más ganas que talento.

> «Face, eyes and lips and heart, all far, all gone astray!
> Hush now! Love hovers by; the Spirit till remains!»

¿Llegaré a ser otra cosa que un mediocre versificador en las lenguas de otros, paradójicamente las únicas que siento mías? El castellano se me resiste como un instrumento rudo, cuya gramática jamás he aprendido. «Rostro, ojos, labios, corazón, todo lejano, todo disperso. ¡Silencio ahora! El amor vuela en torno, sólo el Espíritu permanece.»

Respiro buscando alivio. Guiñan las luces, señal de que la función empieza. Un temblor de tercianas amenaza con nublarme los paisajes, como en los días de la fiebre amarilla, en el Brasil. ¿O es que acaso no ha concluido la

---

137   La Exposición Universal aquí mencionada es la que tuvo lugar en París en 1889, celebrada en el centenario de la toma de la Bastilla. El símbolo principal de la Exposición Universal fue la Torre Eiffel, completada ese año, y que servía como arco de entrada a la Feria. Ver Daniel García Mansilla 243.

fiebre y todavía estoy allí, hospedado en el hotel Dos Estrangeiros? ¿Me saluda aún desde la puerta, tapándose la boca y la nariz, mi colega monseñor Guido, secretario de la Nunciatura, tan puntillosamente preocupado por evitar el contagio?

Pero no son las mejillas suaves y obesas del diplomático vaticano las que veo, las que quisiera tocar con la punta de los dedos incrédulos. Es la cara delgada de mi padre. Los huesos de los pómulos sobresalen levemente, un hilito de sangre se escurre desde la comisura de los labios, baja por la pechera impecable de las fiestas. Manuel Rafael García se muere lejos, sobre las almohadas de un hotel austríaco. No en el combate glorioso de las guerras de la Independencia, como algunos de sus antecesores. Ni siquiera bajo las bayonetas o las cuchillas de degüello en la guerra civil. El ministro plenipotenciario de la República Argentina deja esta dulce tierra que quizá no supo plenamente gozar, a causa de una arteria seccionada por una astilla del pollo que los cocineros vieneses suelen partir a hachazos, bárbaramente.[138]

Manuel García se muere en un silencio petrificado, irreversible. Ya es todo lo que no me ha dicho ni le he dicho y lo que no alcanzaremos a decirnos nunca. ¿Es un varón que no supo amar, o al que quizá no amaron lo suficiente? Sin embargo mi madre sale de inmediato rumbo a Viena, no bien se entera de su gravedad. Llegará como en las óperas, como en las novelas, a tiempo para que él cierre los ojos en sus brazos. Por primera y última vez veré las lágrimas de mi padre, que llora sólo porque se despide de ella, y porque ya no se reencontrarán, en ningún mundo. Juntos miramos bajar a la tierra el féretro de metal, enorme y lleno de dorados, envuelto en la bandera, excesivamente grande y lujoso para un hombre que siempre pareció menos de lo que fue. Eda viene sola desde Bretaña para asistir a las exequias. Recibimos las condolencias de funcionarios y desconocidos, o apenas de conocidos circunstanciales. Escuchamos las palabras extranjeras que le dicen adiós en nuestro nombre. Un coro de jovencitos rubios, con los ojos desconcertantes de André Mniszech, canta el *Auf Wiedersehen* para ese señor de apellido impronunciable que tiene la cara tapada por el ataúd, y al que ninguno de ellos ha querido ni ha visto vivir.

La proyección termina. Espero un paisaje diferente, acaso consolador. Pero en el rectángulo de la ventanilla aparece la cara inesperadamente seria de mi tía doña Manuelita, la Niña, que ha muerto hace poco en Inglaterra. «Es triste que el cielo sea tan chico, Daniel —me dice ella—. Nuestro Señor —Él se perdone, porque yo no puedo— ha sido mezquino conmigo. He estado casi cuarenta años esperando la pampa, y a Él se le ocurre darme apenas un rincón junto a la chimenea. Cuando llegue Máximo veré qué hacer, hijo mío. Apelaremos. Por lo menos los huesos de tu madre y de tu abuela están bajo la tierra de Buenos Aires.»

El encierro me agobia. Quiero levantarme de la butaca, pero es imposible,

---

138	La muerte de Manuel Rafael García ocurrió en 1887 en Viena, en las circunstancias aquí descritas. Ver Daniel García Mansilla 180.

aunque ningún cinturón ni cadena me atan al asiento. Me crece un dolor en el pecho que no se resuelve en llanto ni se transmutará tampoco en lágrima poética, como las de los vates parnasianos que admiro y a veces imito. Ahora todos los versos son deleznables. Los míos y los ajenos. Quiero volver, pero ignoro adónde. Yo no tengo raíces en la llanura. ¿Las tengo en algún sitio? Busco a ojos cerrados mi primer recuerdo: el latido de un pecho que me acuna, la lumbre de un cuarto cálido, mientras afuera la lluvia borra los cielos de París.

III

Las campanas perforan la sombra de los cortinajes, abren con un teatral golpe de gloria los postigos del día. Por un momento me parecen las de la Basílica de San Pedro y San Pablo. Pronto me rectifico. Son las inconfundibles campanas de Victor Hugo, las que hizo sonar el jorobado de *Notre Dame*. No hay como ellas para ahuyentar los malos sueños o los sentimientos equivocados.

Son las campanas del domingo a las diez.

Las misas, por cierto, ya no me reclaman. Pero sí el rectángulo de papel satinado que dejé expuesto en el tarjetero, sobre la mesa de noche, para estar seguro de verlo al despertar. Bajo el nombre y los apellidos de la dama, impresos, hay una enigmática invitación –casi una orden– manuscrita en una caligrafía filosa: «Tengo que verlo por un asunto concerniente a su madre. Lo espero a almorzar en la Exposición, mañana a las doce, en el pabellón de España. He reservado mesa. Pregunte por mí».

Intento en vano unir el nombre, muy familiar, con una imagen. Mi Buenos Aires tardío, que pisé por vez primera con veinte años cumplidos, es un caos de conocidos y familiares que intercambian arbitrariamente voces y cuerpos. De todas maneras, cualquiera que venga en nombre de mi madre merece especial consideración. Desecho la seda cruda que el fresco de la primavera no me permitiría aún y elijo un traje de cheviot[139] con guantes de gamuza. Voy al cuarto de baño, privilegio por el que pago un disparate en esta Francia siempre perfumada pero no muy limpia. Vuelvo, brevemente, a ser un «potro americano» aunque a la manera de mi infancia *yankee*, con dos baldes de agua caliente y fría y ásperas fricciones de esponja. Por fortuna mi piel mate no se enrojece con destellos de *beef-steak* sanguinolento, como la del Príncipe de Gales.

---

139   Tejido de lana o algodón, generalmente en dos colores. Se ha generalizado el uso del vocablo inglés «tweed" para nombrarlo.

A las once y media estoy en la Explanada de los Inválidos dispuesto a contemplar las siete maravillas de este mundo y algunas otras, exhibidas en la vidriera de gigantescas maquetas. Los edificios más famosos del globo —muchos de ellos armados en acero para prevenir los incendios— abren sus puertas increíblemente próximas a los viandantes de cuatro puntos cardinales. Tampoco faltan los mendigos de París, que trabajan a horario completo en la entrada monumental sobre la Plaza de la Concordia, a pesar de los *bâtons* de la policía.

Paso frente a un palacio de Ispahán,[140] traspongo el pórtico de la Iglesia de Jaak y el Templo de los Tres Jerarcas de Jassy[141]. Para no perder la costumbre de las caminatas llego a buen paso, sin servirme de la vereda rodante, al pabellón español que acumula fachadas como condecoraciones sobre una pechera solemne. La Universidad de Alcalá, el Alcázar de Toledo, la Universidad de Salamanca y el palacio de los condes de Monterrey se disputan un espacio cruzado por zapateos de fandango y por castañuelas vistosas como lunares. A las puertas del restaurante pienso en caracoles y callos a la madrileña. Pero un espasmo en la boca del estómago me recuerda dolorosamente que lo tengo arruinado desde los fritos en grasa de mi estadía chilena.

No necesito preguntar al *maître* —con bigote y feroces patillas, como corresponde a un hijo del Arco de Cuchilleros— ni buscar demasiado entre la concurrencia de las mesas. Esa mujer menuda, de pelo rojizo que encanece suavemente bajo el sombrerito de castor,[142] es, sin duda alguna, *Madame* Alice Frinet de Rojas, a quien he visto por última vez hace ocho años, en el vértigo de caras enlutadas que acompañó los funerales de mi madre.

—Vaya, *Monsieur* García. Veo que se acuerda de mí.

—Mamá sí que se acordaba con frecuencia de usted. Pero le confieso que me faltaba la seguridad de reconocer sus facciones.

—En cambio yo tengo su cara bien presente. Mientras *Madame* Eduarda vivió, siempre me llegaron noticias suyas. Y hasta fotografías.

—¿De veras?

—Claro. Estaba muy orgullosa. No perdía ocasión de hablar de sus progresos en la carrera diplomática.

—Ella hizo gestiones ante el presidente Juárez Celman para que me dieran mi primer trabajo, en Roma.

—También supe de otros acontecimientos más... personales. Mire.

Madame Rojas saca de su bolso un ejemplar, leído y anotado, de *Orchidées*.

—¿Es posible que mamá le haya mandado mi libro?

—Ya ve que sí. Pero como yo no soy su madre, mi juicio le resultará un poco menos benévolo. Los sonetos me parecieron muy aceptables, aunque les encuentro algunos ripios,[143] y cierta tendencia enojosa a la moraleja o a la sentencia filosófica que a veces arruina los finales. En conjunto no está nada mal. ¿Ha seguido escribiendo?

---

140 Ciudad de Irán, al sur de Teherán.

141 *Jassy*: capital moldava en Transilvania, Rumania.

142 Piel de castor, mamífero roedor de América del Norte y Europa.

143 Palabras o frases de relleno en un discurso o escrito.

—Borroneo cuartillas. Temo que no pasaré a la inmortalidad por mi talento poético.

—Practica usted la modestia.

—Apenas la sinceridad. Admito que quizá me hubiera destacado como actor. Siempre fui primera figura en Vannes, en el colegio de los jesuitas. Si no canto mal, debo admitir que es mucho mejor músico mi hermano Eduardo. También tenté la pintura, con tales resultados que mis intentos en ese campo ni siquiera pueden mostrarse. Creo que soy un mero servidor de las Musas, no su elegido. Por ahora pongo todo mi esfuerzo en esta especie de opereta –y a veces vodevil– que es la vida diplomática.

—Hace bien. Alguien tiene que fingir, al menos, que las naciones se entienden.

Madame Alice es aguda como su caligrafía, pero estimulante. No sería una mala colega si se admitiera a las damas en el Servicio Exterior.

—¿Qué quiere tomar?

—Un aperitivo, por el momento. ¿Pero no le he dicho que yo lo invito?

—Faltaba más, señora. Déjeme a mí ese gusto, así sea en memoria de mi madre. ¿Y usted? ¿Qué ha sido de su vida? ¿Sigue viviendo en Tucumán?

—Sí, claro.

—¿Ha venido para ver la Exposición?

—Naturalmente, pero no sólo se trata de un viaje de placer.

—¿Cómo es eso?

—Pues verá, escribo la crónica de la Exposición para algunas revistas de la provincia, y además trabajo como cicerone: he traído a mi hija mayor junto con un grupo de señoritas tucumanas para que paseen por esta gran feria, vayan a la Ópera y a la *Comédie Française*, y se cultiven un poco. Si todo sale bien creo que lo incorporaré como un viaje fijo para las egresadas de mi escuela de declamación.

—¿También tiene una escuela de declamación?

—Sí. Y una pequeña imprenta.

—¿Nada más? ¡Vaya, *Madame* Rojas! Usted sí que no pierde el tiempo.

—El tiempo no se ha hecho para perderlo, sino para encontrarlo.

—Todo eso le llevará bastante esfuerzo.

—Nunca he sido cómoda. Ni lo era su madre. Le diré sin embargo que para mí lo más difícil es desempeñarme como guía en París. Esta es la primera vez que vuelvo a Francia en veinte años, y antes apenas había estado aquí dos veces. Pero no puedo confesarlo a mis alumnas, claro. Después de todo, como decía *Madame* Émeraude, ser francés en el Río de la Plata es un buen negocio.

—¿*Madame* Émeraude?

—Oh, no me haga caso. La dueña de una casa de alta costura. Se jactaba de cierta sabiduría cínica no del todo descaminada. Aunque yo no la aplico precisamente en el mismo sentido. ¿Y usted? ¿Sigue dando vueltas por el mundo? ¿Todavía no se ha casado, verdad? ¿No quiere que le presente a alguna de mis discípulas? Dos o tres pasan por verdaderas bellezas, y además son lo que se dice, muy buenos partidos.

Me río con ganas ante la avalancha de preguntas.

—*Madame* Rojas, veo que entre sus múltiples empresas y habilidades también se cuenta la de casamentera. Me pongo en sus manos para ser presentado a tantas señoritas como usted desee, aunque no le garantizo los efectos. Por lo general, cuando me gustan, no gusto, y viceversa. En cuanto a lo demás, sí que sigo y seguiré dando vueltas. Me han destinado como primer secretario ante Francia, Bélgica y la Santa Sede. Así que me esperan unos cuantos años por aquí.

—Viajará de continuo entre varias capitales, como lo hacía su padre.

—Tal vez un poco menos que él. Pero tendré que moverme.

—Mejor no se case todavía, entonces.

—¿Por qué?

—El matrimonio no es para maridos ausentes.

¿Se considera *Madame* Frinet de Rojas autorizada para criticar a Manuel García, al que ni siquiera conoció? ¿De dónde vienen sus reparos? ¿Acaso de las confidencias de mi madre?

—Ni para esposas ausentes – le retruco.

—Por supuesto. Es una delicada combinación de independencia y compañía no muy fácil de obtener.

—¿Usted la consiguió?

Madame Rojas sonríe.

—Sin vanidad, podría decirle que sí.

En las pupilas húmedas, color verde hoja, se asoman como luces amarillas las mismas chispas alegres que bailan en los ojos translúcidos de André Mniszech. Buena mesa y buena cama.¿Seguirá la misma fórmula que el conde?

Ordeno una sopa y luego un cocido de ternera menos magro que el de don Quijote. *Madame* desdeña la sopa y pide pulpo a la gallega acompañado de vino cabernet.

—¿Quería que habláramos sobre mi madre?

—Así es. Bien sabe usted que ella contaba ya con una obra importante cuando se fue de Buenos Aires, en el año 84. No me escribía mucho de eso en sus cartas, pero supongo que habrá seguido publicando algo en Europa.

—Sí, pero no piezas de la misma envergadura. Una novelita breve, que se titula «Un amor». Críticas de música y teatro. No volvió a trabajar como antes. Creo que la muerte de mi padre la afectó seriamente. Estuvo muy dedicada a nosotros, hasta que conseguimos nuestros primeros puestos. Además le faltaban las fuerzas.

—¿Una mezcla de mala salud y desaliento?

—Algo así.

—¿Y no quedan textos inéditos?

—Hubo algunos, en efecto. Dramas en prosa, como *María*, *El testamento*, *Los Carpani*, *Ajenas culpas*, si mal no recuerdo, y seguramente otras cosas más: conferencias, artículos.

—¿Por qué dice «hubo»? ¿Y por qué teme usted no recordarlos?

—Porque desdichadamente, no los tengo ni sé dónde están. En una de mis mudanzas tuve que confiar un baúl lleno de cartas y documentos a un pariente. Y hasta ahora no ha vuelto a aparecer. Allí quedaron los manuscritos de mi madre, y muchas publicaciones sueltas, en diarios y revistas europeos. [144].

—¿Cómo es posible?

—Cosas de la vida nómade y de los apoderados irresponsables. Toda la correspondencia familiar se extravió también con ese baúl de cuero negro. ¿Por qué me pregunta todo eso?

—Quería proponerle que reeditásemos la obra de su madre, incluyendo los trabajos que hasta ahora no hayan visto la luz.

—Aunque los encontráramos, eso no depende sólo de mí. Somos cinco hermanos vivos para decidir. ¿Se enteró de que el pobre Rafael murió en Washington, de una caída de caballo? Todavía no he visto siquiera dónde está enterrado, ni he podido conseguir la repatriación de sus restos.

—Lo leí en los diarios y lo he sentido mucho. Por fortuna su madre no vivió para saberlo. En fin, me dirijo a usted porque de todos sus hijos, era aquel en quien depositaba mayor confianza. Y mayor cariño, tal vez, si ello es posible.

—Después de que mi padre murió mi principal objetivo fue hacerle la vida más llevadera. Muchas veces prefería quedarme a su lado por las noches y leerle artículos, o novelas, antes que salir a todas partes como mis hermanos Carlos o Eduardo. Hablábamos con mi madre durante horas. Tuve para ella ternuras casi de hija.

Madame Rojas me mira con curiosa expresión.

—Así que entró usted en lo que llaman el tiempo vano, el pequeño tiempo de las mujeres.

Alzo una ceja, perplejo.

—Ese tiempo que parece pasar sin destino, sin objetivo. Un tiempo de puertas adentro, que no es instrumento de un trabajo o de una ambición. Que simula no servir para nada.

Pienso en el conde André.

—También algunos varones aprecian esas horas aparentemente muertas.

—También, es verdad. Y a menudo la sociedad los desdeña por eso.

—Para mí ese tiempo no fue hueco sino lleno. Aprendí mucho. Y además...

---

144   Esto concuerda con los datos aportados por Daniel García Mansilla 300.

—¿Qué?

—Necesitaba que mi madre supiera cuánto la quería.

—Y cuánto lo quería ella a usted.

Callo, confuso. Una creciente opresión en la garganta me impide terminar la comida. ¿Quién, qué es *Madame* Rojas para mí? Una extraña. Acaso una chismosa o una entrometida. No toleraría que ella me viera lágrimas en los ojos.

Trago despacio el último pedazo posible de ternera, infinitamente seca.

—¿Cuál es su idea, en suma, señora?

—Como le he dicho, volver a publicar las obras de Eduarda. En parte yo misma lo podría financiar. Tengo suscriptores fijos y colocaría cierta cantidad de libros. Para el resto se gestionaría un subsidio del gobierno.

—Tendrá que hablar en primer término con Eda y con Manuel José, los mayores. Además, dudo que mi madre estuviera de acuerdo.

Madame me mira fijamente. Se pone en guardia.

—¿Por qué dice eso?

—Antes de morir pidió que no se reeditaran sus libros.

La voz de Alice Frinet se crispa y se endurece. Las chispas de los ojos se congelan.

—No le creo.

—¡Señora! ¿Para esto ha insistido tanto en hablar conmigo? ¿Tal es la fe que le merezco?

—Nadie que haya conocido a su madre como yo la conocí puede dudar de lo que significaban sus libros para ella. Y si le creo, es peor aún. ¿Quién habrá sido capaz de presionarla hasta ese punto? ¿Qué culpa, qué dolor o qué locura, qué reproches de sus seres más queridos pudieron llevarla a pedir eso?

—¿Qué está diciendo? ¿De qué se atreve a acusarme, o a acusarnos?

—A nadie acuso, Daniel. Constato, simplemente.

—¿Pero quién se ha creído que es? ¿Dios? Ni siquiera yo, su hijo, entiendo esa decisión,[145] y usted supone tener todas las claves en la mano. Que pase buenas tardes, señora, si su conciencia se lo permite. Entre nosotros no hay nada más que hablar.

Las piernas me tiemblan de furia incontrolable. Apenas consigo domar la voz para que no se desboque en grito. Atino a dejar la servilleta sobre la mesa y me despido con la reverencia hiriente que se dedica al futuro adversario de un duelo. Deploro que *Madame* Rojas no sea un varón para poder desafiarla.

Cuando estoy a medio camino de la salida, recuerdo que no he pagado la cuenta. Vuelvo por mis pasos, pero ya es tarde.

---

145 Es significativo el contraste entre lo que el Daniel ficticio expresa en este diálogo y lo que Daniel García Mansilla escribe en su libro: "Aquí debo consignar que existe una carta de ella recomendando que no se hicieran nuevas ediciones de sus obras; noble rasgo de humildad cristiana que honra su recuerdo" (300). A pesar del amor y la admiración que profesa tener por su madre, Daniel parece creer, como el resto de la familia y la sociedad argentina de su época que, para la honra de Eduarda y de sus hijos, era mejor que se la olvidara como escritora. En la novela, la actitud de Daniel, aunque conflictiva, rechaza la imagen convencional de su madre que la sociedad aprueba, afirmando que él la quiso

—No se moleste, señor García Mansilla. Esta era *mi* invitación. Continúe usted su camino.

Sin mirar atrás, cruzo la puerta del falso Alcázar de Toledo. Empieza a llover en la Explanada, y lo agradezco. Un llanto ardiente se mezcla con la lluvia que me lava la cara sin aplacar el rencor triste de mi alma.

IV

El péndulo del reloj no cura el insomnio, pero lo acompaña. Su redonda ráfaga de bronce brillaría si mis ojos pudieran ver en la oscuridad. No es culpa del bronce, sino de mis ojos ineficaces, que lo resplandeciente permanezca en sombras. Así pasará con tantas otras cosas. Con las razones ocultas de los otros. O con la cara de un Dios que nos está mirando sin que nosotros logremos atravesar la dura capa de misterio que lo envuelve.

No basta, por cierto, ser su hijo, para saber quién era y qué quería mi madre. ¿Es posible para mí dejar de verla sólo como eso: una madre? ¿Comenzar a mirarla, simplemente, como otra persona cuyo mundo no empezaba ni terminaba en nosotros? ¿Qué había pasado dentro de Eduarda Mansilla cuando volvió de Buenos Aires? ¿A quién creímos reconocer sobre el muelle de Londres los que fuimos a esperarla?

Enciendo la luz. Estudio la bella caja barroca del reloj colonial. Es el único objeto de la casa de mis abuelos García que logré rescatar cuando Charles de Lagatinerie se empeñó en liquidar nuestra sucesión paterna para cubrir las cuentas de sus malos negocios. Mi hermana estuvo de acuerdo, aunque se malvendieran nuestros bienes. Aunque se desprendiesen con ellos esas raíces

imperceptibles que se adhieren como líquenes a la memoria de las cosas. Tampoco protestó mamá. ¿Acaso porque se sentía en deuda con Eda, que se hizo cargo de nosotros durante sus casi cinco años en Buenos Aires?

Revuelvo cajones, rasgo sobres que se han vuelto amarillos. Los restos de aquel tiempo en que Eduarda Mansilla fue apenas un retrato y una letra empeñosa, desbordada, sobre un papel de carta. Encuentro un poema mío ridículamente inspirado en la mariposa con aceite que ardía toda la noche en el cuarto de baño. Rescato, bajo pilas de manuscritos recientes, *Au bord du Nid,*

mi primer libro, que iba a llamarse *Premières cerises*. Las cerezas fueron re-
emplazadas por un nido y la imagen del poeta por un implícito pajarito, sin
que por ello se favoreciesen los versos. Pero mi madre respondió al artista adolescente con una carta fervorosa.

Yo me alimentaba, por aquellos años, de sus palabras lejanas. Esa voz
había sido siempre la única capaz de abrirse paso hacia la hostil burbuja: protección o cárcel, sin aire y sin sonido, desde donde yo miraba jugar y reír a
los otros, los verdaderos protagonistas de la vida. La seguí escuchando en las
noches de Bretaña, releyendo sus cartas con una bujía subrepticia bajo los
cobertores del internado, hojeando, una y otra vez, los libros que llegaban de
Buenos Aires: el primero de ellos, los *Cuentos* para niños. Ninguno de nosotros fue olvidado en las dedicatorias especiales, ni siquiera los que ya no eran
niños, como Eda y Manuel José. También los hijos de Eda, los dos primeros
nietos, Guillemette y Jacques, estaban incluidos en la ofrenda afectuosa de
esos relatos.

Pero Eduarda Mansilla luchaba en las orillas del Plata por ser otra cosa
que nuestra madre, mientras Carlitos se dormía en los brazos de Eda, y los
tres hermanos siguientes nos educábamos bajo los arcos estrictos de San Francisco Javier. Allí nos acostumbramos a ser extranjeros: lo éramos en doble
medida, por venir de París y por venir de América. No de la inimaginable
América del Sur, que tampoco nosotros conocíamos, sino de la *Yankeeland*
que movía y mueve a los franceses a risa y envidia. Allí me habitué también
a otra clase de extranjería irreductible: la de los que han sido y serán siempre
solitarios, aunque aprendan, como yo debí aprenderlos, los ritos de la convi-
vencia. Aunque usen máscaras prestadas: la del actor, la del poeta, la del diplomático, para intentar una vez más la comunicación que se les niega.

Tal vez mi madre también se sintió extranjera en su propia tierra, sola
frente al destino común de las mujeres, frente a la sepultura todavía fresca
de sus muertos. Extranjera al volver, ante Manuel Rafael García, y ante
Manuel José, su hijo mayor. Cuchicheos y gritos en sordina desaparecen, como
si jamás se hubieran pronunciado, cuando los menores nos acercamos a
puertas que se cierran. Ella recibe cartas amargas que no mostrará jamás. Son
de Manuel José, embarcado por mares imposibles, en comarcas que ninguno
de nosotros –aun trotamundos como somos– ha de pisar. El más ausente de
todos, el que ha elegido una vida que es continua fuga, sin embargo le pide
cuentas de sus viajes y de sus desvíos. Le reprocha sus amistades masculinas,
su desenvoltura inconveniente, su abandono de los hijos, su separación de mi
padre, el uso público de sus nombres y sus apellidos. Quisiera vengarse, al
extremo de pretender borrar su filiación materna. En los clubes de hombres
corren chismes malévolos. Dicen que Manuel ha declarado ante el tío Lucio
que la conducta de nuestra madre lo avergüenza, y por lo tanto dejará de
firmar con el apellido Mansilla. Dicen que el general le ha respondido con su

mordacidad previsible: «Me parece una evidente inconsecuencia, querido sobrino. Si he de creer en tus protestas, el Mansilla es el único apellido seguro que tienes.»

No quiero que mi madre se transforme en una cara muerta. Me negaré a velarla en su ataúd. Seré solamente un autómata vestido de luto. El mayor de los tres hermanos menores que ahora se ha convertido en el provisorio jefe de la familia, el tutor, por encargo materno, de Eduardo y de Carlitos. Seré una mano mecánica que estrecha otras manos, una voz repetida que contesta convencionales palabras de pésame. Por fin mis hermanos marinos, Manuel y Rafael, tendrán un ancla decorosa en esta tierra. Mi madre ya no avergonzará a nadie. No se moverá de su bóveda austera junto a la iglesia del Pilar, en el cementerio de la Recoleta. Ha alcanzado la decencia y la paz definitivas. Pasará la edad de las matronas honestamente inmóvil, entre cuatro paredes de mármol liso.

Sobre ella han caído ya, como una lápida, las necrológicas periodísticas. Para tranquilidad de Manuel José, no ha muerto como una escritora sino como una gran dama de espíritu altivo. La referencia a sus libros —salvo alguna excepción— cabe apenas en una línea. Su amor materno brilla por sobre todas las cosas: «están ahí sus hijos que pueden atestiguar el resultado de una instrucción esmerada y embellecida por las tendencias hereditarias al arte, a la literatura, a cuanto adorna la existencia.» Tomo esa madre quieta y decorativa, fría como un jarrón de porcelana y la estrello contra las paredes que amanecen. Descubro una certeza que me parece a la vez obvia y asombrosa. No la quise sólo porque era mi madre, ni para que fuera mi madre ante los ojos aprobatorios del mundo, sino por lo que era en sí misma. ¿Pero, me hubiera querido ella de no haber sido su hijo?

V

El pincel marca dos semicírculos violáceos bajo los párpados inferiores. Mniszech insiste en aprovechar al máximo las secuelas de los insomnios.

—Ahora sí que se parece al Caballero de la mano al pecho.

—Podrá ser, pero vale más que esas ojeras no las vea mi médico.

—Hasta se le han hundido un poco las mejillas. Lo felicito, Daniel, está colaborando magníficamente. Descuide, no lo mortificaré por mucho tiempo. Una vez que termine el cuadro, tómese unas infusiones de valeriana y té de tilo antes de acostarse, y vuelva a comer con apetito.

—No creerá usted que desmejoro a propósito para que pueda pintarme más a su gusto.

—Supongo que no. Pero la discreción me impide preguntarle directamente por las causas de su malestar interior.

—A decir verdad, temo que yo mismo no estoy seguro.

—Ya me lo imaginaba. Entretanto, consuélese meditando en que los males individuales son una nada si se los compara con los males universales y con el deplorable orden de los asuntos humanos.

—Podría ser peor. Ya ve que ha sonado la campana del fin de siglo y todavía no llega la hora del fin del mundo, como pronosticaban muchos.

—No será el fin del mundo, pero sí se trata del fin de *un* mundo.

—¿Le parece?

—Ya lo verá, si vive lo suficiente. Los Wittelsbach[146] han sido unos locos, tanto Sissi como su primo el Rey de Baviera. Pero mostraron de manera espectacular el fin de una época. Ella estuvo paseando el bello cuerpo enfermo de la monarquía por todas las ciudades del planeta, hasta caer asesinada por un anarquista que se equivocó de persona. Y Luis[147] fue el último grito de los

---

146   Familia principesca que reinó de 1180 hasta 1918 en Baviera.

147   Probable referencia a Luis II de Wittelsbach (Nymphenburg, 1847-Lago de Starnberg, 1886). Rey de Baviera (1864-1886). Hizo construir magníficos castillos y fue mecenas de Wagner. Internado a causa de su salud mental, murió ahogado.

sueños de poder y de grandeza transmutados en aspiración estética. Los monarcas ya no harán esos papeles. Vendrán otros que los reemplacen como imágenes atractivas para los pueblos y llenen otra vez los viejos mitos, pero difícilmente serán reyes: tal vez actores, cantantes, comediantes. No lo sé.

—No me parece mal que concluyan las monarquías y los imperios y se fortalezcan las repúblicas democráticas. Después de todo, por eso hicimos nuestras guerras de la Independencia.

El conde André va hasta el samovar que suele pulir él mismo con una gamuza. Las curvas de plata enrojecen con filtrada violencia bajo los vidrios crepusculares. Me tiende una taza de porcelana con la efigie del Zar Nicolás.

—¿Serán verdaderamente repúblicas democráticas?

—¿Por qué no? ¿A qué le teme?

—A los sistemas perfectos que intentarán implantar a cualquier precio los futuros regeneradores de la humanidad. A los íconos, a las grandes ideas absolutas en nombre de las cuales se sacrificarán millones de seres humanos concretos.

—¿Cómo cuáles?

—La Nación, el Estado, la Raza, la Sociedad y hasta el Mercado Libre. Verá cómo aparecen nuevas religiones para reemplazar a las antiguas. Se puede volver rápidamente a las cadenas del poder ilimitado y bajo formas incluso peores.

—¿Y qué nos profetiza a nosotros, los americanos?

—Si se refiere a los cachorros del león español que acaba de perder Cuba,[148] los veo con las garras flojas. Pronto se los merenderá cualquier fiera en mejor estado. ¡Vaya una fe que se tienen ustedes mismos! No hace mucho un compatriota fue a asesorarse a una de las legaciones hispanoamericanas. Pensaba invertir dinero y hasta establecerse en el país. ¿Y adivine qué le contestó su digno representante? «Pero amigo mío, ¿quiere usted irse al último rincón de la tierra? ¡Cómo se le ocurre, pudiendo estar en París!» En cuanto a los otros americanos, los del Norte, creo que se trata para ustedes de vecinos demasiado temibles. Lo son hasta para nosotros, aunque los tengamos más lejos.. Ellos sí que se consideran el mejor país del mundo, y no reparan en medios para obtener lo que quieren. En el fondo, todos tienen bastante de Mrs. Makey.

—¿La millonaria de Ohio que distribuye los diamantes por kilo sobre su anatomía generosa?

—Ella misma. Sabrá usted que su *petit–hôtel* queda justo frente al Arco de Triunfo. Y como no le agrada la vista, ha dirigido una carta al intendente con el objeto de comprárselo... para demolerlo después.

Un ataque de risa descompone, para fastidio de André, mi dócil pose estatuaria.

—Me imagino que no se lo habrán vendido.

---

148   Referencia a la guerra entre España y Estados Unidos de 1898, en la que España fue derrotada y perdió sus últimas colonias en América, entre ellas Cuba.

—Todavía no. Por ahora las leyes lo prohiben. Pero si el intendente pudiera quizá lo haría, con tal de embolsarse una buena comisión. El caso es que cuando creemos burlarnos tranquilos de sus vulgaridades y de su falta de sentido histórico o artístico, no aquilatamos bien los alcances de esa plutocracia floreciente ni su demoledora fuerza práctica. Ellos se pondrán a la cabeza de la más importante revolución del siglo.

—¿A qué se refiere?

—A la revolución técnica. En cincuenta años más, que yo no viviré, creeremos que nos han cambiado el planeta, si es que sobrevivimos a las guerras. Lo que hemos visto hasta ahora es apenas un anticipo.

—No sé por qué sus palabras me deprimen.

—Porque los profetas vaticinan males, y la revolución técnica promete ser tan mala como buena. O más mala que buena, incluso. Por lo menos, no podrá inventar una máquina de la felicidad.

André Mniszech toma distancia y coloca el cuadro al lado del samovar, bajo la fuente de luz del altillo. Estudia el efecto de los últimos resplandores sobre el óvalo de la cara.

—Bueno, creo que podemos dar por concluido su retrato. En lo demás, no me haga caso. Después de todo, el que tiene nombre de profeta es usted. Tal vez hablo por resentimiento. O por solidaridad. Su situación y la mía se asemejan.

—¿En qué? Yo soy un funcionario de una república nueva y casi perdida en el mapa, aunque muchos la consideran promisoria Usted es un noble de la Santa Rusia casado con una aristócrata francesa.

—Soy un súbdito del Zar. Pero mis raíces son polacas. No he olvidado que pertenezco a Polonia. ¿Y qué es hoy Polonia?: tres pedazos, uno ruso, otro austríaco, y otro prusiano. Ni siquiera tengo la misma nacionalidad de mi hijo.

—¿El conde León?

—Se ha hecho austríaco, y ahora es un chambelán de la corte imperial. Pero sobreviviremos, aunque sea camuflados, en trozos, y con las botas encima. Además, la civilización dominante nos necesita. Nos quieren, no se crea –añade con alarmante sonrisa–. ¿Qué sería de su poder y de su gloria sin nosotros, los atrasados, los vencidos, los bárbaros? ¿Ante quién, si no, podrían jactarse de sus conquistas, o proponerse como modelos a imitar?

Su mano me pesa sobre el hombro. Ya no tiene los ojos de un lobo despreocupado, sino los de un hombre que envejece .

—Tanto usted como yo hemos venido de los bordes del mundo. Los dos somos apenas huéspedes de lujo en una tierra ajena.

VI

¿Por qué vuelvo, con obsesiva inquietud, a esta feria planetaria de las vanidades nacionales? ¿Para reencontrar a *Madame* Alice Frinet de Rojas, de quien me despedí en forma airada, y probablemente, injusta? ¿O para hurgar en la cara exterior de una patria casi imaginaria, donde han transcurrido apenas relámpagos de mi vida?

Un tal señor Rousseau (no precisamente el filósofo, sino un supuesto etnólogo) ha ido en busca de su «buen salvaje» y ha traído a la exposición veintisiete de los indios araucanos que poblaban el sur de nuestro país y las tierras de Chile. Poco tienen en común sus ropas y sus hábitos con la mitología corriente del trópico latinoamericano: los *pays chauds* en que nos encasillan los franceses. Menos aun, tal vez, tienen en común conmigo. Cuando los veo, sin embargo, una emoción antigua me lleva a zonas extraviadas de la memoria. Reconozco, sin haberlos visto jamás, el enorme *tupu*, prendedor con que las mujeres abrochan su capa de lanilla, los colgantes pectorales, las campanitas de plata, las cunas portátiles de los niños, las fajas policromas de los guerreros, los ponchos labrados en telar primitivo y teñidos con pulpa de fibras vegetales. Estoy sentado sobre las rodillas del tío Lucio escuchando noticias de la llanura que llegan adheridas a los cascos de los caballos. La mano de mi madre me acaricia el pelo mientras cuenta que don Juan Manuel reunía a los caciques y les hablaba en su propia lengua hecha de muescas[149] de piedra donde se inscriben las ondulaciones del viento. Una mujer joven —ojos claros, piel cremosa de normanda— se pone a mi lado, en puntas de pie para mirar mejor. Le digo que yo vengo del mismo país que esos aborígenes, que mis antepasados guerrearon a veces contra ellos, y otras veces en el mismo bando, apoyados en sus lanzas. Ella me mira con una media sonrisa y mueve la

---

149   *Muesca*: hueco que se hace en una cosa para encajar otra. También: incisión o corte hecho como señal.

cabeza. Se aleja, cautelosa pero halagada, del brazo de una amiga, mientras comenta: «Estos hombres ya no saben qué inventar para darnos conversación sin haber sido presentados.»

La vereda rodante se lleva mis decepciones al Palacio de la Electricidad: una reunión populosa de luces nuevas, derrotadas, sin embargo, por la más vieja de todas: el fuego. El palacio ha sido destruido en parte la semana pasada por un incendio que se atribuye a manos criminales. Busco un pequeño café para mirar con mejor perspectiva las explosiones de filamentos encendidos que debemos al mago de Menlo Park.[150] Si nos hubiésemos quedado en la tierra de Edison, mi hermano Manuel, apasionado por la química, hubiera sido acaso un gran inventor y no un militar, cancerbero de la honra de la familia. Mientras paladeo mi *capuccino*, imagino una ciudad futura donde la vida corriente se valga de los portentos exhibidos aquí como piezas singulares, o anunciados como acontecimientos posibles. Una ciudad cruzada por automóviles, con el aire transido de comunicaciones secretas que ni siquiera necesiten valerse de cables, como la telegrafía sin hilos de Marconi. Un espacio atestado de imágenes en movimiento que reproduzcan asombrosamente sus modelos naturales, y que podrían verse en todas las casas, si se profundizan los descubrimientos de los hermanos Lumière.[151] Mi triste primer viaje a Buenos Aires,.luego de la muerte de mi padre, no podría haber demorado, en un mundo semejante, veintiocho jornadas de navegación, sino apenas unas horas, en una máquina aérea más rápida y más cómoda que el Zeppelin[152]. ¿Servirá eso para acortar la dimensión del duelo?

Manuel Rafael García tuvo que salir de esta vida para que yo entrase, por fin, en el mundo remoto que había sido suyo. Un mundo al que considero, cuando lo conozco, completamente indigno de su amor entusiasta, y de la apasionada nostalgia de mi madre. ¿Qué es, cómo es, la que siempre he oído llamar «mi patria»? Una ciudad sin puerto para naves de gran calado, en la que se atraca gracias a un vaporcito intermediario, sobre la Boca del Riachuelo. Un lugar primitivo y distante, más parecido a una comarca del Extremo Oriente que al hogar soñado de mis mayores. La volanta[153] del tío Lucio da saltos de trapecista sobre las calles de un pavimentado infame. Nos mareamos más en el trayecto hacia la casa de la abuela doña Agustina que en toda la travesía oceánica. El cochero —pomposa escarapela nacional, sombrero alto, tremendos bigotazos circenses— tiene una traza de personaje de *Grand Guignol*[154] que divierte a mis sobrinos. Los malos olores no me asombran —quizá no existen más desagradables que los de París—. Pero la ciudad entera, pese a la jactanciosa administración de Alvear, resulta construida como las

---

150 Menlo Park, California, donde se encuentra la más antigua estación ferroviaria que sigue funcionando.

151 Los inventores del cinematógrafo.

152 Uno de los grandes dirigibles rígidos que llevan el nombre del militar e industrial alemán que los construyó:

153 Coche de caballos.

154 El *Grand Guignol* fue un teatro situado en la zona de Pigalle de París que, desde su apertura en 1897 hasta que cerró en 1962, se especializó en presentar programas de horror con espantoso naturalismo.

urbes de las pesadillas. confusa, antiestética, disparatada. La flamante Casa de Gobierno parece simultáneamente una estación de ferrocarril, un pabellón de feria colonial y un templo masónico. El desmesurado monumento a los Dos Congresos, tapa, visto desde cierta distancia, toda la fachada del edificio.

Mi patria se me presenta como un rompecabezas inconcluso de ideas que no se ensamblan las unas con las otras, una arquitectura de retórica, una proclama rimbombante más que un hecho de vida y de cultura cimentado en el consenso de las generaciones. Una enorme colonia de improvisados, en donde cualquiera de cierta relevancia desempeña tres o cuatro cargos a la vez, y donde los aventureros internacionales, sin leyes que los contengan, hacen su agosto. Sin embargo, mi madre nos ha dejado cinco años para volver a esa ciudad de casas bajas y altas pretensiones, para brindar en las mesas que reúnen el mate y el *champagne*, para compartir utopías e incompletas realidades. Ha vuelto para ser leída –para ser amada– por las señoras pacatas que se avergüenzan si se les besa la mano (aunque se trate de la esposa del presidente), por los señores burlones y morenos que hablan a gritos, ríen a carcajadas y fuman enormes cigarros puros. Verdaderos patanes, vistos con los ojos mesurados y rígidos de la corte austríaca que acabamos de abandonar.

Comprendo entonces que toda escritura es vana si no se dirige, ante todo, a los sueños, las sombras y las esperanzas de la comunidad que le ha dado origen y a la que hemos consagrado nuestros afectos. Comprendo también que toda vida es vana si no se mantiene unida a ella, traspasando las distancias y los años, por una telegrafía mágica más poderosa que todos los inventos.

Las explosiones en el arco de entrada del Palacio se hacen sospechosamente intensas y espasmódicas. Un olor a chamusquina y al pánico de un rebaño humano en estampida, confirman la inminencia de otro incendio. Los parisienses tienen demasiado próxima la tragedia del *Bazar de la Charité*, donde ardió media nobleza europea, quizá castigada bíblicamente por sus falsas caridades, según la pluma implacable de Léon Bloy. [155]

El lado derecho del Palacio comienza a tambalearse. La técnica también amenaza cobrar sus víctimas. En la Explanada de los Inválidos la noche es un eco de inesperados fogonazos.

Vuelvo a casa. Comprendo que mi madre no pudo hacer otra cosa que lo que hizo.

---

155   (Périgueux, 1846-Bourg-la-Reine,1917). Escritor francés, autor de novelas, poesía y en-
       sayos. Sus obras reflejan una gran devoción a la Iglesia católica y un poderoso deseo de
       lo Absoluto.

VII

Una cara semejante a la mía comienza a traslucirse bajo el envoltorio de papeles de seda que me pone en las manos el conde André.

—¿Qué tal? ¿Cómo encuentra su réplica?

—Sin duda más interesante de lo que soy. Pero indigna de figurar en la galería de celebridades que ha pintado, al lado de todos los nuncios apostólicos.

—Pues los he pintado solamente para deleitarme con la expresión de éxtasis que ponen esos humildes siervos de Cristo cuando se les ofrece posar para la inmortalidad. ¿Le sirvo un té?

—Espere. Yo también tengo un regalo para usted.

Le alargo el estuche de cuero donde relucen un mate labrado en plata, con su bombilla.

—¿Qué es esto?

—Un samovar portátil. Bah, no ponga esa cara, no es una broma. En el cuenco se colocan las hojas molidas de una planta autóctona que llamamos yerba mate. Luego se le echa agua caliente –pero sin hervir, a una temperatura de unos 80 grados centígrados– y se sorbe la infusión por medio de este tubo perforado que la acompaña. Aquí tiene un saquito de yerba. Si le pone agua ya podemos empezar.

—Pero usted no tiene tacita, ni aspirador...

—La tacita, como la llama, pasa de mano en mano, y la bombilla de boca en boca.

André se ríe.

—¿Ha visto cómo nos parecemos? Me alegra saber que los rusos y los polacos no somos los únicos salvajes. Muy bien, prepárelo usted y probaré en segundo término. Le garantizo el buen estado de mi dentadura y mi aceptable salud.

—Mi dentadura también es buena. Mi salud quizá no tanto. Pero en el campo argentino no se indagan esos datos y nadie ha muerto de contagio al parecer.

—¿De dónde ha sacado este inolvidable obsequio? —me pregunta, mientras sorbe su primer mate sin poner mala cara.

—De la Exposición Universal. Se lo compré a los plateros araucanos. Pensé que a usted le gustaría.

—Y acertó. A propósito, parece que sus últimas visitas a la Exposición han sido positivas. Lo veo más tranquilo.

—Quizás haya arreglado algunas cuentas pendientes. Ayer me reconcilié con *Madame* Frinet, una señora francesa que fue secretaria de mi madre.

—¿Habían estado en malos términos?

—Sí. Y por un asunto sin sentido.

Vacilo, pero me decido. Hoy la mirada neutra, universalmente comprensiva de Mniszech, parece dispuesta a escucharlo todo, a dar cualquier respuesta.

—André, usted conoció bastante a mamá.

—Hasta donde se puede conocer a otro, y sobre a todo a otra, creo que sí.

—¿Piensa que fue una *bas bleu*, una pedante, una preciosa ridícula?

—No, de ningún modo la incluiría entre las *snobs* sabihondas de Molière.[156] Pero con las mujeres intelectuales sucede algo incómodo. No se sabe dónde ponerlas, y por eso se las caricaturiza. Al bello sexo la sociedad le exige eso: belleza, y una adecuada disposición virtuosa y prolífica para la maternidad. La inteligencia parece en las damas un exceso a menudo indeseable, y casi un atentado contra el buen gusto. A veces se da un rodeo y se la exorciza considerándola como adorno gracioso en una dama de mundo.

—¿Y qué se le exige al varón?

—A él sí se le pide inteligencia, y en lo posible, dinero. Para conseguir el poder y la gloria, por supuesto, que tradicionalmente son patrimonio exclusivo de nuestro presunto sexo fuerte.

—Muchas mujeres han tenido y tienen poder, sin embargo.

—Poder no oficial, siempre. A través de la cama o de la cuna. Los varones suelen ser vulnerables ante sus madres o sus amantes, si los manejan con sutileza. Pero ellas difícilmente admitirán que son poderosas. Su secreto es la clandestinidad y la astucia.

—¿Y las reinas? ¿Eugenia? ¿Victoria?

—Se proclamarán víctimas del deber, sacrificadas en el ara del trono, ante la falta de varones disponibles o idóneos para el cargo. Y cuidarán muy bien de que ese poder no se extienda al resto de su género. ¿Cuántos años hace que Su Majestad la reina Victoria se empecina en negar la posibilidad de voto a

---

156 (París, 1622-íd , 1673). Dramaturgo francés. Autor, entre otras obras, de *Las preciosas ridículas* (1659).

sus congéneres? Lo más absurdo es que se haya pasado la vida diciendo que las mujeres no están hechas para la función de gobierno, y que una dama honesta debe mirar con desagrado las ocupaciones masculinas. Cuando murió su marido el príncipe Alberto, parecía que su reinado se acababa con él, pero ya lleva casi cuatro décadas prescindiendo enérgicamente de ese precioso auxilio.

—¿Sabía que mi madre recomendó que no se reeditaran sus obras?

El conde me mira con incredulidad.

—¿Eso hizo? Es curioso. Pocas veces he visto a una señora tan entusiasta y tan seriamente comprometida con sus escritos.

—Por lo visto, va a decirme lo mismo que Alice Frinet. No me servirá de gran cosa. Quisiera entender por qué ¿Usted cree que no la complacían sus libros? ¿Que se sentía culpable por haber brillado en este mundo más que las otras... .o porque esos libros la separaron de sus hijos?

André estudia mi cara, seguramente demasiado tensa, con ojos que mezclan al psicólogo y al pintor.

—Me parece que las mujeres pagan precios muy altos cuando aspiran a convertirse en seres humanos adultos con vida individual, independiente.

—No es mucho, sin embargo. Dicho así... nada parece más lógico.

—Sin embargo, eso es el todo si se espera cambiar en el futuro la condición femenina. Si dejamos de ver a las mujeres como reinas o esclavas, diosas o niñas, ángeles o demonios, hadas o brujas, vírgenes o prostitutas, madres buenas o madrastras malas.

—¿De qué manera las veremos entonces?

—Como personas con muchas caras, igual que nosotros. Además ellas empezarán a verse a sí mismas, no estarán esperando nuestros dictámenes. Serán sus propias Musas, construirán su propio espejo.

—Mi madre tuvo su hogar, nos tuvo a nosotros. Mi padre la respetaba y la amaba. Fue admirada, escuchada, leída.

—No como ella quería, seguramente. Dependiendo de su esposo, siempre demasiado lejos. Por cierto que Eduarda no se pareció a una preciosa ridícula, sino más bien a otro personaje literario mucho más cercano: Nora Helmer.

—¿La heroína de Ibsen?[157]

—La misma. Usted era muy niño cuando se estrenó la obra, en el año 79. Recuerdo que desencadenó un verdadero diluvio de repudios y protestas. Los provoca aún hoy. A muchos les resulta tanto ética como estéticamente inverosímil. Y no faltan actrices que se niegan a representar el final de la obra a menos que se lo cambie. Imagínese. Una mujer que se va de su casa y deja a sus hijos pequeños teniendo un marido irreprochable de acuerdo con los criterios al uso, que la protege en todo. Y lo peor aún, lo más increíble, ¡sin haber sido inducida a ello por un amante! Nora no deja a Helmer por otro, cosa que hubiera resultado pecaminosa para el juicio de la sociedad, pero natural al fin

---

157   Henrik Ibsen (Skien, 1828-Cristiania, 1906). Dramaturgo noruego, autor de dramas de inspiración filosófica y social que denuncian el conformismo, como *Casa de muñecas* (1879), al que alude la novela.

al cabo, propia de las flaquezas femeninas. Lo deja porque él la ha tratado como una niña y como una muñeca. Para encontrarse a sí misma, para buscar su dignidad y su identidad.

—¿Y ése es un final feliz?

—Creo que no. La tragedia de Nora es haberse visto forzada a llegar a ese extremo. Haber tenido que desgarrarse para poder sentirse libre, a costa de abandonar a los suyos. Me hubiera gustado que Ibsen escribiera sobre la vida de su heroína veinte años después.

—¿Entonces Nora no tiene salida?

—Su renunciamiento es demasiado grande, demasiado cruel. Es una horrible violencia que la sociedad y su marido coloquen a una mujer ante la disyuntiva de permanecer con sus hijos o luchar por su legítimo destino como individuo.

—Nunca me hubiera imaginado que usted fuera feminista.

—Supongo que más bien soy humanista. Y muy cómodo. No me agradaría cargar con una eterna niña, o algo parecido a una deficiente mental.

¿Se burla el conde André? Los ojos que a veces creo omnisapientes parecen un paisaje inalterable. Sorbe su cuarto mate. El ruido aprobatorio indica que el agua ha llegado a su fin.

VIII

La cara de *Madame* Alice Frinet de Rojas me saluda desde el puente del buque que la lleva a la patria. Con ella se va la madre desconocida de Buenos Aires, la de las cartas de la calle Tacuarí, la que se sentaba en el despacho de mi abuelo, el general Mansilla, para buscar a solas la propia voz ignorada, y acaso para querernos de otra manera, a la distancia.

La niebla y la lejanía borran la mirada de esa mujer bretona que ya es argentina y a la que quizá no vuelva a ver. Se desmenuza en un blanco remolino de donde emerge la cara de mi madre como un caleidoscopio que cambia de color con los giros del mundo: en París, en Florencia, en Roma, en Viena. Son años de duelo y gozo. He perdido a Manuel Rafael García, un recto aunque elusivo varón de consejo, pero la tengo a ella para mí: íntegra, radiante, atenta. Dicen que su belleza se opaca, se empaña, se fisura como la superficie de un lienzo antiguo. Yo no advierto grietas, no hago comparaciones. Simplemente compartimos la intimidad maravillosa que comenzó a su vuelta de Buenos Aires, cuando ambos nos instalamos en París y luego en Italia, mientras mi padre se llevaba consigo a Eduardo y a Carlitos.

Después de la muerte de Manuel García ocupo el puesto de segundo secretario en la misma sede donde él falleció. Ahora soy su genuino heredero, ya no un *dilettante* o un mero aprendiz en la maraña de las embajadas. Sigo sus pasos, escalón tras escalón, en la carrera de trabajos y honores que le fue tempranamente arrebatada. Volvemos, mi madre y los tres hermanos, a Viena. Ella, con deferencia, me consulta para todo; juntos decidimos sobre la educación de los menores. Juntos, en los *Volksgarten*, escuchamos a un Johann Strauss[158] viejo y teñido, pero ya monumento viviente de la ciudad imperial; juntos vamos a Bayreuth,[159] a compartir la pasión wagneriana del Rey de Ba-

---

158   (Viena, 1825-Id. 1899). Compositor austríaco, autor de más de 200 valses, algunos muy célebres como *El danubio azul* (1867).

159   Ciudad alemana en Baviera, donde se encuentra un teatro del siglo XVIII en el que se realizan festivales anuales dedicados a las óperas de Wagner.

viera. En Viena Eduarda, después de haber dibujado tantas veces en sus ficciones la locura de las mujeres, se hace amiga íntima de la condesa húngara Irma Taafi Chyaki, que realmente ha estado loca. En Viena cierta demencia –ultrarrefinada, *snob*– no desentona; es, antes bien, una condición estética. Veo a la emperatriz Sissi[160] en una *première* de la Opera, con una corona de rubíes persas sobre el cabello que llega hasta el suelo desde el manto de armiño: es uno de sus raros intervalos protocolares, entre fuga y fuga. La veré después de Mayerling:[161] una estatua de luto, tapada por un velo tan oscuro que no se adivinan sus facciones. Tal vez, luego del suicidio de su primogénito, ella también ha dejado de tener rostro.

Una mañana salimos hacia París a toda la velocidad de que es capaz el Expreso de Oriente. Eduardo ocupa ahora el primer plano. Lo ha mordido un perro hidrófobo y la salvación está en el Instituto Pasteur. Cuando se restablece, mi madre comienza a escribir cartas a amigos y a enemigos: a mi hermano le ha llegado la edad de abrirse paso en el mundo: pide para él un puesto en el Servicio Exterior, aunque ella deba pagar de su bolsillo los primeros salarios. El París de esos días es nuestra última estación de felicidad total. Hago retratar a mi madre junto a la recién construida *Tour Eiffel* y le compro, en la misma Exposición del 89, un novedoso anillo de Lalique[162] que ella no se quitará ya nunca de la mano derecha.

Viena vuelve a ser para nosotros un carrusel de almuerzos y recepciones: con los banqueros Rothschild, con el príncipe Luis Felipe de Sajonia Coburgo,[163] con Nerhiman Khan, ministro de Persia. Eduarda Mansilla de García se comporta como la esforzada embajadora de un país cuyos activos se están convirtiendo, irremediablemente, en una montaña de papeles sin valor. La moneda se diluye en los dibujos inútiles de los billetes, las reservas de oro se queman en días. Es el comienzo del fin de la Legación. Una década antes de que termine el siglo parece agonizar la economía nacional.[164] La carta del tío Lucio nos alerta: se suprimirá, por razones de indigencia, la representación argentina en el imperio austrohúngaro. Embarcamos rumbo al país que todavía no siento como verdaderamente mío. La salud de mi madre empeora, los médicos tratan su dolencia cardíaca con estricnina. Aún no sabemos –o no queremos admitirlo– que ella regresa para morir.

Mandamos vender todo nuestro mobiliario austríaco; ordenamos que se nos gire la suma en metálico: disponer de moneda europea nos favorece, multiplica recursos que ahora no son opulentos. Alquilamos el hotel de los Pinedo,

---

160 Isabel de Wittelsbach (Munich, 1837-Ginebra, 1898). Más conocida por el diminutivo Sissi, fue Emperatriz de Austria y Reina de Hungría, luego de su matrimonio con el Emperador de Austria, Francisco José I.

161 El archiduque Rodolfo, hijo de Sissi y Francisco José I y príncipe heredero del Imperio Austrohúngaro, se sucidó (o fue asesinado, según otras versiones) junto con su amante María Vetsera en el pabellón de caza de Meyerling, cerca de Viena, en 1889.

162 René Jules Lalique (1860-1945). Diseñador francés de joyas, cristales y otros objetos decorativos. Famoso por su creatividad y calidad.

163 Antiguo ducado de Alemania, situado en el actual estado de Turingia.

164 Lo que la novela aquí describe corresponde a la crisis económica de 1890, producida por la especulación, la desvalorización de la moneda y la deuda externa, y que culminó con

en la calle Piedras. Mi madre, que nunca ha vivido en casa propia, no podrá hacerlo ya. Me consagro a decorarlo en su lugar. Compro los muebles y enseres uno a uno, los dispongo en las diferentes habitaciones buscando complacerla, evitándole la más mínima fatiga. La dejo sólo para ir a Chile por seis meses como secretario *ad honorem*. Su pesar iguala al mío, pero ambos entendemos que es imprescindible para mi carrera futura. Retorno antes del término, aquejado por malestares gástricos, urgido por sus cartas. Le han llegado noticias alarmantes de mi mala salud.

Vuelvo para acompañarla en los últimos meses, que son serenos. Recibe visitas, contesta cartas, espera las horas del atardecer. Entonces llegan Alberto Williams[165] y Julián Aguirre[166] para hacer música con nosotros. Ella toca a veces el piano, pero la agota el esfuerzo de cantar.

Después de su muerte sabremos que Eduarda Mansilla ha redactado su testamento el año anterior. No quedan muchos bienes para repartir: los más notorios son los brillantes de la tabaquera que el rey Jorge regaló a nuestro abuelo paterno.[167] Mi madre se adelanta a las disputas: «mis hijos recordarán que son caballeros, e hijos de don Manuel Rafael García. Ellos saben equitativamente su derecho, y cuento con su recíproca lealtad». Manda que se le haga una misa en una iglesia cualquiera, que se la entierre con sencillez, que no se reediten sus libros. No cumpliremos estas dos primeras voluntades: los funerales corresponderán a sus apellidos: serán abrumadores, pomposos, en la misma catedral metropolitana. Nadie decidirá transgredir su tercer mandato.

El 20 de diciembre de 1892, a la hora del Ángelus, mi madre pide que la dejemos reposar en su cuarto. Eduardo y yo cantamos para ella. La pendiente de la puerta entornada nos suaviza las voces. Cuando el canto se detiene, el silencio llena toda la casa, ocupa también el hueco de su garganta, la curva de sus dedos que no volverán a levantar ninguna pluma. Las furias y las penas, el desamparo infinito nos congelan en el umbral del dormitorio. Eduardo empieza a llorar bruscamente sobre mi hombro. Yo la lloraré siempre con lágrimas inversas que fluyen hacia adentro. Me arrodillo ante el cuerpo del que fui parte. Intento rezar, como en la infancia, cuando ella me enseñó a unir las manos para que mis plegarias no se estrellaran contra las puertas sordas del Paraíso. Seguiré preguntándome quién fue y qué deseó profundamente esa mujer a la que apenas supe amar.

Sólo Dios, si nos mira, habrá visto velarse aquellos ojos suyos que no estaban cerrados.

---

165   (Buenos Aires, 1862-Id., 1952). Compositor y director de orquesta. Ha merecido el título honorífico de "Padre de la música argentina".

166   (Buenos Aires, 1862-Id., 1924). Compositor. En sus obras estiliza melodías criollas y motivos musicales autóctonos. Tuvo un papel importante en el desarrollo de la música argentina.

167   El rey Jorge IV de Inglaterra hizo valiosos regalos a Manuel José García en ocasión de ratificarse el tratado de 1825, firmado por éste por la parte argentina y por Sir Woodbyne Parish por parte del soberano inglés. Mencionado por Daniel García Mansilla (296).

Agradecimientos

A los amigos y colegas que se interesaron desde el primer momento en este proyecto, y me brindaron libros y conocimientos: Lea Fletcher, Lily Sosa de Newton y Javier Fernández. A los que me ayudaron desde el interior de su memoria familiar: Manuel Rafael García-Mansilla y Luis Bollaert.

A quienes siguieron el proceso de estas páginas con afecto e inteligencia: María Fasce, Diana París, Oscar Beuter.

Thank you for acquiring

Una mujer de fin de siglo

from the
Stockcero collection of Spanish and Latin American significant books of the past and present.

This book is one of a large and ever-expanding list of titles Stockcero regards as classics of Spanish and Latin American literature, history, economics, and cultural studies. A series of important books are being brought back into print with modern readers and students in mind, and thus including updated footnotes, prefaces, and bibliographies.

We invite you to look for more complete information on our website, **www.stockcero.com**, where you can view a list of titles currently available, as well as those in preparation. On this website, you may register to receive desk copies, view additional information about the books, and suggest titles you would like to see brought back into print. We are most eager to receive these suggestions, and if possible, to discuss them with you. Any comments you wish to make about Stockcero books would be most helpful.

The Stockcero website will also provide access to an increasing number of links to critical articles, libraries, databanks, bibliographies and other materials relating to the texts we are publishing.

By registering on our website, you will allow us to inform you of services and connections that will enhance your reading and teaching of an expanding list of important books.

You may additionally help us improve the way we serve your needs by registering your purchase at:
http://www.stockcero.com/bookregister.htm